U0907463

山河袈裟

Landscape Kasāka

李修文 著

CNS 湖南文艺出版社
HUNAN LITERATURE AND ART PUBLISHING HOUSE

图书在版编目（CIP）数据

山河袈裟 / 李修文著 . -- 长沙：湖南文艺出版社，2017.1（2025.9重印）

ISBN 978-7-5404-7841-4

Ⅰ．①山… Ⅱ．①李… Ⅲ．①散文集－中国－当代
Ⅳ．① I267

中国版本图书馆 CIP 数据核字 (2016) 第 258196 号

山河袈裟
SHANHE JIASHA

作　　者：李修文
出 版 人：陈新文
责任编辑：谢迪南
营销编辑：陈漫清
责任校对：黄　晓
装帧设计：赵　燕　　贾　弋
内文排版：翟晓妮　　黄思洁　　任晓兰　　尹琳月
出版发行：湖南文艺出版社
（长沙市雨花区东二环一段 508 号 邮编：410014）
印　　刷：湖南省众鑫印务有限公司
开　　本：787mm x 1092mm　1/32
印　　张：10.25
字　　数：200 千字
版　　次：2017 年 1 月第 1 版
印　　次：2025 年 9 月第 16 次印刷
书　　号：ISBN 978-7-5404-7841-4
定　　价：52.00 元
（如有印刷质量问题，请直接与本社出版科联系 0731-85983029）

自　序

Preface

收录在此书里的文字，大都手写于十年来奔忙的途中，山林与小镇，寺院与片场，小旅馆与长途火车，以上种种，是为我的山河。在这些地方，我总是忍不住写下它们，越写，就越热爱写，写下它们既是本能，也是近在眼前的自我拯救。十年了，通过写下它们，我总算彻底坐实了自己的命运：唯有写作，既是困顿里的正信，也是游方时的袈裟。

十年之前，我以写小说度日，未曾料到，某种不足为外人道的黑暗扑面而来，终使我陷入漫长的迟疑和停滞。我甚至怀疑自己，再也无法写作，但是，我也从未有一天停止过对写作的渴望，既然已经画地为牢，我便打算把牢底坐穿，到头来，写作也没有将我扔下不管。

有一年，我在医院陪护生病的亲人，因为病房不能留宿，所以，每每到了晚上，我就要和其他的陪护者一起，四处寻找过夜的地方。开水房，注射室，天台上，芭蕉树下，以上诸地，我们全都留宿过。一个冬天的晚上，天降大雪，我和我的同伴们在天台上的水塔边苦熬了一个通宵。半夜里，在和同伴们一起被冻醒之后，我突然间就决定了一件事情：自此开始，我不仅要继续写作，而且，我应该用尽笔墨，去写下我的同伴和他们的亲人。

他们是谁？他们是门卫和小贩，是修伞的和补锅的，是快递员和清洁工，是房产经纪和销售代表。在许多时候，他们也是失败，是穷愁病苦，我曾经以为我不是他们，但实际上，我从来就是他们。

就是这些人：病危的孩子每天半夜里偷偷溜出病房看月亮，囊中空空的陪护者们想尽了法子来互相救济，被开除的房产经纪在地铁里咽下了痛哭，郊区工厂的姑娘在机床与搭讪之间不知何从。由此及远——一个母亲花了十年时间等待发疯的儿子苏醒过来，另一个母亲为了谋生将儿子藏在了见不得人的地方。在河南，一只猴子和它的恩人结为了兄弟；

在黄河岸边，走投无路的我，也被从天而降的兄弟送出了危难之境。

是的，人民，我一边写作，一边在寻找和赞美这个久违的词。就是这个词，让我重新做人，长出了新的筋骨和关节。

也有一些篇章，关于旅行和诗歌，关于戏曲和白日梦。在过去，我曾经以为可以依靠它们度过一生，随之而来的又是对它们持续的厌倦。可是，当我的写作陷入迟疑与停滞，真实的谋生成为近在眼前的遭遇，感谢它们，正是因为它们，我没有成为一个更糟糕的人，它们提醒着我：人生绝不应该向此时此地举手投降。

这篇简短的文字，仍然写于奔忙的途中。此刻的车窗外，稻田绵延，稻浪起伏，但是，自有劳作者埋首其中，风吹草动绝不能令他们抬头。刹那之间，我便感慨莫名，只得再一次感激写作，感激写作必将贯穿我的一生，只因为，眼前的稻浪，还有稻浪里的劳苦，正是我想要在余生里继续膜拜的两座神祇：人民与美。

——是为羞惭而惶恐的自序。

目　录

Contents

目 录

Contents

目 录

Contents

目 录

Contents

羞于说话之时

大概在十几年前，一个大雪天，我坐火车，从东京去北海道，黄昏里，越是接近札幌，雪就下得越大，就好像，我们的火车在驶向一个独立的国家，这国家不在大地上，不在我们容身的星球上，它仅仅只存在于雪中；稍后，月亮升起来了，照在雪地里，发出幽蓝之光，给这无边无际的白又增添了无边无际的蓝，当此之时，如果我们不是在驶向一个传说中的太虚国度，那么，连我自己都不相信。

有一对年老的夫妇，就坐在我的对面，跟我一样，也深深被窗外所见震惊了，老妇人的脸紧紧贴着窗玻璃朝外看，看着看着，眼睛里便涌出了泪来，良久之后，她对自己的丈夫，甚至也在对我说："这景色真是让人害羞，觉得自己是多余的，多余得连话都不好意思说出来了。"

我一直记着这句话，记了十几年，但是，却也爱恨交织。它提醒我，当造化、奇境和难以想象的机缘在眼前展开之时，不要喧嚷，不要占据，要做的，是安静地注视，是沉默；不要在沉默中爆发，而要在沉默中继续沉默。多年下来，我的记忆里着实储存了不少羞于说话之时：圣彼得堡的芭蕾舞，呼伦贝尔的玫瑰花，又或玉门关外的海市蜃楼，它们都让我感受到言语的无用，随之而来的，是深深的羞愧。

害羞是什么？有人说，那其实是被加重了的谨慎和缄默。可是，人为什么要害羞呢？其中缘由，至今莫衷一是，美国人杰罗姆·卡格恩找了满世界的人做实验，最终还是无法确定害羞的真正缘由，或者说他已经找到了答案：任何存在都可以导致害羞。害羞竟然无解，难怪它席卷、裹挟了如此多的人群，“甚至害羞还没有来，我的身体就有了激烈的反应，心脏狂跳，胃里就像藏着一只蝴蝶般紧张不安”，杰罗姆·卡格恩的患者如是说。

不不，我说的并不是这种害羞，这是病，是必然，就像不害羞的人也可能患上感冒和肝炎；我要说的，其实是偶然——不单单看自己的体内发生了什么，而是去看身体之外发生了什么：明月正在破碎，花朵被露水打湿，抑或雪山瞬间倾塌，穷人偷偷地数钱。所有这些，它们以细碎而偶然的面目呈现，却与挫败无关，与屈辱无关，如若害羞出现和发生，那其实是我们认同和臣服了偶然，偶然的美和死亡，偶然的卫星升空和仙女下凡，它们证明的，却是千条万条律法的必然：必然去爱，必然去怕，必然震惊，必然恐惧。

所以，我说的害羞，不是要强制我们蜷缩在皮囊之内，而是作为一段偈语，一声呼召，让我们去迎接启示：世界何其大，我们何其小；我们站在这里，没有死去，没有更加徒劳，即是领受过了天大的恩典。

就像有一年，我去了越南，那一日黄昏之际，在河内街头，我目睹过一场法事：其时，足有上百个僧人陆续抵达，坐满了一整条长街，绿树之下，袈裟层层叠叠，夺目的夕光映照过来，打在僧人们的脸上，打在被微风吹拂的袈裟上，就像此地不是河内，而是释迦牟尼说法的祇园精舍；随后，吟诵开始了，这清音梵唱先是微弱，再转为庄严，转为狮子吼，最后又回到了微弱，当它们结束的时候，一切都静止了，飞鸟也都纷纷停落在屋顶，在场的人足足有二十分钟全都默不作声，就好像释迦牟尼刚刚来过，又才刚刚离开，但就在这短暂的聚散之间，地上的可怜人接受了他的垂怜。

袈裟，绿树，梵唱，夕光，还有羞愧得说不出话：此时言语是有用的吗？乃至我们去看去听的感官，难道不应该被取消吗？应当让这奇境和狂跳的心孤立地存在，像海市蜃楼一般地存在，如此，当我们回忆起来，才要一遍遍地去确认它的真实，确认我有过羞于说话之时。如果你没有忘记，那么，这些羞于说话之时，不管是寥落还是繁多，它们就是散落在你一场生涯里的纪念碑。

是纪念碑，不是一口口的井，如若是井，你就有可能跌落下去，那便是执迷，乃至是喧哗，害羞不值得供奉，值得供奉的仅仅是你的害羞之物，它们的衣襟里没有藏着刀剑，也就不存在奔你而去的役使和阉割：凡·高害羞，在星空底下乞灵，求神饶恕他的罪，一转身便割掉了自己的耳朵；卡夫卡，这个害羞到怯懦的保险经纪人，迷恋刨花的香气，锤子的敲打声，说是这些才能令他感到安全。但是，当一次次的婚约逼近，他的拒绝也是几近凶残。这自然是极端的例证。再说今日，《生命之树》的导演特伦斯·马利克，说起这个人，他一生里可谓遍布着羞于说话的时刻，因为害羞，他几乎不肯站在任何颁奖台上，可是，当他在拍摄这部堪称杰出的电影时，害羞却变成了惊人的偏执和专注，火山的爆发，星云的飘移，潮浪的涌动，都被他绣花般记录了下来，若非如此，便恶狼般不肯放过自己。

我一直记得这一幕：香港电影《蝴蝶》里，名叫小叶的女孩子和名叫阿蝶的成熟女人并肩前行，空气里流动着情欲，因为青春总是容易叫人有恃无恐，小叶的挑逗几乎算得上蛮横，使得阿蝶的羞怯愈加突出，甚至引来了小叶的嘲笑，但是画面一转之后，在浴缸里，当真实的鱼水之欢上演，小叶就发现自己上当了，却原来，她才是被挑逗的那一个——害羞不光只是手足无措，它也可能是一幅挂在墙上的卷轴画，掀开它，墙壁要“轰隆隆”作响，一个辽阔的、崭新的洞府就在眼前。

此处的害羞，不是看轻自己，而是格外看重了自己以外的东西；此处的不说话，其实是要叫话语站有站相，坐有坐相，能够匹配得上被它描述的物事，犹如我们的一生：不是一味地去战胜，也不是一经碰触便溃逃远遁，而是不断地想出法子，使之恰如其分；如果此时是恰如其分的，那就请此时变作行船，送我们去往他处，去迎接其他时刻的恰如其分。

无情对面是山河：羞于说话的人，往往最安静，也最无情，他既然可以忍受最枯燥的安静，自然也能接受必须穿越众多枯燥的无情：革命时的呼号，受冤时的哭诉，你们只管来，我都受得起，我都发得出声，切莫说这小小的情欲，无非是几声欢好时的叫喊。

可是，天分四季，月有阴晴，一枚硬币有正反两面，人这一世，越是在反对什么，你就越是被反对的东西限制得更深，反之亦如此：但凡物事，你越是增添爱欲，它便越是成为你的救命稻草，但，活在凡俗的日常里，更多时候，我们要的只是一饭一蔬，而不是救命稻草，稻草多了，造化多了，都会压垮自己。

《欲望号街车》的作者田纳西·威廉斯如此回忆他的害羞生涯之起初："上中学，几何课上，我走神了，往窗外看，正好看见一个迷人的姑娘，我盯着她看，没想到，她也在盯着我看，顿时，我的脸开始发烫，而且越来越烫，从此以后，只要有人盯着我看，不管男的女的，我的脸就开始发红，发烫。”

——实在是悲伤的事，到了这个地步，害羞已经不仅是害羞，它是病，是逆风执炬，必有烧手之患。我也是。“这景色真是让人害羞，觉得自己是多余的，多余得连话都不好意思说出来了。”十几年下来，当初那个老妇人的话，我一直都记得，而且记得越来越牢，到最后，它就变成了怪物电影里的猛兽：我先是饲养它，又再被它反噬。我越是想扎根于更多的羞于说话之时，那种纯粹而剧烈的害羞便在我身上黏附得越紧：说话的声音，翻动书页的声音，乃至碰杯的声音，都要小，都要轻，不如此便不能放心，日渐加剧之后，它便成了病，病一发作，就叫人紧张难安。

几年来，我一直都在写剧本，实话说吧，写剧本这桩事情并未给我带来什么痛苦，唯有一件事例外，那就是每一次的剧本讨论会，每逢此时，我就如坐针毡，说到底，不过是十几年前听过的那句话又在作祟，时至今日，它已深入了我的骨髓：什么是写作？它就是写，沉默地写，不见天日地写，它怎么可以被说出呢？但我不说，自然有人会说，说桥段，说转折，我一边听，一边心惊肉跳；轮到我说了，我几乎已经心如刀绞，之前的全部生涯都变作一片即将崩塌的堤岸，我每说一句话，一块裂土就离开了堤岸，抢先落入水中。往往说到后来，巨大的虚无感降临，我便觉得我自己是个叛徒，我不仅背叛了此前有过的羞于说话之时，也背叛了写作，背叛了写作中的困难、神秘、不可捉摸和一切不能被说出的东西。

我还没有去写，就先说出来了，这使我看上去好似一只油滑的寄生虫。

这便是人活于世的诸多悲哀之一种：想嫁给皇帝的人勉强做了压寨夫人；练了十年长跑的人只能奔跑在送信的路上；其间还要夹杂多少明珠暗投，指鹿为马，直把杭州作汴州。或早或晚，我们要活成最厌恶的那个自己，既然结局已定，我们越往前走一步，便越是在背弃自己的路上更往前了一步，而得救还遥不可及，我们仍须丢弃害羞，去争吵，去斥责，去辩论，去滔滔不绝。唯有经过了这些，安静下来，想起自己如何度过了无数虚妄里的困顿和奔走，这才害羞，这才说不出话来；事实上，时代变了，你我也变了：世间照样存在叫我们羞于说话的物事，但它们不再是雪和玫瑰花，也不再是袈裟和海市蜃楼，它们渐渐变作了我们日日制造又想日日挣脱的妄念与不堪。

我未能甘心。多少滔滔不绝的间隙，我还是想念札幌郊外的那场雪。《五灯会元》里记录过这么一段——僧问：“如何是古佛心？”师曰：“东海浮沤。”曰：“如何领会？”师曰：“秤锤落井。”好吧，我既无法重回到十几年前，暂且就不再将那羞于说话之时看作中心，看作一段行路的终点，而是看作浮沤，随缘任运，无所挂碍，随处漂流，时有时灭。说不定，到了最后，那些沉默、震惊和拜服反而会像秤锤般结结实实地落入井中，就像十几年前的那列火车，它没有停，穿过太虚国度之后也没有停，一直开进了我此刻的生活，只要我还能发现、遭逢和流连羞于说话的时刻，我就可以拿它们作为车票，不断朝前走，一直不下车。

譬如几年前在祁连山下。半夜里，道路塌方，数百辆车全都堵在了一起，我下了车，在山路上闲逛的时候，突然看见了一群哭泣的羔羊。却原来，卖羊的人不知道什么时候才能赶进城里，怕时间来不及，于是，便寻了一块空地开始了屠宰。天上的星辰伸手可及，青草的香气在旷野上飘荡，香气里，又夹杂着血腥的气息，数十张被剥掉的羊皮就摊放在公路边，也摊放在待宰的羔羊面前，它们除了流泪，甚至都不敢不踏过血污，走向屠宰场的中心，但它们全都在流泪，月光寒亮夺目，我看得真真切切。

终究有一只羊发出了哀鸣，其后，暂且还拥有性命的羊羔们全都一起哀鸣起来，而月光照样寒亮，青草的香气照样飘荡，此时让人羞怯的，不是美景，而是生死。但，在生死的交限，我，羔羊，乃至杀羊的人，却都是无能的，我们既不能叫月光黯淡，以匹配死亡，也不能叫血腥之气消散，以抵御哀伤；不仅如此，就算离开这里，我还要在更多的地方，长街和小巷，穷途和末路，我还要在更多的地方变得更加无能，一如那群羔羊，哀鸣不能使它们离开死亡，反而让它们离死亡越来越近：我，我们，竟然置身在如此乖戾的一场生涯里。不自禁地，我又想起了那句话：“这景色真是让人害羞，觉得自己是多余的，多余得连话都不好意思说出来了。”

——只是这一回，要再说一次：让人害羞的，说不出话的，不再是美景，而是生死，是面向生死的无能。无能的羔羊和屠宰，无能的月光和青草。无能的八千里路和十年生死两茫茫。

又譬如更早一些时候。汶川地震之后，我们一行几人，买了足足三辆车的食物和药品，穿州过省，去往了距离汶川几十公里的另一座小县城。可是，当我们躲过了一路的余震、塌方和随时从山顶崩塌的碎石，终于赶到目的地的时候，竟然找不到可以交接的人，我接连去了好几次官员们办公的地方，但是，每次都被推说人手不够，没有人帮助卸货，即使卸了货，也要自己负责看管，而另外一边，却不断有受了灾的人来到我们的车辆边求取药品，如此，我的心里便生出了怨怒，横竖不管，开始就地卸货，再给那些陆续拥来的人群发放药品。

没想到的是，来了一位官员，不光横加阻拦，还要喝退求药的人们，说是赈灾货物非得要统一发放不可。到了这个地步，我就再也无法忍住横冲直撞的怨怒了，我拽住他，跟他动了手，对方当然也不会善罢甘休，叫来几个人，追着我往四处里跑，越是往前跑，我就越是怒火中烧，终于停下了步子，从地上捡起一根木棍，准备迎过去，我偏要看看，接下来到底会发生什么。

终究没有。我不仅没有跟他们继续殴打，而且还迅速地、满面堆笑地跑回去，向那个官员认了错，然后，一刻也不停地，搂紧了他的肩膀，叫他再不要出声，他似乎也被这突至的亲密吓了一跳，懵懂里，竟然变得顺从，之后，再顺着我的指引，跟我一起看十步之外的景象：一个孩子正在捕捉萤火虫。月光下，蟋蟀在轻轻地鸣唱，灌木丛随风起伏，一个孩子的手正在离萤火虫越来越近。但是，这个头上缠着绷带的孩子却只有一只手。如果盯着他看一会儿，甚至能看清楚他的鼻青脸肿，这自然都是地震带来的结果，除此之外，地震另外还带走了他的一只手。现在，这仅剩的一只手正在从夜空里伸出去，越过了草尖，越过了露水，又越过了灌木，正在离那微小的光亮越来越近，越来越近。

当此之时，言语是有用的吗？悲伤和怨怒是有用的吗？无论你是谁，亲爱的，让我们沉默下来，不说话，去看，去听，去见证一只抓住光亮的手，看完了，听完了，我们还要再将此刻所见告诉别人，只因为，此刻所见既是惯常与微小，也是一切事物的总和，它们是这样三种东西：天上降下了灾难，地下横生了屈辱，但在半空之中，到底存在一丝微弱的光亮。

——亲爱的，如果它们都不能让你羞于说话，那么，你就是可耻的。

枪挑紫金冠

谁要看如此这般的戏？新编《霸王别姬》。霸王变作了白脸，虞姬的侍女跳的是现代舞，到了最后，一匹真正的红马被牵上了舞台。说是一出戏，其实是一支催化剂：经由它的激发，我先是变得手足无措，而后又生出了深深的羞耻——所谓新编，所谓想象，在许多时候，它们并不是将我们送往戏里，而是在推我们出去，它们甚至是镜子，不过，只映照出两样东西，那便是：匮乏与愚蠢。

羞愧地离席，出了剧院，二月的北京浸在浓霾之中。没来由想起了甘肃，陇东庆阳，一个叫作小崆峒的地方，满眼里都是黄土，黄土上再开着一树一树的杏花。三月三，千人聚集，都来看秦腔，《罗成带箭》。我来看时，恰好是武戏，一老一少，两个武生，耍翎子，咬牙，甩梢子，摇冠翅，一枪扑面，一锏往还，端的是密风骤雨，又滴水不漏。突然，老武生一声怒喝，一枪挑落小武生头顶上的紫金冠，小武生似乎受到了惊吓，呆立当场，与老武生面面相对，身体也再无动弹。

我以为这是剧情，哪知不是，老武生一卸长髯，手提长枪，对准小的，开始了训斥；鼓锣钹之声尴尬地响了一阵，渐至沉默，在场的人都听清了训斥：他是在指责小武生上台之前喝过酒。说到暴怒之处，举枪便打将过去。这出戏是唱不下去了，只好再换一出。换过戏之后，我站在幕布之侧，正好可以看见小武生还在受罚：时代已至今天，他竟然还在自己掌自己的嘴，光我看见的，他就掌了足足三十个来回。

梨园一行，哪一个的粉墨登场不是从受罚开始的？但它们和唱念做打一样，就是规矩，就是尺度。不说练功吊嗓，单说这台前幕后，遍布着多少万万不能触犯的律法：玉带不许反上，韦陀杵休得朝天握持，鬼魂走路要手心朝前，上场要先出将后入相。讲究如此繁多，却是为何？那其实是因为，所谓梨园，所谓世界，它们不过都是一回事：因为恐惧，我们才发明了规矩和尺度，以使经验成为眼见得可以依恃的安全感。越是缺乏安全感，恐惧就越是强烈，尺度就愈加严苛。

欧阳修之《伶官传序》既成，写到后唐庄宗李存勖，“及其衰也，数十伶人困之，而身死国灭，为天下笑”之句既出，伶人之命就被注定，自此，两种命数便开始在伶人身上交缠：一种是着蟒袍，穿霞帔，扮作帝王和弃女，扮作良将和佞臣，过边关，结姻缘，击鼓骂曹，当锏卖马。如若是有命，就花团锦簇，传与遍天下知道，如若无命也不妨，你终是做了一辈子的梦，这梦境再作刀剑，将多少劳苦繁杂赶到了戏台之外，你和尘世之间的窗户纸，只要你不愿意，可以一直不捅破；一种却是，三天两头就被人喝了倒彩，砸了场子，不得科举，不得坐上席，甚至不得被娶进门去。在最是不堪的年代里，伶人出行，发上要束绿巾，腰上要扎绿带，不为别的，单单是为了被人认出和不齿；就算身死，也难寿终正寝，死于独守空房，死于杖责流放，死于黥字腰斩，哪一样何曾少过？

烟尘里的救兵，危难之际的观音，实际上一样都不存在，唯有回过头来，信自己，信戏，以及那些古怪到不可理喻的戒律，岂能不信这些戒律？它们因错误得以建立，又以眼泪、屈辱和侥幸而浇成，越是信它，它就越是坚硬和无情，但不管什么时候，它总能赏你一碗饭吃，到了最后，就像种田的人相信农具，就像打铁的人相信火星子，它们若不出现，你自己就先矮了三分；更何况，铁律不仅产生禁忌，更产生对禁忌的迷恋和渴望，除了演戏的人，更有那看戏的人，台上也好台下也罢，只要你去看，去听，去喜欢，你便和我一样，终生都将陷落于对禁忌的迷恋与渴望之中，我若是狐媚，你也是狐媚的一部分，如此一场，你没有赢，我没有输。

西蒙娜·薇依有云：所谓勇气，就是对恐惧的克服。要我说，那甚至是解放，我们在恐惧中陷落得越深，获救的可能就反而越大，于人如此，于戏也如此。在江西的万载县，乡村场院里，我看过一出赣剧《白蛇传》，说起来，那大概是我此生里看过用时最长、记忆也最刻骨的一出戏。

恰好是春天，油菜花遍地，在被油菜花环绕的村庄里，桃花和梨花也开了，桃花梨花最为繁盛之地，便是舞台，这不是无心插柳，而是存心将枯木与新绿、红花与白花全都纳入了戏台之内。但这只是由头，时间才是真正的主角。这出戏总共五回，每一回竟然长达一个小时，稍有拖延，就可以演到一个半小时。先说武戏：小青与法海。一场打斗，被细密地切分了，如果时长十分钟，则每两分钟之间都有转换，由怨怼转为愤懑，再转为激烈，最后竟是伤心和哭泣。可能是我想多了，但我确实在想——编排这出戏的人才是看透了人世，人活一世之真相，都在戏台上：但见翎子翻飞旗杆挑枪，但见金盔跌落银靴生根，可是小青，可是法海，你们究竟从哪里来，又要到哪里去？你们是谁？在上下翻腾之中可曾想过，你们究竟是打斗的主人，还是打斗的傀儡？而坏消息是：时间还早，你们仍要将这一场打斗几乎无休止地进行下去，持续下去，既认真，又厌倦。

再说白素贞和许仙。他们说着西湖，说着芍药，身体便挨近在了一起，端的是：隔墙花影动，金风玉露一相逢。就要挨在一起之时，既不急促，也未太慢，有意无意地闪躲开了。我们都嗅到了他们的呼吸，我们都已经听见了衣襟擦撞的声音，就像一根冰凉的手指经过了滚烫的肉体，然而，他们竟然就这么错过了。端庄，天真，而又淫靡。一切开始在微小之处，且未拼死拼活，但这微小却激发出了两个阵营：他凉了，我热了；他在如火如荼，我却知道好景不长；她莲步轻移，我这厢敲的是急急锣鼓；她在香汗淋漓，我看了倒是心有余悸。到了最后，这许多的端庄、天真和淫靡只化作了山水画上的浓墨一滴，剩余处全是空白，演戏的人在走向残垣，走向断墙，看戏的人却火急火燎，奔向了空白处的千山万水。

这便是戏啊——“始于离者，终于和”，到了此时，老生和花旦，凤冠和金箍棒，都不再是孤零零的了，时间先是折磨了他们，现在又让他们聚拢，再使他们翻手为云，造出幻境：红脸的是关公，白脸的是曹操，这一方戏台之内，江河并无波涛，不事耕种也有满眼春色，所谓“强烈的想象产生事实”，所谓“离形而取意，得意而忘形”，真正不过如此。到了这时候，还分作你看戏我演戏？不，唯有时间是最后的判官，害怕时间，我们发明了钟表；为了与之对抗，我们发明了更多的东西：酒，药，战争，男欢女爱，当然还有戏，譬如这一出漫长的《白蛇传》，六个小时演下来，何曾为入场退场所动？我演我的，你走你的，因为我根本不是他物，乃是时间的使节和亲证，我若不能证明时间才是写戏排戏又演戏的人，我便是失败的。

我还清楚地记得散场之后的夜路。全然未觉得自己已经离开了戏台，反而，那一隅戏台被空前扩大，连接了整个夜幕：在月光下走路，折断了桃树枝，再去动手触摸草叶上的露水，都像一场戏。只因为，稍稍去看，去听，去动手，都横生了无力感和暧昧，和六个小时演出里的痴男怨女一样，离开戏台，我们也在深受时间的折磨，因为万事看不到头的绝望，我们去亲密、暧昧和离别，反过来，又因它们加重了绝望。实在是，这一出戏已经改变了此前的满目风物，就像一片雪，一棵刚刚钻出地面的新芽，都在使世界不一样。

先作如此想，再去看这满目风物：哪里不是戏台，哪里没有青蛇和白蛇？一如元杂剧《单刀会》里的关公唱词，他先唱："水涌山叠，年少周郎何处也？不觉的灰飞烟灭，可怜黄盖转伤嗟。破曹的樯橹一时绝，鏖兵的江水犹然热，好教我情惨切！"唱到此处，流下泪来："这也不是江水，二十年流不尽的英雄血！"

这么多年，每到一处，逢到有戏开演，如果没去看，总归要茶饭不思，好在是机缘常有，除去大大小小的剧院，田间村头也看了不少，这一次看徽剧《单刀会》，就是在安徽的一个小县城，长江里一艘废弃的运沙船上。那只不过是个寻常的戏班子，农闲之后，以运沙船作戏台，招得二三十个看客，消磨一两个时辰，风大一点，天黑得早一点，也就不演了，所以，我连看了好几天都没看完一整出。

可是，在十二月的寒风里，这一出零散小戏，我还是听得面红耳热。实在太好了，要么不演，一演起来就像是七军合纵，去打一场激烈的、快去快回的仗：顷刻之间，鼓声频发，锣声紧急，散板，哭板，叠板，齐刷刷像冰雹一样砸下来；低落时唱吹腔，激愤时唱拨子，紧跟着余姚腔，青阳腔，甚至能听见京调和汉腔，虚虚实实，相生相克，轻重缓急却是不错分毫，好似真正的战役正在进行，该杀人的杀人，该割首的割首。就在这快速行进的顷刻之间，生旦净丑轮番演过，马战，行船，翻台，滚火，更是一样都没落下。我站在人群里，岂止要叫好，简直就像被一盆热水浇淋过了，湿漉漉的，通体却都生出了热气，再颓然低头，兀自想：那个美轮美奂的古代中国，横竖是不会再有了。

这却不是这出戏的要害。要害是，这里的关云长，全然不是人人都见过的那个关云长。说起关公戏，大小剧种大小剧目加起来只怕有上百种，《古城会》《走麦城》《灞桥挑袍》，不一而足，大多的戏里，关云长先是人，后是神，最终只剩下一副面具——他非如此不可，万千世人越是缺什么，就越要将他装扮成缺失之物的化身，他只能在言说中变得单一和呆板，乃至是愚笨，只因他绝不是刘玄德一人的二弟，他其实是万千世人的二弟。他的命运，便是被取消情欲，再被我们供奉。可是，且看这出戏里的关云长：虽说逃脱了险境，惊恐，忐忑，侥幸，却是一样都没少，就算置身在回返的行船上，却反倒像一个孩子，一遍遍与船家说话，唯有如此，他才能分散一点惶恐。

这一出乡野小戏，因为几乎照搬了元杂剧，竟然侥幸逃过了修饰和篡改，就像一个被灭国的君王，传说葬身火海，实则遁入了空门，风浪平息之后，再在人迹罕至之处娶了妻，生了子；不仅如此，这出戏，还有更多的小戏，其实就是典籍和历史，只不过，修撰者不是翰林和同平章事，而是人心，人心将那些被抹消的、被铲平的，全都放置于唱念做打里残存了下来，这诸多顽固的存留，就是未销的黑铁，你若有心，自将磨洗认前朝。别人未见得知道，《单刀会》里的关云长却是知道这一天必然来临，你看他，戏终之前，一叹再叹：“昏惨惨晚霞收，冷飕飕江风起，急飐飐云帆扯。承管待、承管待，多承谢、多承谢。”

还是二月的北京，看完了新编《霸王别姬》，没过几天，我再入剧院，去看《战太平》，又是要命的新编，可是既入此门，也只好继续这一夜的如坐针毡：声光电一样都没少，就像是有一群人拎着满桶的狗血往舞台上泼洒，管他蟒袍与褶衣，管他铁盔与冠帽，都错了也不打紧，反正我有声光电；谋士的衣襟上绣的不再是八卦图，名将花云的后背上倒是绣上了梅兰竹菊，都不怕，反正我有声光电。

唯有闭上眼睛。闭上眼之后，却又分明看见一个真实的名将花云正在怒发冲冠，正在策马狂奔。我若是他，定要穿越河山，带兵入城，闯进剧院，来到没有畏惧的人中间，一枪挑落他们头顶的紫金冠，再对他们说：这世上，除了声光电，还有三样东西——它们是爱、戒律和怕。

每次醒来，你都不在

去年三月的一天早上，我喝酒通宵归来，在小区的入口处，突然看见旁边的围墙上写了好多花花绿绿的字，事实上它们早已存在，但我从未留心，酩酊之中，我赫然看见一句话，只有八个字：每次醒来，你都不在。

一时间，这八个字打动了我，让我想起前年冬天，我游荡甘肃青海，在酒泉更往西的茫茫戈壁滩上看见过一句话，这句话不知是什么人花了多长时间，顶着可以把人吹翻的西风，用堪称微小的戈壁石码起来的，每个字站起来都有一人高，这句话是：赵小丽，我爱你。

此后长达一个月的时间里，我只要后半夜回家，都坐在那堵围墙对面抽一会烟，果然让我等到了他。

但我还是大吃一惊：来者不是别人，是给我装过宽带的电信局临时工老路，我和他已经一年不见。只听说他不在电信局干了，不料他就在离我千步之内的地方当油漆工，工作之余，在后半夜的工地围墙上专事创作。

到今天，又过去一年多了，老路早就不做油漆工了。昨天，他正式离开了武汉，实际上，他是土生土长的武汉人，以他的年纪再出外谋生，结果可想而知。原本，他是来找我陪他去归元寺求签，于是就陪他去了，老路求了一个上上签。直到回来的路上，老路依旧沉浸在激动之中，车过黄鹤楼，他告诉我，这是他这辈子第一次求到上上签。

老路，一九六〇年生人，出身军人家庭。初中毕业后参军，不到一年便去参加对越自卫反击战，从战场归来，当工人，结婚，生孩子，下岗，离婚，前妻远走高飞，临走之前卖了房子，没办法，他只好又回到父母屋檐下，靠打零工过活，“一个活到四十多岁还没有自己的房子的男人，是可耻的”，有一次，他对我这么说。

自打在工地的围墙边上重逢，在他频繁的找工作之间，他有时候会来找我借书，我从未看见一个四十五岁的男人像老路那样手慌脚乱。当他坐下，身体便开始焦灼地扭动，似乎随时都在准备起身走人，他的眼神忧惧，总是心神不宁地往四处看；当他跟我进书房找书，一路上他不是碰翻桌子上的茶杯，就是裤兜里的钥匙三番五次掉落在地。

一个无论在什么地方都被拒绝的人，叫他怎么可能不慌张？我每次遇见他，他似乎都是在找工作，油漆工的活做完之后，他当过洗碗工，推销过一种古怪的治疗仪器，去乡下卖过菜籽，最后，又回城里卖电话卡。在最艰难的时候，他还想过和我一样写小说。

我和老路重逢的围墙，早已烟消云散，他的毛病却依然没有消退，在离开武汉之前，他随手带着一支圆珠笔，无论走到哪里，他都要下意识地在能写字的地方写写画画，我大约能够理解他：如果写写画画能好受些，那就多写写多画画吧。

只要稍加辨认，就能看清楚老路写的都是古诗词，譬如“十年生死两茫茫”，譬如“问姓惊初见，称名忆旧容”，全是杀人的句子，这倒也不奇怪，老路本来读过很多书。我感兴趣的是，我当初看到的那八个字——“每次醒来，你都不在”——为什么再也没见他写过了。

那一次，在东亭二路的小酒馆里，我跟他开玩笑，说他没准真能写小说，普普通通的八个字，被他写来竟然如此煽情，不知道是想起了哪个女人。

老路不说话，他开始沉默，酒过三巡，他号啕大哭，说那八个字是写给他儿子的，彼时彼刻，谁能听明白一个中年男人的哭声？ 让我套用里尔克的话：如果他叫喊，谁能从天使的序列中听见他？那时候，天上如天使，地上如我，全都不知道，老路的儿子，被前妻带到成都，出了车祸，死了。

阿哥们是孽障的人

时近正午，冻雨砸向小城，半个小时过去，黄河堤岸上仅有的一株腊梅便消失不见，全然被灰蒙蒙的雨雾覆盖了进去。但是，毕竟已是大年三十，孩子们终于忍耐不住，开始当街呼喊奔跑。最后一批打年货的人们也在雨雾里渐次显露身影，直至“嘣”的一声，一只巨大的爆竹在半空里鸣响，冻雨骤然而止，炊烟升上屋顶，一个荒凉地界的农历新年，总算是掀开了序幕。

然而，爆竹越响，我便越是躁乱不堪——我来此地，原本是为一个剧组救急，帮他们再改一遍剧本，没曾想到，我前脚才到，剧组后脚就宣告解散了，我也只好收拾行李准备离开，正在收拾行李的时候，竟然被人直接关在了剧组借住的一幢小楼里，再也走不出去了。却原来，剧组欠了拍摄地不少钱，不知何时，制片人竟然带着大部分人逃跑了，未及跑出的，不过寥寥数人，其中就有我一个。

接下来，我只好化身为一个边城囚徒，每日里足不出户，除了一遍遍给制片人打电话，也想不出别的办法，直到制片人彻底关机不再接听，他所许诺的解救也仍然远在天边。如此，时间便来到了大年三十，看守我们的人们总要回家过年，也是吃准了我和同犯们逃不出此地，出乎意料地，我们竟然获得了在街上游荡的机会——就此逃脱的确是不可能的：此地被群山环抱，唯一通往外界的道路，是黄河上的渡船，而黄河已经上了整整三天的冻了。

就像一群郁郁寡欢的游魂，一行人在破落的街道上来来回回走了好几遍，或许是因为愤懑，也或许仅仅只是对彼此的厌弃，几乎无人说话，渐渐地，大家便都走散了。我给远在几千里外的亲人打完了电话，一边将挥之不去的凄凉之感推出体外，一边信步走上了黄河堤岸，下意识里，大概是想去见一见那株隐藏在浓重雾气里的腊梅。全然不曾想到，一踏上堤岸，就听见有人在不远处唱歌：“出门遇上了大黄风，闪花的草帽儿落圈，绯红花儿你听，你的大哥哥们走哩，肝花妹妹坐吆，阿哥们是孽障的人……”

犹如被一道闪电击中，我原地站住，心脏竟然激烈地狂跳起来：如果我没记错，上次听见这首花儿还是在十年前的青海，也是在冬天的山梁上，一群庄稼人站在积雪里给我唱起过；此刻突然听见，我还以为我的魂魄错乱了，定了定神，四处张望，而确切的歌声却再度冲破了雾气：“阿哥们世下的太寒酸，这么价活人是可怜，绯红花儿你听，你的大哥哥们走哩，肝花妹妹坐吆，阿哥们是孽障的人……”

刹那之间，我不再有半点犹豫，面朝歌声响起的方向狂奔了过去，仅仅只跑了三两分钟，就在堤岸下面一座几近废弃的船坞里看见了唱歌的人：一群男人，有老有少，更多的则是青壮年，要么坐在钢梁上，要么靠在船舷边，看见我狂奔而至，也就没有再唱，只是微笑着，甚至是羞涩地看着我，然而，几乎就在一瞬之间，在那些黑红的肤色和刀削般的脸映入我眼帘的一瞬之间，我便大致明白，他们应当就是来自甘肃或者青海，他们的父兄，也许正好是站在十年前的积雪里唱歌给我听的人。

当此穷途末路之际，不由分说，我先在心里将他们认作了我的远亲，紧接着，再结结巴巴地告诉他们，我差不多可以算作西北风土的义子，既唱过湟中河谷的花儿，又赶过河州城里的夜路，在贺兰山下的一个村庄，我盘桓半月之久，临别时已经差不多能认清村庄里的每一只羔羊；这么说着，眼前的远亲们便又笑了起来，那种源自于埋首劳作的羞涩，也在这突至的机缘里慢慢退去了，最当头的走近我，道了一声：“弟兄么。”随后，远处的也围拢上前，我们就在一条锈迹斑斑的大船上说起了西北——靖远的羊肉，兰州的皮筏子，还有灵武的枸杞，西宁的酥油糌粑。

渐渐地，风大了起来，我终不免开口问他们，何以会像我一般，大年三十还流落在这荒僻小城？还有，这么多的弟兄聚在一处，哪怕再寒碜，一顿团年饭总是该备下的吧？话说到这里，我才总算知道了答案，却原来，眼前的远亲们和我一样，身陷此地都是被迫的困守——春天里，他们跟随一个当家人从家乡出来，承包了我们此刻置身的修船厂，一年里出入平安，一切还算顺利；唯一的例外，发生在二十多天前：一个弟兄生了重病，如果想要保住性命，就非得要去省城里救治不可。但是，哪怕当家人变卖了修船厂里所有能够变卖的东西，治疗费也远远不够，于是，在场的这些远亲们，老的老，少的少，每个人都把自己压鞋底的钱拿出来了，虽说已经走了二十多天，那个身患重病的弟兄，连同他们的当家人，却都还远远没有回来的迹象，而修船厂却已经卖掉了，他们没有了栖身的地方，只好分头打些零工糊口，分头找些屋檐睡觉，如此零星收入，回家的盘缠当然不够，就连手机话费也全都充不起了。所以，今日里虽说是大年三十，大家在修船厂聚首，为的却并不是吃团年饭，只是像每日里一样，说几句话，一起往黄河对岸看一看，他们就会散去，也是突然想家了，他们这才唱起了花儿。

已是正午时分了，天气越来越冷，可是，我一边听他们说话，某种巨大的热切乃至滚烫之感，却从心底里猛然滋生了出来——这寒风中的示现，我实在一点都不陌生：武威城里，陌生人曾经给困倦已极的我递过满满的一碗热酒；湟中野外，放羊的老者曾经容留我睡在他的帐篷里，而他自己却在羊群里睡了整整一夜。是啊，在那些荒瘠河川里，诺言像石头一般坚硬，情义像刀子一般干脆，一如眼前的这些远亲，已然将千里之外的石头和刀子搬迁到了这里：怀抱着诺言与情义，他们就此甘心在贫寒与等待中画地为牢，所以，此处不是他处，就是青海、甘肃和宁夏，就是西海固、贺兰山和河西走廊。

如此，一个念想便从脑子里浮了出来：我应当和我的远亲们一起吃顿团年饭。一念既出，我就马上告诉他们：虽说我也算是穷愁潦倒，而且还正身处在一场莫名的关押之中，但是，一桌饭菜，几瓶烧酒，我尚且还请得起，同在这天远地偏之处，我们便活该亲近，更何况，我早已将自己认作了西北风土的义子。当头的刚要反对，我却早已扔下手机给他，要他和众弟兄向千里之外报个平安，又二话不说地拉起两个小伙子，顶着西风跑上了堤岸，满心只想着赶在店铺关门之前买来更多的酒菜。

这么多年，这是唯一一个我没有在亲人身边度过的农历新年，但是，我可以肯定，在此后的时光里，这个农历新年却定然会像岩画一样雕刻在我的身体之上，因为它不是别的，它是委屈被抹消，是底气被托举，是走投无路之后的天无绝人之路。

事实上，在那艘锈迹斑斑的大船上，饭菜刚刚做好就全都被风吹凉了，好在我们有酒，三两杯喝下去，身体暖和了，家常话也就多了起来。说来凑巧，其中一对父子，我竟然踏足过他们的村庄，父亲一把抓紧了我的手，赶紧吩咐儿子给我倒酒，又连说了好几遍：“真是弟兄么，真是弟兄么。”如此便要再次举杯，我当然一饮而尽，转而再去敬别的弟兄，几番敬过，竟然毫无醉意。这时候，天色将晚，黄河上交错的冰层正在一点点碎裂开来，就在我对着黄河稍一愣怔的时候，刚刚那个将我唤作弟兄的父亲，竟然扯着嗓子唱起了花儿：“贵德的黄河往南淌，虎头的崖，又落了一对儿凤凰，朝你的方向上哭一场，有心来，没个落脚的地方……”

手捧热酒，置身于上天送来的弟兄们中间，我又怎么能不开口唱起来呢？于是，不管听没听过的，我都跟着唱，唱了河州令，再唱东乡令，唱了《交亲亲》和《下四川》，再唱《妹妹的山丹花儿开》和《老爷山上的刺梅花》，一句一句唱下来，整个身体都热烘烘的，一时之间，全然不知今夕是何夕，就像是被甘肃的沸水浇淋了，又像是被青海的月光照亮了，但我不曾停止，一唱再唱，反复纵容着自己陷入这小小的放浪。这时候，天色黑定了，醉意也慢慢袭来，我正陷入懵懂的犹豫，想着是否再喝一杯，那句我熟悉的调子便又响了起来："又背了沙子又背了土，又背了大石头了，绯红花儿你听，你的大哥哥们走哩，肝花妹妹坐吆，阿哥们是出门去的人……"霎时间，我便眼红耳热，仓皇着再喝尽一杯，赶紧跟着唱："又受了孽障又受了苦，还受了旁人的气了，绯红花儿你听，你的大哥哥们走哩，肝花妹妹坐吆，阿哥们是出门去的人……"

——这夜幕里响起的调子，不是别的，它是落难，是拿刀子挖自己的心。

那一晚，直到冻雨再次齐刷刷尖利地落下，神迹降临般的团年饭才算宣告结束，无论有多么不愿意，我也只好与我的弟兄们在江堤上作别，他们还要去找各自过夜的地方，而我，则只好回到我借住的小楼里去继续我的囚徒生涯，只是我并没有告诉他们，在各自分散之后，我又折回了船上，也没有喝酒，径直走来走去，拼命回忆着此前唱过的每一句，其时情境，就像是一个远道而来的凭吊客，正在败落的遗址里寻找自己的身世；又像是一个失忆症患者，再三确认着他是否真正是从一场难以言说的神迹里走出来的。

我当然是从神迹里走出来的。因为直到第二天清晨，这场神迹还在延续。

清晨，我被冻雨落在屋顶上的敲击之声惊醒，起了床，刚一推开窗子，迎面便看见了足以惊人的景象：楼下的铁门之外站着两个人，不是别人，正是昨日船上的那对父子，儿子的手里拎着一瓶白酒，父亲虽说撑着一把雨伞，但是那把伞太残破了，挡不住雨，所以，两个人的身上都已经淋得湿透了。

震惊了一瞬间，我赶紧问他们，为何会到这里来找我。全然不曾想到，父亲竟然回答我，既然我拿他当了弟兄，他就应当拿我也当弟兄，按照他们家乡的礼数，大年初一，当小辈的应当带上礼物，去给长辈磕头，而我一人在外，自然没人给我磕头，所以，他便带着儿子来给我磕头了。说话间，儿子已经在湿漉漉的地上跪下，接连给我磕了三个头，磕完了，又将那瓶白酒从铁门的门缝里塞了进来，再重新站好，对着我笑。

没有人看见我的战栗，然而，我是真正地满身战栗了起来。站在窗子前，懵懂与哽咽将我轮番冲击包裹，除了瞠目结舌，我根本未能说出一句话，直到父子二人离开，看着他们的背影在雨雾里越来越小，我还是不知道是否应该对着他们呼喊一句。终于没有，愣怔了一小会，如梦初醒一般，我飞奔下楼，捡起了铁门边的白酒，想了又想，竟然掀开盖子喝了起来——我早已知道，我的弟兄囊空如洗，可是，他仍然在大年初一的早晨送来了这瓶白酒，所以，喝下它，就是喝下了贫苦，喝下了从贫苦里长出的情义。

多年以后，我依然能够清晰地回想起喝下满瓶白酒的那一天：跌跌撞撞，却又飘飘欲仙，虽说铁门紧锁，我却并没有心生怨怼，正所谓，不知道可以原谅什么，但觉世间万事都应该被原谅。

这一天，雨雾尽管仍然没有散，但是，当我重新站在窗子前，竟然觉得山河浩荡，觉得黄河堤岸上全都长满了腊梅，而且，一朵一朵，全都怒放。这当然是我的狂想。然而狂想一旦开始就不曾休歇，我甚至想，说不定，在黄河的对岸，某处隐秘的地界，也有一个人如我般被关押。弟兄啊，我对他说，不要紧，无论深陷何时何地，尽管安之若素，要不了多久，哪怕霜寒夜重，你也会迎来命定的弟兄，命定的弟兄一定会找到你。

我当然不会想到，那些白日里的狂想，刚刚入夜就验证在了自己身上。

入夜之前，看守我们的人来了，毕竟是大年初一，他们各自也都喝了酒，可能是因为制片人的电话仍然无法接通，也可能仅仅只是因为想起了自己的命运，一个个的，竟然全都不由分说地暴怒，站在院子里，对着我和我的同犯们一顿辱骂，但是，我们之中，并无一人出来回应，所以，对方辱骂了一会，也就锁上铁门，继续回家过年了。

看守们走远了之后，没过多长时间，我竟然听见有人叫我的名字，我恍惚了一小会，迷惑着打开窗子，先是雨幕扑面而来，然后，我就在雨幕里看见了我的弟兄们：不仅仅只有那对父子，而是所有的弟兄都来了。

我当然赶紧跑下了楼，来到铁门边上，不料，我还未及开口，当头的弟兄竟然劈头告诉我，虽说雨还在下，但气温已经没有那么低，黄河正在解冻，差不多可以行船了，而修船厂里恰好还有一条没有损坏的小船，所以他们商量过了，决定现在就带我过河逃离此地，以免明天看守们来了，我就又走不了了。

——当我狂奔着下楼，怎么会想到事情竟然是这样呢？听当头的弟兄说完，我站在铁门之内，某种错乱迅速袭来，这错乱几乎使我疑心自己根本没活在这世上，也不是活在某部电影抑或传奇小说之中，而是活在几千年里所有情义的要害里：千里送京娘的夜路，黑旋风劫法场的黎明，抑或羊角哀找到了左伯桃栖身的树洞，范无救奔走在解救谢必安的河水中。不过是一刹那，电光石火纷至沓来，我在电光石火里看看背后黑黢黢的小楼，再看看眼前寡言的弟兄，除了陷入比白日里更加巨大的震惊，根本无法知道该如何是好。但是，满天的冻雨，还有森严的铁门，它们都可以证明：正在等候我的，确切是我昨日才相识今日便过命的弟兄。就在当头的弟兄说话间，两个青壮的小伙子已经翻越了铁门，跑上楼，将我的行李拎了下来，再在我身边站住，笑着看我，不发一言，到了此时，我再也没有片刻犹豫，三两步便攀上了铁门。

没想到的是，一行人刚刚要跑上黄河堤岸的时候，看守们来了，而且，他们还叫来了更多的人，隔了老远也能听见他们兴奋的咒骂声，随后，咒骂声越来越近，他们将摩托车和小货车的车灯都打开了，灯光远远照射过来，就像正在照射一群待宰的羔羊。我站在弟兄们中间，看看这个，再看看那个，和众弟兄一样，既然事已至此，我倒也和他们一样并不慌乱，这时候，仍然是那一对父子，走到我的身前，父亲叮嘱儿子，将我照顾好，又对我说："修船的么，水性好，放宽心。"

一语说罢，弟兄们竟然一起朝车灯亮起的方向走了过去，只剩下了我和另外三四个人停留在原地，这时候，给我磕过头的少年劝说我，赶紧跑上堤岸，去上船渡河，我当然不愿意，径直告诉他：现在是过命，既然是过命，我就不能不过自己的命。

哪知道，少年竟然一把拽着我就往前奔跑，我刚想要挣脱，另外几个弟兄又一并将我拉扯着往前奔，一边跑，少年一边对我说："给你磕过头了，不能扔下你。"

就这样，一路跟跄着，不过几分钟的时间，我们就奔到了黄河岸边，未曾有半刻停留，少年便拉扯我坐进了一条铁皮小船，一入黄河，少年立刻端坐在船头，持桨敲击冰层，冰层应声碎裂，我们的船就从簇拥的冰层里穿行了出来，并没有走多远，冰层便消失不见了，水流也不急缓，似乎正在预示着一个即将来临的大好晴天，而我却未发一言，颓然蜷缩在船舱里，只觉自己是个临阵脱逃的叛徒。

倒是船头的少年，开口唱了起来："牛头跟马面俩两边里站，把我俩，押给了阎王的殿前，好花儿我俩唱翻了阎王殿，把好少年，我俩漫红了阴间……"再停下来，对我说："唱么。"然而我却没有唱，一个劲地回头张望，可是，黑暗已经将我刚刚离开的堤岸完全笼罩，依稀可见的，只有河面上零星漂浮的冰层，显然，我离我的弟兄们是越来越远了。

然而，就在这个时候，一句歌词被人从身后广大无边的黑暗里唱了出来，只这一句，我便腾地从船舱里站了起来，因为唱歌的不是别人，正是少年的父亲，我过命的弟兄。现在，他回来了，和他一起的弟兄们也都回来了，他们全都扯开了嗓子，用歌声为我送行。那歌声，既猝不及防，又撕心裂肺，就算有妖孽正在经过，那歌声也足以使它低头认罪，还等什么呢？如遭电击之后，我也扯开嗓子，跟着弟兄们一起嘶喊：“一身的脂肉儿苦干了，压弯了脊梁骨了，绯红花儿你听，你的大哥哥们走哩，肝花妹妹坐吆，阿哥们是离乡的人；拿着的干粮吃完了，出门人孽障死了，绯红花儿你听，你的大哥哥们走哩，肝花妹妹坐吆，阿哥们是离乡的人……”

唱完了一遍，再唱一遍：“没风没雨的三伏天，脊背上晒下的肉卷，绯红花儿你听，你的大哥哥们走哩，肝花妹妹坐吆，阿哥们是孽障的人；一年三百六十天，肚子里没饱过一天，绯红花儿你听，你的大哥哥们走哩，肝花妹妹坐吆，阿哥们是孽障的人……”

唱完了一遍，从头开始，又唱一遍：“出门遇上了大黄风，闪花的草帽儿落圈，绯红花儿你听，你的大哥哥们走哩，肝花妹妹坐吆，阿哥们是孽障的人；阿哥们世下的太寒酸，这么价活人是可怜，绯红花儿你听，你的大哥哥们走哩，肝花妹妹坐吆，阿哥们是孽障的人；又背了沙子又背了土，又背了大石头了，绯红花儿你听，你的大哥哥们走哩，肝花妹妹坐吆，阿哥们是出门去的人；又受了孽障又受了苦，还受了旁人的气了，绯红花儿你听，你的大哥哥们走哩，肝花妹妹坐吆，阿哥们是出门去的人；一身的脂肉儿苦干了，压弯了脊梁骨了，绯红花儿你听，你的大哥哥们走哩，肝花妹妹坐吆，阿哥们是离乡的人；拿着的干粮吃完了，出门人孽障死了，绯红花儿你听，你的大哥哥们走哩，肝花妹妹坐吆，阿哥们是离乡的人；没风没雨的三伏天，脊背上晒下的肉卷，绯红花儿你听，你的大哥哥们走哩，肝花妹妹坐吆，阿哥们是孽障的人……”

郎对花，姐对花

——“郎对花，姐对花，一对对到田埂下。丢下一粒籽，发了一棵芽，么杆子么叶开的什么花？”

这一段黄梅小调，我自然听过不少回，但在后半夜的大排档里听见，还是第一次。春天的夜晚，啤酒喝个没够，不自觉间，就已经飘飘欲仙，正巧这时候，邻桌里响起了歌声，郎对花姐对花，唱得真是好，醉眼迷离之中，我看清楚唱歌的是个女孩子，二十几岁的样子，唱完了，还没落座，就被一个中年男人一把扯入了怀中。

我们都明白是怎么回事：邻桌上的人都是刚刚从夜总会出来的，那个女孩子，还有旁边的姐妹，所从事的，都是昼伏夜出的工作。

她叫小翠还是小梅？我从来都没听清楚她的名字，就算听清楚了，风月场上，用的只怕也是假名。这是我第一次见到她，隐隐约约里，她的话音传来，听过几句之后就知道，她大概不够聪明：总是被开玩笑，该喝的不该喝的酒却是一杯也没有躲过。

这也没办法，谁叫她是初来乍到？领头的女孩子一遍遍介绍着她，说她来夜总会上班才刚刚三天，说她以前是职业唱黄梅戏的，丈夫坐牢了才来到此地；至于她自己，却是话少得很，不时笑着，害羞的笑，赔罪似的笑，被人斥责酒没倒满的笑，最后才是些微她自己的笑：像是和身边的姐妹说起了哪个韩国明星。没说几句，被领头的女孩子打断了，因为又有人要她唱那段黄梅小调，她没听见吩咐，领头的女孩子就不耐烦了。

却也是个烈女子。唱就唱。郎对花，姐对花。因为实在唱得好，姐妹们都在鼓掌，周边的食客们也在鼓掌，但她只是笑着朝四处张望一下，马上就缩进了姐妹们的中间，她应该也明白，周边几乎所有人都见惯过此刻所见，都知道她是干什么的，所以，她急忙闪躲了，没有在此处接受掌声。

我也继续喝酒。继续看他们那边的男男女女猜拳行令。过了半个小时，她突然活跃起来，举着酒杯给一个男人赔罪，说是要连喝十六杯。却原来，一个姐妹不知何故得罪了在座的人，被罚喝下十六杯，但刚刚才吐过，实在喝不了，这时候，她站了出来，一杯杯地仰头喝下，也不多说话，喝到最后，几乎站立不住，差不多是倒在了旁边姐妹的怀中。

后来，我去巷子口的小店买烟，转来看见她，蹲在巷子里，扶住墙，身体几乎蜷缩在一起，显然，她在呕吐，恰好这时，她的手机响了，她迅速地清理了自己，对着话筒说话，虽然声音很小，但是绝对听不出醉意。稍后，她的声音大了起来，先叫了一个名字，然后就连说了好几遍："叫妈妈！叫妈妈！"

天上起了大风，吹得满街大排档的锅碗瓢盆咣当作响，满街人都在奔忙着收捡，随后就下起了雨，转瞬就似瓢泼，但她全都视若不见，这风雨之下的烈女子。

直到一个多月之后，我才再次遇见她，这一次，我醉得厉害，原本没有看见她，但她又唱起了黄梅小调，我听到最后一句，如梦初醒，赶紧转过身去，看见她就坐在街对面，哦不，是站在街对面，跟上次一样，她都是站着唱。唱完了，还未及坐下，掌声像上次一般响起来了，紧接着，十几只酒杯伸过来，都在夸她唱得好，如此场面她显然不会再陌生，一一碰杯，再仰头喝尽。

我一直都在打量她。她似乎比一个多月前伶俐了不少，时而劝着酒，时而又哈哈笑出声来，身边男人说话的时候，她先是听，听完了，再轻轻地推对方一下，分寸火候都是恰恰好。这一次，当初带头的女孩子没在，她差不多成了小小的中心，不说身边的男人，单说女孩子们，反而动不动就找她碰杯，她也一概都喝下了。

我以为这寻常所见不过会以谁醉倒而结束的时候，哪知道，突然的一幕发生了：从巷子里奔出一群人，被一个女人带领，径直在那一桌前站定，又一指正端起酒杯的她，顿时，她就被来人踹倒在了地上，而且，是脸先着了地，等她站起来的时候，脸已经肿了，额头上还渗着血；还没站稳，再次被来人踹倒，半天没有起来，对方仍然不肯依饶，围拢上去，可以想见，她又被踹了多少脚。之前她身边的那些男人们早就烟消云散了，她的姐妹倒是都上去帮忙，但也都纷纷被推开，被打倒，其中一个姐妹，满脸都是血。

这一幕发生得太快，一开始，因为没有人知道是怎么回事，周边的食客们几乎都是在沉默着旁观，但是，因为那群人的不肯休止，渐渐惹怒了旁观的人们，纷纷前去阻止，我和同伴也上去了，对方当然不肯罢手，三两句吵过之后，好几十人干脆跟他们动起了手，这一次，他们才算是被赶走了。

之后，人群陆续散去，各自退回到自己的酒桌前，我也拔脚就要走的时候，看见她被姐妹搀扶着坐了起来，头发蒙住了她的脸，身上也被泼了一锅鱼汤，不光脸上有血，头发上，袖口上，都有血，隔在好几步之外，我也能听见她大口大口的喘息之声；恰在这个时候，大概到了每晚固定通话的时间，她的手机响了，她似乎是想要去到一边接电话，但是动弹了一下之后，很快就放弃了，而是快速地、下意识地先整理了头发，露出已然肿胀到骇人的脸，再困难地将耳朵凑在手机边，这一次，她差不多是带着哭音对着话筒喊："叫妈妈！叫妈妈！"

这便是我的第二次遇见她。

第三次差点跟她错过了。那已经是大雪纷飞之时，当此时节，来大排档喝酒需要鼓足勇气。这一回，她和姐妹们来得比我早，我才刚刚坐下，就看见她们起身离去，不曾想，没多大一会，她又和姐妹们回来了，吵吵嚷嚷地，但却不是吵架，听过几句之后就知道了，她们重新回来是因为她，她的手机丢了。

在此地，她显然已算得上常客，马上向四周店家打听，但店家们纷纷摇头，都说没看见她丢掉的手机。没办法了，她就选了一处中间的地带，焦灼地站住，对所有的食客们发出吁告：要是有人捡到了她的手机，请一定还给她，手机并不值什么钱，但里面有她孩子的照片，她愿意拿钱出来感谢。结果却并不好，没有一个人说捡到，反而都纷纷跟她开起了玩笑：谁知道是不是孩子的照片？艳照吧？不知道哪个男人又要倒霉了。

她并没有生气，风月场上见惯，岂能逢到开玩笑就生气？没有别的办法，她干脆领着四五个姐妹当街找了起来，这条挤满了大排档的巷子并不短，大约有一公里路，她们便开始弯腰寻找，从酒桌边开始，再找到路边的沟渠。当此深夜，每一张酒桌都在热烈地碰杯和谈笑，唯独她们几个安安静静，落叶，废纸，都被翻开来，几乎每一寸土地都没有放过。天上的雪下得越来越大，经过路灯发出的漫天光晕，飘洒下来，有的落在了她们身上，没有立即融化，使她们看上去更加安静，甚至肃穆。

她们慢慢地找远了。大概一个小时之后，她再找回来的时候，姐妹们没跟着回来，大概都被她劝说回去了。我知道她其实是个烈女子，但没想到她竟然执拗到这个地步，借着路灯的光，一遍遍、来来回回地找。我喝第三瓶啤酒时她在找；我喝第十三瓶啤酒时，她还在找。

我完全相信，只要找不到，她就会在此处找上整个晚上，而天气越来越冷，我的酒宴不得不潦草地结束，是离开的时候了。我还记得，当我离开的时候，她正站在一盏路灯下，狠狠地跺了几下脚，再往手上吹气，随后，弯下腰，去翻垃圾桶。

人活一世，谁不是终日都在不甘心？谁不是终日怀揣着一点可怜的指望上下翻腾，最后再看着这点指望化为碎屑和齑粉？不知道她是不是，反正我是。于是就越来越频繁地去大排档喝酒，可是说来也怪，我竟然再也没遇见她，直到第二年，春风再起的时候，我才第四次看见了她。

很意外地，再次见到的她，其实远远低于我的期待，来到这座城市已经半年还多，她并没有过得好一点，至少，没有上次好。上次见她，已经初露了长袖善舞的迹象，并且俨然是姐妹们的中心，但不知何故，这次再见，却发现她老了不少，就像是生活里出现了一个难以接受的真相，一举就将她击垮了，至于那真相究竟是什么，我也不得而知，反正是，人人总归都有那么几桩日日趋近又日日恐惧的物事。

她是最后来的。满桌子的人坐定了，酒都过了三巡，她才从巷子里急急忙忙奔跑过来，不用说，立刻遭到了训斥，训斥她的，竟然是我第一次见她时那个领头的女孩子，可以想见期间发生了什么：她自然想过法子，走过路子，但绕了一圈之后，最终还是得回来成为那个女孩子的手下；一如世间众人：不甘心，不忍心，上梁山，下扬州，忙了一场，只证明了“悔恨”二字确实存在，“一种行动的存在，就像存在本身一样毫无用处。”她才坐下没几分钟，趁人没注意，竟然悄悄离席，跑进了巷子，过了三两分钟，再从巷子里跑回来，如此反复了好几次，她做贼似的行径自然也就被同桌的人发现了。

不过是喝酒。喝就喝吧。十几杯喝下去之后，有个姐妹心疼她，要帮她喝，没料到，她看都没有看，一把便打开了姐妹的手——她果然还是那个烈女子，只不过，有的贞烈要用庞大的牌坊来证明，而有的贞烈却只能用一只酒杯来证明。喝完余下的几杯，她似乎是不行了，捂着胸口，趔趄着，要往地下倒，却也给再次回到不远处那条巷子里找到了理由。

也是凑巧得很。我的烟又没了，便去巷子口的小店里买，站在小店门口，依稀可以看见小巷子里的她，她蹲在地上，既没有呕吐，也没有打电话，却是正在跟一个孩子玩耍——是啊，有一个小女孩，应该是她的女儿，就在一盏昏黄的路灯之下，缠着她，抱着她，手里还拿着一本画册。玩耍了三两分钟，她起了身，急匆匆再往大排档里跑，小女孩叫了她一声，她停下步子，但没有回头，只是答了一声，继续往前跑。

她跑远了之后，我悄悄地走到小女孩的身边，隔着街去看她，这才发现，可能是怕她走丢了，也可能是怕她被过路的人拐走，她其实是被锁在路灯的灯杆上，是那种锁自行车的锁，为了让她能在路灯下多走出去几步，用红色塑胶包裹起来的锁链特意被加长了。这个小女孩，见我在看她，她也看着我，看着看着，她就笑了。见她笑了，我也笑了。

这时候，跟每年春天一样，天上又起了大风，一棵菠菜被大风席卷着，吹到大街上，再辗转来到小女孩的跟前，她蹲下身去，将它捡在手里，即使这只是一棵菠菜，也足以使她好好把玩一会儿，直到母亲回到她的身边；而她的母亲，那春风里的烈女子，已经在不远处开始了歌唱：“郎对花，姐对花，一对对到田埂下。丢下一粒籽，发了一棵芽，么杆子么叶开的什么花？”

鞑靼荒漠

每天黄昏，我结束写作，对着窗外喊一声他的名字，他就会欢快地答应着，穿过二十多只孔雀，朝我住的吊脚楼狂奔过来。他不会跑进我的房间，而是怯生生地站在窗口，看着我收拾好桌子上的杂物，他的嘴唇动了几次，终于没能说出话来，最后，看我收拾好了，他才带着慌乱和一丝雀跃指着远处说：“你看！”

有时候我会看，有时候我就不看。太阳底下并无新事，何况我来这被群山与大水阻隔的荒岛上已经足足一月，不用抬头我也早已熟知他一再对我指点的那些事物：无非是野猫追赶着三两只鸟雀奔入丛林，远处江面上的一只小木船在旋涡里打转；无非是，登高望远，拨云见日，孔雀开屏，豌豆开花。是啊，它们存在，甚至正在发生，但它们不会带领我离开此刻的荒岛，最终我们尚需在各自的世界里痴呆、受苦和癫狂，借我一双翅膀，我也飞不进豌豆花的花蕾。

我更愿意和眼前的他散步，从岛上下来，下六百多级台阶，在乱石丛中没有目的地往前走。经过大大小小十几个船坞，天色黑了下来，那时我们再折回。山区之夜星光明亮，他就忍不住在星光下歌唱，刚唱了一句，便把余下的歌词硬生生吞了回去，他应该是羞涩地偷看了我一眼的，但是夜幕深重，我们都看不清对方的脸。

哪怕看不清脸，他也是我的小弟兄。尽管他瘦，他胆怯，他只有十五岁，他是来自安徽的童男子。

他的名字叫莲生。

奇迹发生在涨水之夜，我们照常散步到了很远，回来的路上，仍然一前一后地走着，耳边一直回响着江水拍打防浪堤的声音。突然，莲生大声唱了起来，我诧异地回头，但他全然不理会我，面朝江水，中了魔障一般使出全身力气，不光我受了惊，就连一艘原本在夜幕下沉静航行的机动船上也亮起了电灯，两个渔夫从灯火下现出身影朝岸边不断张望，他们说不定还以为这里要发生凶案。而我，干脆就被这突如其来但却没有理由的歌声震动得不知所以，刹那间，我手足无措，忘记了眼前的人又是谁，也不知道他想做什么。如果我没记错，上次听见这样的嗓音和歌声还是在山西，在让人怀疑一辈子也走不到头的焦渴群山之中。

我等待了一阵子，莲生终于唱完了，我们继续深一脚浅一脚地朝前走，没有说话，耳边回响的仍然只有江水的拍打声，我不曾问他突然唱起来的原因，但我知道，就在他歌唱之时，我莫名其妙地想起了二十年前中学操场上的荒草、电台里播放的京剧和几段难堪直至不堪的往事；最后，散步结束，在我住的吊脚楼前，看得出来，莲生是想了又想，终了，他还是告诉我："我其实和那本书中的人也差不多。"

这是我带到荒岛上来的唯一一本书，意大利作家布扎蒂所著：一个年轻的军人接到命令，前往与敌国交界的北方荒漠等待伏击敌人，殊不料，终其一生他也没见到自己的敌人是什么样子，在没有敌人的战场上，他能做些什么呢？他只好迷恋上了枯燥，并且一再告诫自己要相信"等待是必要的"，就这样，年华老去，直至最后被他的同胞如此宣告死亡："他和我们一样，都没遇到敌人，也没有遇到战争，然而，他却是死在战场上。"

莲生果然和小说里的那个年轻人差不多吗？我和他共同栖身的小岛竟然等同布扎蒂笔下的鞑靼荒漠？在许多寂寥的时刻，我已经听他说起过自己的来历：小学毕业之后，他从芜湖的一个小村庄里跑出来，到此地投奔做厨师的舅舅，舅舅也只够糊口而已，于是将他送到了这个岛上。据说，打清朝起这个岛的名字就叫孔雀岛，但那不过是地貌形似，别无其他原因。大概是五年前，一帮人突发奇想，要把它变成真正的孔雀岛，先建了几幢吊脚楼，再引进来非洲孔雀，以求游人光顾，结果事与愿违，从开始到结束，从来就没有多少人知道这个地方，到最后，岛又重新变回荒岛，吊脚楼的房梁上都长满了苔藓，可是，要有一个人侍候那些当事者不知如何处置的孔雀，于是，莲生上了岛，转瞬便是两年。

两年里，他没离开过这个岛，也没有人上岛来看过他，每隔半个月，会有人托船家给他捎来吃喝的东西，每隔半年，那些看不见的雇主还会为他捎来微薄的工钱。在我来之前，他的粮草已经断了两个月，原因据说是雇主们彻底闹翻，不再过问这个荒岛的事情，如此，他和他侍候的孔雀被遗忘了。两个月来，他的吃喝全靠过路船家施舍，幸亏那些孔雀暂无性命之忧，就在我的房间隔壁，堆满了它们的粮食，只怕吃上十年也吃不完。但是，莲生的一堆问题却不可能指望过路船家给出答案，譬如，粮草断绝之后，他是否应该为自己种上一片菜园？譬如，如果他离开，这里的孔雀会在多长时间里死去？问题还有更多：他现在的雇主究竟是谁？他在为谁侍候那些五彩斑斓的同伴？还有，他到底会在这里待多长时间？雇主们会有一天重新过问起这座荒岛吗？

“人间亦有痴于我，岂独伤心是小青？”几乎是挣扎着，用了一个月时间，小学毕业的莲生看完了一部繁体竖排的小说，并且在书里找到了自己，也就是说，他明白了自己的处境，只有天知道，这对他究竟是坏是好：不是每个人都能认清并且认同自己的处境，就像个别的酒鬼，让他糊涂也好，让他执迷也好，偏偏不要叫醒他，闭上眼睛只当是睡着了，一叫醒偏偏就要发疯。可是，小弟兄莲生，却全然不作这等想，下一个黄昏，当我们散步，他一点也不似往日的怯生生，看着我，告诉我："我想过了，我得动起来。"

于是他就动起来了。既然太阳底下无新事，他就从种菜园开始，连续一个星期，他终日蹲在防浪堤上求告过路船家，结果不错，他找他们要来了萝卜籽、红薯籽，甚至还要来了西瓜籽。每当得手，他就赶紧狂奔上岛，奔向丛林里的一小块空地，那是他的菜园，是他的小小乌托邦；岂止他的小小乌托邦，我们的沉默之岛，在他的歌声与日渐奔走中越来越显露出理想国的模样：过去的日子里，我曾给过他一些钱，现在，他用这些钱拜托船家买来了一群鹅，并且顺利地安排它们在孔雀中间招摇过市；他还买来了丝线，他说，他要织一张渔网，这样，他就不用为自己的嘴巴发愁了；他还和自己打赌，赌自己还会不会脸红，因为他暗自定下了一个目标，希望我每天教会他认识十个繁体字，脸红怎么能行呢？

而那突出的、使我惊骇的，仍然是他的歌唱，我怀疑，这些日子以来，他已经唱完了自己能唱出来的所有的歌，无论是在江水边织网，还是在孔雀与鹅群之间嬉闹，他都张开嘴巴涨红了脸，但那还算不上奇迹，奇迹发生在另外一个涨水之夜：这一晚，天降大雨，我再次被莲生的歌声惊醒，打开窗户，借着闪电，看见他正全身上下湿漉漉地守护他的乌托邦——为了菜地里的新芽不被摧毁，他将自己的被褥高悬于树木之上，而他自己，和新芽们坐在一起，放声歌唱，嗓音粗涩，曲调生硬，那些歌词就像是一块块石头般从他的胸腔里迸了出来，但它们又分明像匕首般刺破了夜幕，看上去，全似一个苦役中的小小十二月党人。

我突然感到一阵厌倦，那厌倦只针对我自身：如果我能哭，我就会哭着告诉莲生，其实，我也在漫无边际的鞑靼荒漠中，但是，当我想起荒草、京剧和往事，而你已开始张开了嘴巴，我为什么就不能告诉你，其实，我一个字也写不出来，即使从荒漠逃到荒岛，我也还是一个字都写不出来，我每日的写作，无非是一波未平一波又起的发呆与痴狂？

是啊，在我们眼前，或有一片荒漠，或有一座荒岛，我们的肉身与心魄只能任由其包裹与浮沉，即使借我们一双翅膀，我们也飞不进豌豆花的花蕾。我们到底能怎么办？卡夫卡说，一切障碍都在粉碎我；海德格尔说，人仅有一个世界是不够的；苏东坡说，长恨此身非我有，何时忘却营营；耶和华说，天国近了，你们应当悔改；唯有你，我的小弟兄，你说：“我想过了，我要动起来。”

——就是这样，即使在风雨如磐的后半夜，你也可能遭遇自己的定数：它是命定的闪电、歌唱和新芽，它是命定的小弟兄，小弟兄会对你说，我想过了，我要动起来。什么都不要管了，走上去，抱住他，哭出来，因为他是你鞑靼荒漠上的小弟兄。

长安陌上无穷树

很长一段时间了，每天后半夜，我从陪护的小医院出来，都能看见有人在医院门口打架。这并不奇怪，在这城乡接合部，贫困的生计，连日的阴雨，喝了过多的酒，都可以成为打架的理由。无论是谁，总要找到一种行径，一种方式，来证明自己的存在，可能是喝酒，恋爱，也可能就是纯粹的暴力。

今晚的斗殴和平日里也没有两样：喊打喊杀，警察迟迟没有来，最后，又以有人流血而告终。这都不奇怪。举目所见：一条黯淡的、常年渍水横流的长街，农贸市场终日飘荡着腐烂瓜果的气息，夹杂着粗暴怨气的对话不绝于耳，人人都神色慌张，王顾左右而言他，唯有彩票站的门口，到了开奖的时刻，还挤满了一脸厌倦又相信各种神话的人。难免有打架、将小偷绑起来游街、姐夫杀了小舅子等等稍显奇怪和兴奋之事发生，但是很快，这诸多奇怪都将消失于铺天盖地的不奇怪之中，最终汇成一条匮乏的河流，流到哪里算哪里。

实际上，当我经过斗殴现场的时候，架已经打完了，只剩下被打得浑身是血的人正趔趄着从地上爬起来，我看了一眼，就赶紧奔上前去，搀住他，因为他不是别人，而是我熟得不能再熟的人。这个不满二十岁的小伙子，是医院里的清洁工，打江西来，热心快肠到匪夷所思的地步，许多次，我在搬不动病人的时候，忘记了打饭的时候，他都帮过我。

而现在，他已经不再是我平日里认识的他：脸上除了悲愤之色再无其他，狠狠推开了我，径自而去，身上还淌着血，但那血就好像不是他身上流出来的，他连擦都不擦一下。我只能眼睁睁地看他离开，但心里全然知道，这个小伙子受到了生平最大的欺侮，他一定不会就此罢休。

果然，没过多久，等他再从医院里出来的时候，左手右手各拿着一把刀，就算进了医院，他也没去包扎一下，愤怒已经让他几乎歇斯底里，在这愤怒面前，之前围观的人群都纷纷闪避，莫不如说，人们对接下来要发生的事情其实更加期待——殴打小伙子的人几乎都住在这条街上，只要他找，他就一定能找得见他们。

这时候，一声尖利的叫喊在小伙子背后响起来，紧接着，一个老妇人狂奔上前，紧紧地抱住了他，再也不肯让他往前多走一步。但我知道，那并不是他的母亲。那只是他的工友，跟他一样，也是清洁工。这个老妇人，平日里见人就是怯懦地笑，也不肯多说话，我印象里似乎从来就没听见过她说一句话，没想到，在如此紧要的时刻，她却使出了全身的力气，抱住小伙子，再用一口几乎谁都听不懂的方言央求小伙子，要他不做傻事，要他赶紧回去缝伤口，自始至终，双手从来都没有从小伙子的腰上松开。

我一阵眼热：在儿子受了欺负的时刻，在需要一个母亲出现的时刻，老妇人出现了，当此之际，谁能否认她其实就是他的母亲？

她矮，也瘦，所以，终究被小伙子推开了，但是，小伙子还没走出去几步，老妇人又追上前来，仍要抱住他的腰，小伙子闪躲，但她还是抱住了他的腿，顿时，小伙子翻脸了，高喊着要她松手，甚至开始咒骂她，终究没有用，她好歹就是不松手。这反倒刺激了小伙子的怒气，就拖着她，生硬地、缓慢地朝前走，走过水果摊，走过卤肉店，再走过一家小超市，终于挪不动步子了。只好停下来，低下头，两眼里似乎喷出火来，就那么直盯盯地看着老妇人，大口大口喘着粗气。

看了一会儿，小伙子丢下了手中的刀，颓然坐在地上，号啕大哭；那老妇人一开始并没有搂住他，却是赶紧从口袋里掏出碘酒，先擦他的脸，再去擦他的手；然后，才将他拉过来，拍着他的肩膀，轻声对他说话，还是一口全然听不懂的方言。小伙子根本没听她在说什么，只是哭——哭泣虽然丢脸，但却是度过丢脸之时的唯一办法。他的身上还在淌着血，所以，老妇人再没有停留，强迫着，几乎是命令般将他从地上拉扯起来，再跌跌撞撞地朝医院走去。

看着他们离去，我的身体里突然涌起一阵哽咽之感：究竟是什么样的机缘，将两个在今夜之前并不亲切的人共同捆绑在了此时此地，并且亲若母子？由此及远，夜幕下，还有多少条穷街陋巷里，清洁工认了母子，发廊女认了姐妹，装卸工认了兄弟？还有更多的洗衣工，小裁缝，看门人，厨师，泥瓦匠，快递员；容我狂想：不管多么不堪多么贫贱，是不是人人都有机会迎来如此一场福分？上帝造人之后，将一个个的扔到这世上，孤零零的，各自朝着死而活，各自去遭逢疾病，别离，背叛，死亡，这自是一出生就已注定的大不幸，但好在，眼前也并不全都是绝路，上帝又用这些遭逢，让我们一点点朝外部世界奔去，类似溺水者，死命都要往更远一点的水域里挣扎，最终，命中注定的人便会来到我们的眼前；如此，那些疾病和别离，那些背叛和死亡，反倒成了一根蜡烛，蜡烛点亮之后，渐渐就会有人聚拢过来，他们和你一样，既有惊恐的喘息，又有一张更加惊恐的脸。

我常常想：就像月老手中的红线，如此福分和机缘，也应当有一条线绳，穿过了幽冥乃至黑暗，从一个人的手中抵达了另外一个人的手中。其实，这条线绳比月老的红线更加准确和救命，它既不让你们仅仅是陌路人，也不给你们添加更多迷障纠缠，爱与恨，情和义，画眉深浅，添花送炭，都是刚刚好，刚刚准确和救命。

就像病房里的岳老师，还有那个七岁的小病号。在住进同一间病房之前，两人互不相识，我只知道：他们一个是一家矿山子弟小学的语文老师，但是，由于那家小学已经关闭多年，岳老师事实上好多年都没再当过老师了；一个是只有七岁的小男孩，从三岁起就生了骨病，自此便在父母带领下，踏破了河山，到处求医问药，于他来说，医院就是学校，而真正的学校，他一天都没踏足过。

在病房里，他们首先是病人，其次，他们竟然重新变作了老师和学生。除了在这家医院，几年下来，我已经几度和岳老师在别的医院遇见，这个四十多岁的中年女子，早已经被疾病，被疾病带来的诸多争吵、伤心、背弃折磨得满头白发。可是，当她将病房当作课堂以后，某种奇异的喜悦降临了她，终年苍白的脸容上竟然现出了一丝红晕；每一天，只要两个人的输液都结束了，一刻也不能等，她马上就要开始给小病号上课，虽说从前她只是语文老师，但在这里她却什么都教，古诗词，加减乘除，英文单词。为了教好小病号，她甚至要她妹妹每次看她时都带了一堆书来。

中午时分，病人和陪护者挤满了病房之时，便是岳老师一天中最是神采奕奕的时候，有意无意地，她就要拎出许多问题，故意来考小病号，古诗词，加减乘除，英文单词，什么都考。最后，如果小病号能在众人的赞叹中结束考试，那简直就像是有一道神赐之光破空而来，照得她通体发亮。但小病号毕竟生性顽劣，病情只要稍好，就在病房里奔来跑去，所以，岳老师的问题他便经常答不上来，比如那句古诗词，上句是“长安陌上无穷树”，下一句，小病号一连三天都没背下来。

这可伤了岳老师的心，她罚他背三百遍，也是奇怪，无论背多少遍，就像是那句诗活生生地在小病号的身体里打了结，一到了考试的时候，他死活就背不出来，到了最后，连他自己都愤怒了，他愤怒地问岳老师：“医生都说了，我反正再活几年就要死了，背这些干什么？”

说起来，前前后后，我目睹过岳老师的两次哭泣，这两场泪水其实都是为小病号流的。这天中午，小病号愤怒地问完，岳老师借口去打开水，出了走廊，就号啕大哭，说是号啕，但其实没有发出声音，她用嘴巴紧紧地咬住了袖子，一边走，一边哭，走到开水房前面，她没进去，而是扑倒在潮湿的墙壁上，继续哭。

哭泣的结果，不是罢手，反倒是要教他更多。甚至，跟他在一起的时间也要更多。她自己的骨病本就不轻，但自此之后，我却经常能看见她跛着脚，跟在小病号的后面，喂给他饭吃，递给他水喝，还陪他去院子里，采了一朵叫不出名字的花回来。但是，不管是送君千里，还是教你单词，她和他还是终有一别——小病号的病更重了，他的父母已经决定，要带他转院，去北京，闻听这个消息之后的差不多一个星期，她几乎每天晚上都耿耿难眠。

深夜，她悄悄离开了病房，借着走廊上的微光，坐在长条椅上写写画画，她跟我说过，她要在小病号离开之前，给他编一本教材，这个教材上什么内容都有，有古诗词，有加减乘除，也有英文单词。

这一晚，不知何故，当我看见微光映照下的她，难以自禁地，身体里再度涌起了剧烈的哽咽之感：无论如何，这一场人世，终究值得一过——蜡烛点亮了，惊恐和更加惊恐的人们聚拢了，但这聚也好散也好，都还只是一副名相，一场开端；生为弃儿，对，人人都是弃儿，在被开除工作时是生计的弃儿，在离婚登记处是婚姻的弃儿，在终年蛰居的病房是身体的弃儿，同为弃儿，迟早相见，再迟早分散。但是，就在你我的聚散之间，背了单词，再背诗词，采了花朵，又编教材，这丝丝缕缕，它们不光是点滴的生趣，更是真真切切的反抗。

其实，是反抗将我们连接在了一起。在贫困里，去认真地听窗子外的风声；在孤独中，干脆自己给自己造一座非要坐穿不可的牢房；这都叫作反抗。在反抗中，我们会变得可笑，无稽，甚至令人憎恶，但这就是人人都不能推卸的命，就像一只鹦鹉，既然已经被关在笼子里了，我能怎么办？也唯有先认了这笼子，再去说人的话，唱人的歌，哪怕到了最后，我也没有逃离樊笼，直至死亡降临，我仍然只是一个玩物，可是且慢，世间众生，谁不都是在一生里上下颠簸，到了最后，才明白自己不过是个玩物，不过是被造物者当作傀儡，在一波未平一波又起的徒劳中度过，直至肉体与魂魄全都灰飞烟灭？

但是，有一桩事情足以告慰自己：你并不是什么东西都没有剩下。你至少而且必须留下过反抗的痕迹。在这世上走过一遭，反抗，唯有反抗二字，才能匹配最后时刻的尊严。就像此刻，黯淡的灯光反抗漆黑的后半夜；岳老师又在用如入无人之境的写写画画反抗着黯淡的灯光，她要编一本教材，使它充当线绳，一头放在小病号的手中，一头往外伸展，伸展到哪里算哪里，最终，总会有人握住它，到了那时候，躲在暗处的人定会现形，隐秘的情感定会显露，再如河水，涌向手握线头的人；果真到了那时候，疾病，别离，背叛，死亡，不过都是自取其辱。

后半夜快要结束的时候，岳老师睡着了，但是我并没有去叫醒她，护士路过时也没有叫醒，她迟早会醒来——稍晚一点，天上要起风，大风撞击窗户，窗玻璃会在她的脚边碎裂一地，她会醒来；再晚一点，骨病会发作，疼痛使她惊叫了一声，再抽搐着身体睁开眼睛，她会醒来；醒来即是命运。这命运里也包含着突然的离别：一大早，小病号的父母就接到北京的消息，要他们赶紧去北京，如此，他们赶紧忙碌起来，收拾行李，补交拖欠的医药费，再去买来火车上要吃的食物，最后才叫醒小病号，当小病号醒来，他还懵懂不知，一个小时之后，他就要离开这家医院了。

九点钟，小病号跟着父母离开了，离开之前，他跟病房里的人一一道别，自然也跟岳老师道别了，可是，那本教材，虽说只差了一点点就要编完，终究还是没编完，岳老师将它放在了小病号的行李中，然后捏了他的脸，跟他挥手，如此，告别便潦草地结束了。

哪知道，几分钟之后，有人在楼下呼喊着岳老师的名字，一开始，她全然没有注意，只是呆呆地坐在病床上不发一语，突然，她跳下病床，跛着脚，狂奔到窗户前，打开窗子，这样，全病房的人都听到了小病号在院子里的叫喊，那竟然是一句诗，正在被他扯破了嗓子叫喊出来：“唯有垂杨管别离！”可能是怕岳老师没听清楚，他便继续喊：“长安陌上无穷树，唯有垂杨管别离！”喊了一遍，又再喊一遍：“长安陌上无穷树，唯有垂杨管别离！”

离别的时候，小病号终于完整地背诵出了那两句诗，但岳老师却并没有应答，她正在号啕大哭，一如既往，她没有哭出声来，而是用嘴巴紧紧咬住了袖子。除了隐约而号啕的哭声，病房里只剩下巨大的沉默，没有一个人上前劝说她，全都陷于沉默之中，听凭她哭下去，似乎是，人人都知道：此时此地，哭泣，就是她唯一的垂杨。

认命的夜晚

向日葵绵延千里，橄榄树漫无边际，阳光像刀子一般扎下来，无休无止的山间行路越来越近似一场苦役，在偶尔到来的阴凉下，刚刚停下脚步，几乎便可以听见皮肤碎裂的声音——过了塞维利亚，过了安特奎拉，那座山谷里的小城，格拉纳达，已经近在眼前，谁能想到，我像苦行僧一般赶来，为的只是在夜幕底下听见自己的哭泣？

是在白色的岩洞里，对面山崖上的摩尔人宫殿像一头巨大的怪兽埋伏在丛林中；是沉默的父亲和旁若无人的女儿，这一对吉卜赛父女，将灯火熄灭，带来了幽光中的弗拉门戈之夜。父亲长着一张刀砍过般瘦削的脸，手拨吉他，低头吟唱，偶一抬头，满眼里只有女儿，像旁人一样迷狂地仰望：在此刻，那女儿仿佛不是他的女儿，她是塞维利亚烟厂大门前被欢呼的卡门，她是巴黎圣母院广场上被簇拥的埃斯梅拉达。

她不曾像别的舞蹈者一样跳跃，却仿佛是来自至高的某处，因此，她虽就在我们中间，却只有她听见了神谕的沉默，又接受了旨意去挑衅：击掌，踢踏，以至用眼神逼视着我们，这方寸之地偏偏是她的国土，我们唯有退缩，变得弱小，一边被她吸引，忍住狂暴的心跳去加重对她的迷狂，一边又无望地收紧自己，去想象着摩西在草棘中看见上帝般的解救。

击掌声更急促，踢踏声更激烈，突然，她停止舞步，提起裙角，直盯盯地看过来，不管别人了，只说我，我的羞愧与她无关，但是我羞愧：不是那些犯过的错误正在回过头来寻找我，折磨我，也并非此刻的热烈恰好反证了生涯之苦，单单只是觉得，一桩人事从那至高之处降临了，或是圣物，或是圣人，单单只为他的到来，我就活该羞愧；而火焰般的女孩子仍然不曾放过我，以及我们，挑衅变得愈加裸露，眼神锐利而持续，似乎她不再是她，她是那圣物或圣人的代言人，她被他们驱使，来到我们中间，只是要迫切地告诉我们天庭景象和人间消息。

如此一夜，明明是火焰边的一夜，我却好多次觉得自己正在被暴雨浇淋，又有好多次，我喉咙发紧，直至哽咽；散场之后，我跟随人群走出洞窟，在露天酒吧里坐下来，这才发现：多少年来第一次，并非因为天大的疑难，并非因为亲人的亡故，我的眼眶湿了。可是，到底为什么会如此？我并不觉得伤心，为什么，一股清晰的悲痛仍然不请自来？我吃惊而且努力地想分辨清楚，这悲痛究竟是缘何而起，夜空里星光闪烁，城墙下人影婆娑，即使上穷碧落下黄泉，内心里也只依稀涌出两个念头，一个是：失去，再失去，我们每个人都在经受的一生，不过是在丧失中辗转的一生，我们未曾离开，不过是因为那至高之物的不屑摧毁；另外一个：这一番人世，眼见得的两种结果，艰苦和甜蜜，它们原本可能都不需要我们，而我们终需靠近，先是我们需要，而后，被摧毁也不是一件多么大不了的事。

就是这样：狂野而哀愁的弗拉门戈，还有送信人般的吉卜赛舞娘，她们唤醒了被埋藏的神经，而些微的清醒并不能阻止悲痛源源不断，它就在身体里涌动，却又好似不属于我的身体，身体和悲痛，就像是那两条围绕摩尔人宫殿流淌的河流，在夜幕下奔涌，如影随形，永不靠近。

在我的记忆里，我其实目睹过这样的哭泣，经历过这样的悲痛之夜——那年冬天，我在密不透风的雪幕里到了青海，过了当年吐谷浑人的都城，过了日月山和橡皮山，与此同时，暴雪终于成灾，隔绝了向前的道路，我只好在一个牧区里寓居下来，像每年冬天都要去青海湖转湖的藏民们一样，去寺庙里烧香拜佛，指望着云开日出。

是在寺庙里烧香的时候，我认识了多吉顿珠，这个三岁起就当了喇嘛的年轻人，因为屡破戒律，最后被寺庙开除，但他拒不承认这桩事实，跟着哥哥跑运输之余，在姑娘们的帐篷前流连之余，他照旧在寺庙里打转，终日里跟下了功课后的喇嘛们闹作一团，若是遇到中意的姑娘，他就迅速地从人群中消失，跟上前去，有时候半途上就折回，有时候便径直跟回了姑娘家里，不用说，最后的结果，他还是只有鼻青脸肿地回来。

就是这个众人提起来都会摇头的小伙子，我却对他满怀了好奇，甚至是，满怀了羡慕。一天到晚，他的腰上都系着酒壶，想要在他清醒的时候跟他说话，无疑是困难的，而我又比他更强烈地盼望着他的酩酊大醉，因为一旦酒过三巡，他便要唱起让人战栗的情歌，譬如：“我们相爱的心，像一张洁白的纸，有人想把它撕烂，写了真金的字是撕不烂的。”譬如：“一只戒指里，伸不进两根手指，一个正直的人，永远不会生二心。”好几次，我和他在雪地里痛饮，当他唱起情歌，恍惚之间，我以为自己回到了康熙四十五年：在我身边唱歌的人，不是小伙子多吉顿珠，而是投水寻死之前的仓央嘉措。

那一晚，暴雪再度降临冰冻的草原，我和多吉将喝酒的地方转到了帐篷里，他几乎唱完了他会唱的所有情歌，半夜里，他起身出了帐篷，去马厩里给他的牲口喂夜草，一去不回，久等之后，我便出了帐篷去找他。雪幕重重，好在多吉的马灯在远处尚能散出丝毫亮光，我循着这光前行，走近了，这才发现他将身子伏在马厩的栏杆上哭泣。我走上前去，问他这是为何，没想到他的哭声却更大了。我也就不再问，靠在栏杆上等他哭完，这时候，他突然调转头来，用他夹生的汉语对我说："我看见我的命了，我看见我的命了！"

哭泣的真相，并非是篡越了戒律，也并非是姑娘的舍离，那只是因为，他看见了自己的命运，那命运就隐藏在满目可见的寻常之物中：漫无边际的大雪，暴风卷袭的马厩，几匹沉默的枣红马，几百只婴儿般的羔羊。这是他的此时此刻，也许，他等待了好一阵子，甚至是好几年，他才重新发现了此时此刻，此时此刻不是牢狱，也不是仙境，无需逃离，无需沦陷，但它正是我等待自己的时间，它正是我等待自己的地点。如此，多吉才会流下眼泪，并且告诉我：他一点也不伤心，他之所以哭泣，只是因为他发现自己好好地活在他的牲口边上，活在牲口边上，就是活在一辈子里了。

格拉纳达的夜晚，热烈而又短暂，当地人，外来客，犹太人，吉卜赛人，全都纵酒宴乐，全都不知归路，似乎是，人人都想当那个最后送走夜幕的人，半条街以外有人唱歌，半条街以内有人跪下表白，而那股清晰的，甚至是欣喜的悲痛，它依然还在。也许，它在这满街的每一颗人心里奔涌，咆哮呜咽，径直向前，在奔涌中，每一颗人心都将依次辨认出，哪里是命定的时间，哪里又是命定的地点，而命运里的我早晚都要认取前身，又或者视而不见，再埋头找寻可以安营扎寨的长生殿，果有此时，再回头看那悲痛之夜，它们实际上全都是安息日和花果山，就像犹太人，经过流浪，他们回到了耶路撒冷；也像佛朗哥时期的西班牙吉卜赛人，为了流浪，他们认定了逃亡。

青见甘见

樱花盛放之季，最惊人心的，是收场。其时是离别的时刻，花瓣们急促坠下枝头，半空里红白厮磨，落地之后，已是层层翻覆，偏偏有不驯服的魂灵，在微风里辗转，不肯加入沉睡者的阵营，看上去，就像是都有话要说。

沉睡的说：来也来了，死则死矣，既然如此，我又何必再多一言？辗转的却说：一年里，这一日最是陡峭，生出了最多漩涡，你一定要束手就擒，甘愿被裹挟进去，化为齑粉，再引火烧身。

这收场的一日，是指望变作了现实，不管来自何处，它都是真切的施舍；又因为不似寻常的绚烂，它就像从来不曾存在。所以，应当将这一日从三百六十五日里抽离，作那第三百六十六日，好似日语里的“花见”一词，不是说的赏山茶赏杜鹃，它单单说的是赏樱花——唯有见到樱花，才算是花开了。实在没有办法：我们的好多字词，都是在日语里明心见性。

我要说的，并不是樱花，而是四年前的青海与甘肃之行：自兰州租车，沿河西走廊前行，过了乌鞘岭和胭脂山，再越漫无边际的沙漠与戈壁，直抵敦煌；之后，经大柴旦和小柴旦，进了德令哈，再翻橡皮山和日月山，遥望着青海湖继续往前；最终，过了西宁城和塔尔寺，历时一月之后，我重新回到了兰州。

一路所见，虽说都是些只言片语，我好歹记录了下来，今日再看，并且整洁它们，只是时过境迁后的惋惜，我注定不会再有这样的行旅：一路狂奔，欲辩忘言，却想刺入河川花草的内里，触及庞大世界的玄机；也被玄机笼罩，恨不得消失在神赐的漩涡里，一去永不回，就此碎骨于闪电，断魂于雪山。

是啊，这是应当从我注定庸常的生涯里抽离的时光，见了甘肃，再见青海；见了戈壁，再见羔羊。这青见甘见不是别的，就是刻在我魂魄里的迷乱"花见"——

风与河。从小宛到布隆吉，我一直在被暴风驱逐、追赶和裹挟，举目所见，少有人迹，这便是暴风里的安西县，它的内部终年翻腾，如果站在祁连山上往下看，它却只能成为看不见尽头的荒漠和戈壁的一部分，所以，它首先是一个有口难辩的被告，又像是自绝后路的孤儿。

即使远在汉唐，这座沉默之城便陷落在了如此暴风里：无论树木还是行人，是柴垛还是牲畜，一年四季里，大多数时间都是身形踉跄，不由自主，如果我不是行经此地，而是生葬于此，我怀疑我要在亲近神灵之前先认定了宿命：“谁，此时没有房屋，就不必建筑；谁，此时孤独，就永远孤独。”

离窘迫如此之近，离徒劳如此之近，但是，所谓宿命，并非只是躲闪和顺受，它也可能是抵挡和奔涌，唯有荒棘与繁花同生，方能算作是有血有肉的宿命，若不如此，便不值一顾。就像安西县里的疏勒河，唯有一意孤行，它才能弃暴风于不顾：和几乎所有的河流都不同，它的流向并非是自西往东，而是由东往西，直至深入新疆。黄昏里，我经过疏勒河大桥，桥上桥下，四野里仍是空无一人，时间似乎停止了，满世界仅剩的两样生机，一是暴风，再是缓慢向前的河水，不由得人不信：这果真就是大唐的西域，玄奘踏足过的地方。

我虽不是信徒，却也在寡言的决绝里见证了慈悲。事实上，过了安西，风暴更激烈，荒漠更广大，疏勒河终将迎来断流，但是，慈悲就在奔流当中，就在与更多风暴和荒漠的遭逢中，哪怕它是死于它们，就像人间的玄奘，还有西天的地藏菩萨：地狱不空，誓不成佛。

畏惧产生了。除了在疏勒河上，还有在前往戈壁滩的时候：越往戈壁深处里去，之前隐约可见的月光就越昏暗，渐至于无。暴风和尘沙几乎将我抹消，突然，从风声里传来了整个世界的声息：有人初生，有鬼号哭，有马群狂奔，有城池陷落，其中狰狞全然无法被语言说尽，奇异的是，我竟然丝毫不害怕，因为我已经在乱石沙砾之上看见了巨大的发电风车，风车们就在我身边，绵延百里，不见边际，它们的桨叶急速旋转，似乎是在世一日就绝不止息。于是，害怕在更庄重的畏惧前退避了，是的，我先于害怕，低首在了风车桨叶的呼啸和旋转里。

在今夜，这呼啸和旋转，这刺破了尘沙的风车，不仅是我一路前来想要打探的秘密，它更是让人叩首的、满天的法力，宿命里的些微运转，就是这个世界的全部道理；因此，在今夜，只有铁石心肠的人才不会深入狰狞，在风车旁边，做一个受到惊吓的人，是有福的。

阿克塞。就算死在这铺天盖地的蓝与白里，也不错：白杨站立在公路两边，就像一支清洁的朝觐队伍，一路铺展，朝着阿尔金山行进过去，在它们头顶的天空里，别无其他，只有蓝，透明和深不见底的蓝；这大海倒悬般的蓝也在阿尔金山的头顶，映照下来，却使得山顶上的白雪横添了淡蓝光芒。所以，这不光是我未曾遇见也从未听说过的淡蓝白雪，而且，随着阳光渐渐强烈，在那天际处，白的愈加白，蓝的愈加蓝。

但是，阿克塞，这片哈萨克人聚居的疆域，并非只是让人惊叹的方外之地，它就在我栖身的尘世，有帐篷，也有清真寺，有奔跑的孩童，还有从田野里走出来的母亲，目力所及，尽是叫我忍不住亲近的烟火气。站在入城的路口，我甚至觉得，它就是一个从旷野里迎接过来的弟兄，心中不禁暗自盘算：在弟兄的地界，如果没有喝醉，我只怕要愧对这雪山和白杨，待到明日，湛蓝天空之下，我只怕不配一个体面的离开。

果然，在冬歇的牧场边上，白杨树底下，我酩酊大醉，头上有候鸟飞过，酒桌下却是金黄的、几乎将腿脚都覆盖进去的落叶。酒宴远远还未结束，我竟然径自钻进落叶堆里睡着了，直到黄昏，我醒转过来，这才看见，在落叶堆里睡着的不止我一个人，一个哈萨克老人就在我身边说着我听不懂的梦话。

入夜之后，在一顶帐篷里，当哈萨克小伙子弹奏的冬不拉接近了尾声，我又醉了，恍惚中，想到我只会在此留宿一晚，一个更真实和贴己的阿克塞却有可能正在发生，我又怎能不去对它的白昼和夜晚全部洞悉？于是，我出了帐篷，飘飘欲仙，跌跌撞撞，回到了来时的公路上。月光下，牧场空寂，雪山庄严，哈萨克人生火，汉人煮饭，马匹正在吃夜草，山谷里的葡萄园随着微风起伏，全都安安静静，清清白白；但是，它是真实的，有七情六欲在流动，就是我们手边的日子，只有天知道，月光下的阿克塞，多么像我们的一生：才刚踏足，就要离开；近在眼前，却又终将远在天边；它催促我们在尘沙里赶路，不断奔往翻涌的外部，恨不得念念有词，一遍遍确信它的存在，可是，当你在外部的叠嶂里无法自拔，它又消逝不见，变成念想，变成你身体里最磨人的内伤。

在后半夜的醉鬼眼里，那些得到过又丧失了的爱、愿望和庇佑，它们不是别的，全都是灯火闪亮的阿克塞。

旷野。青海的夜幕下，我继续在山川里赶路，零星阵雨之后，生灵们迎来了洁净的时刻，行走其间，不由得涌起如此之念：眼前所见，端正，朴素，一览无余，明明都隐居在清净与沉默里，过路人却往往能隐约听见它们发出的狮子吼；这许多的风物，都先于字词存在，不用说，它们袒露出的真相和真理，定然比婴儿更加赤裸，现在，如果我要记录下来，最好只叫出它们的名字，只需辨认，不加诉说。它们是：积雪与山冈，烽燧与村庄，星空和芨芨草，湖水和龙卷风；它们是：羔羊与云团，舅舅与外甥，少女和白牦牛，火车和野鸽子；还有沙砾与月亮，彩虹与老鹰，经幡和泥石流，峡谷和小喇嘛；盐花与热泉，马匹与芦苇，栅栏和嘛呢堆，冰川和转经筒。

此时此地，如果有人听我说话，我要对他说，你看，这就是你我的人间，可是，你知道，在你我的人间，只有旷野里才有神！

二十六日。这一日，是放生的一日，是神灵降临的一日。冻雨自清晨降下，不肯休歇，天气便愈加寒凉，我被冻醒之后，干脆出了投宿的小旅馆，在镇子里转悠，途经一座木桥之时，我遇见了那个俊美且腼腆的年轻喇嘛，他怀抱着一笼野鸽子走过来，远远看去，就像青年时代的释迦牟尼。他告诉我，这笼野鸽子，是他从过路人手里买下的，现在，他要将它们全都放生。

我跟随喇嘛前去，登上镇子外的山梁，打开笼子，将它们重新送入了天空，却有一只，似乎受到太多惊吓，连续跌落，无法起身。年轻的喇嘛伏低身去，捧起它，先将它放入怀中焐热，又贴着脸亲近，终于，它从喇嘛的手掌里飞了出去。

“我这是和菩萨亲近呢。”喇嘛用生涩的汉话对我说。见我不解，他又指着那群就在我们头顶上徘徊不去的野鸽子说：“它们，可能是菩萨和活佛的化身啊！”我心里蓦然一震，问他：“你怎么知道哪一个是菩萨和活佛的化身？难道它们都是吗？”年轻的喇嘛稍作沉吟，似乎是在想出合适的汉话回答我，随后，他微笑起来，笑容仍然腼腆，汉话也仍然生涩："如果它们都是，不是很好吗？"

正午时分，冻雨愈加密集，我的行路也愈加泥泞、湿滑和艰困，汽车在盘山公路上拼命攀爬的时候，我可以清晰地看见：对面的山坡上，泥石流正在呼啸而下，不由分说地摧毁着满目树木与青稞。几乎就在同时，尖利的刹车声响彻了整座山谷：我们的汽车突然打滑，再三踉跄之后，终于还是翻倒，左边便是悬崖，如果跌落下去，我必死无疑，但是没有，汽车倒在了右边的岩石上，不再动弹——在生死的交界，我活了下来。

这一日，在等待救援的盘山公路上，也是在密不透风的雨幕里，直到天色黑定，我都深陷于震惊，头脑里只剩下空白和蒙昧，但是，机缘到了，或早或晚，就在这一日，我要迎来清醒、洞见和正信：神灵不在天庭里，不在供桌上，它们从来就没有打我们的三尺之内离开。这升腾的雨雾，还有拍打翅膀的翠雉，全都可能是它们降临的迹象；和我们一样，神灵也会沦于困顿，需要搭救，你一伸手，它就完成，就在你伸手之际，神变做了人，人也变做了神，欲人欲神，殊难再分；果然如此，偿报的时刻到了，应验的时刻也到了，神迹便要和人心一起显现，就像我：清晨才去放生，不过午后，就被留下了性命。

闪电与暴雪。一生中，我还会再遇见如德令哈这般的大雪吗？这大雪里藏着黑暗，漩流重重，自成楼宇和洞窟，将那群山、河流及至世间的一切全都隔离在外。置身其中，除了看见狂暴、浩瀚和诡谲，再也一无所见，因为雪在，一切都不在了。

在柴达木河边，我下了车，去后备箱里取出行李，准备添加衣物，可是，当我站在雪幕里，摸黑一般抓住了衣物，转瞬之间，我却看不见汽车了，它明明就在我身边，我伸手便可以触到，但我就是看不见它了。这时的我还懵然不知：这场大雪要从德令哈下到日月山，整整三天里，那个生老病死和花鸟虫鱼的世界消隐不见，我将在一个从来不曾踏足的世界里东奔西走，又寸步难行。

没有其他，唯有弥天大雪可以作证：这静止和白茫茫的千山万水该有多么的好。

就像是：每个人的眼睛都瞎了，每头牲畜的眼睛也瞎了，但是，万物都好好的，因为我们瞎了，不去侵犯，也不去役使，少得可怜的庇护也就来临了，万物蒙福，躲进庇护，在喘息里得到了养育；当此天地不分之时，当此言语无用之际，欲望和苦楚被包藏起来，不堪和耻辱被包藏起来，那折断过的损伤过的，一夜之间被暴雪治愈，再也不露端倪；无论是黝黑的铁轨，还是枣红的马匹，谁要是从白茫茫里现出了身形，谁就是可耻的。

只有都兰县的闪电可以让积雪下的疆域苏醒，我这一生里，也定然无法再遇见如都兰县这般的闪电。还是在夜幕之下，道路完全断绝，虽说我离一个牧区近在咫尺，但是，道路重新打通之前，我也只好继续留在车里过夜。这一晚，我被天地间的声响惊醒，一睁开眼睛，心就提到了嗓子眼里：十万闪电当空而下，像火焰，像探照灯，此起彼伏，千里传音。而在它们头顶的天幕里，更多奇迹正在造化，全部的人间都被腾空高悬：深蓝出现了，猩红也出现了，这些深蓝和猩红的电光时而分散，时而簇拥，直至画出了高耸的树木、连绵的城墙和更多的人间景象。

可它们仍然不是别的，全都是闪电，全都要从天降下，狂暴地中途折返，清冽地单刀直入，去敲击积雪下的河流、草原和沉睡者。尽管如此，此刻的世界却并不是一场劫难，反倒是命令、仪式和恩典：苏醒的时刻到了，如若河水没有解冻，草原上没有钻出新芽，十万颗心脏没有开始狂跳，那么，它们全都是可耻的。

果然，就有一群马匹，好像是天地被撕开了一条口子，它们听见命令，从牧区里冲出来，加入了这场恩典，整整一夜，或是嘶鸣着飞奔，或是平静地抖落积雪，全然不见惊恐，如入无人之境。有许多次，闪电径直而来，眼看就要落上它们的身体，好在是，事到临头，闪电退避，刺入积雪，竟然生出嗞嗞声响。再看马匹们，仍然不见惊恐，仍在无人之境，就好像，此刻不是恐吓，也并非是缠斗，而是一个深知的约定，既然有约定，它们便要践行。

在这神赐的一夜里，我蜷缩在闪电与奔马的旁边，身体不时战栗，竟至于手足无措，只有天知道，我多么想跳下车去，管它东奔西走，还是寸步难行。我只要在雪幕里拉扯住一个人，不管他是谁，都要跟他说，你和我，必须度过此刻般的一生：雪地里安之若素，当它是囚牢，也当它是温床；可是，闪电若来，你我却都要舍得发足狂奔，玉石俱焚！

结束了，这一场历险、磨洗和带发修行，全都结束了，我的青春也结束了。话说是，人间别久不成悲，这么多年，无数清醒与酩酊之时，我都想念它，它不仅是安慰，更是无能的自恃：那些河川里的消磨，还有花草前的哽咽，那一场青见甘见，是我的，不是旁人的，我有过这场遭遇，就像我有过被神灵搭救之前的性命，而现在，假使神迹重现，小镇上放生的野鸽子飞临我的头顶，除了可疑的形迹，除了一颗渐入委顿的心，它们还能看见什么？而我又怎么能够指望在书房里爬上雪山，在长街上打开围满了牲畜的栅栏？只能是：谁教岁岁红莲夜，两处沉吟各自知。

可又是为什么，当我翻检当年的只言片语，读下去，并且写下来，那久违的战栗，又重新回到了我的身体？有一刹那，当我凝视此刻的周遭：偏头痛和百日咳，禽流感和毒奶粉，正在发生的生离和死别，还有即将展开却注定不见菩提的道路，为什么，我又开始蠢蠢欲动，那些早就熄灭了的火焰又在死灰复燃？莫不是，就在我日日厮混的地界，还躲藏着另外一个青海和甘肃？果然如此，安西县的暴风，都兰县的闪电，还有阿克塞的白杨，你们可以继续作证，我终需再次上路，去看见，去亲近，去不要命——“我怎么能制止我的灵魂，让它不向你的灵魂接触？我怎能让它越过你，向着其他的事物？”

惊恐与哀恸之歌

即使没有这场地震，一年里，我总有几次要去往甘肃，从河西戈壁，直至陇东窑洞，这片漫长而狭窄的焦渴风土，大概是我除了湖北之外踏足最多的省份。再三的苦行，并非是欢乐的排遣，而是刻意、救命般地要吞下猛药，指望着自己耳聪目明，清晰地听见这西域天空里降下的一声棒喝，所以，关于那些道路和沟壑，只要我曾经在此流连，它们都好像是刻在我的身体里。

但这并不是我认识的道路——过了武都，满目都是从山顶滚落的巨石，为了提防可能的滑坡，我们的货车，越是到了乱石聚集的地方，越是要猛烈加速，如此才能摆脱悬挂在头顶的险境；偶尔可以看见沾染在石头上的血迹，至于淌血至此的人是死是活，赶路的人来不及有些微思虑；在道路两旁，是无人收割的麦田，如果雨水就此连绵下去，起伏的麦浪只能腐烂在田地里，它们的残存的主人，已经顾不上它们，头缠着绷带，要么在树荫下照顾伤者，要么在临时搭起的帐篷前竖起了献给死者的花圈，那可能是世界上最寒碜的花圈。

有许多次，我们都疑心自己到不了文县，一段十公里的路竟然有十几处塌方，更何况，前面还有雾气笼罩的高楼山；好不容易从山岩的缝隙间挤过去，路并没有走出去多远，却接连听见前方传来急刹车的声音，急促，尖利，又戛然而止，就像是深山里传出的一声呼喊，而此时，完全有可能，在周边的山谷里，在人迹罕至的山石间，恰恰就有幸存者在发出呼喊。

终归是到了，我们终归会在大雨瓢泼的文县过夜。一队滚石般结实的小伙子跑过来，开始卸下我们运来的药品和面粉，如果没有更多的人手，他们起码要干到天亮，才能将这满载的两车货物卸完。我们离开货车，深一脚浅一脚，去寻找可以睡觉的地方，有人奔跑过来，迎候着，将我们带进一家旅馆，这是仅剩的最后的旅馆，还没进门，早已得到消息的老板娘就为我们安排好了房间，原本已经在地铺上入睡的伙计们，也都匆忙起身，招呼我们坐下，又给我们烧来了热水。

我丝毫也不想隐瞒我们的恐惧，就在进门之前，我们已经定下了主意：绝不在旅馆的客房里过夜，实在顶不住的时候，便在门外寻一片空地，睡在我们自己带来的睡袋里。可是，等到吃完了泡面，我们好像全然忘记了害怕，上了楼，进了客房，置身在之前毫不相识的人群之间——我们栖身的这家旅馆，此时此刻，恐怕是我们国家最古怪的旅馆：灯光大亮，房门洞开，当地的也好，过路的也罢，这些地震中活下来的人们，这些已经不将余震放在心上的人们，只要他们愿意，他们尽管可以随便推开一扇房门，倒头就睡。

我竟然和他们一样，倒头就睡了，直到凌晨四点的余震发生，我们的旅馆，我身下的床铺，全都剧烈地摇晃起来，我顿时清醒，却是一片茫然，甚至连慌乱都来不及，脑子里唯一闪过的念头，是比地震更强烈的无法置信：难道死亡就这么来到了眼前？楼下传来并不喧嚷的叫喊声，渐至于无，长夜仍将继续，快要耗尽心血的人们，仍把短暂的睡眠狠狠地攥在手心里，直到天亮时再相见。

事实是，即使到了天亮，我们也只能与哀恸和惊恐相见，我怀疑，一生中，我再也无法忘记那个从清晨的雾气里走来的女孩子，我没有打听过她的名字，只知道她每天都要站在从县城前往碧口镇的路口上碰运气，看看有没有车搭她去碧口，事实上，有好几次，她已经坐上了去碧口的车，但道路的崩坏往往就在转瞬之间，她也只好无望地折返；这个女孩子，父母早逝，和哥哥一起长大成人，地震发生的时候，虽说她也被塌下来的房子埋了进去，但是并没有受伤。谁也没想到，当她被人从瓦砾中救出来，看见他们兄妹二人的栖身之处变作了一片废墟，之前受到的惊吓终于发作，她再也说不出话来了，旁人看上去的一线生机，只剩下她全身上下止不住的战栗。

更坏的消息还在后面：地震之时，这个女孩子的哥哥，正在从碧口到县城的一辆货车上，先是被乱石击中，再也没有活过来，紧接着，又被一面垮塌的山坡彻底掩埋了进去，而道路必须抢通，三天两天，根本就收拾不完这座崩溃之山。于是，救援的队伍只好从邻近的山坡上运来土石，在货车被掩埋的地方铺出了一条新路，非得要等上几天，等到情形稍微好转，她哥哥的尸体，才有可能从这条新路底下被拽出来。

我看见她时，尽管时间已经过去了这么多天，她的身体仍然还在颤抖不止，不断有人走过去，围住她，拉扯着她，要她去喝口水，或是吃上一个馒头。她体察到了人们的好意，红着脸，局促地推辞大家的好意，她终究还是说不出话来，一个年迈的妇女，扑过去，一把攥住了她的手，也不说话，死命往前走，好像是要把她带回家。就是这刹那之间，她惊呆了，或许是之前受到的惊吓再度发作，或许是她根本就从骨子里抵制着这发自肺腑的哀怜——一旦接受了这哀怜，哥哥便是千真万确回不来了——她突然就含混不清地叫喊起来，抽出被攥住的手，发足便往前奔跑，没有人知道她会跑向哪里，但是人人都知道，无论她跑到哪里，她从现在开始要度过的，注定又是无望的一日。

需要一尊金刚，怒目圆睁，至少喝断不肯休歇的雨水；如果可能，还需要另外一片世界，扑面而来，盛住此一尘世里漫溢出去的悲哀，除非特别的变故，我们来的时候，高楼山下的文县并没有太多眼泪。我问过旅馆老板，你的窑场塌了，你的蜂窝煤厂也塌了，即使最后的一点家业，这间旅馆，崩塌也在指日之间，你为何还能摆开八仙桌来招待过路客？当此之际，怨怼应该被菩萨允许，痛哭不仅是必须，它更是天理，你为何还能坐在哀戚的人身边，记起一两个笑话，笨拙地讲出来，直至他们的脸上现出一丝苦笑？

第二夜，我们的另外一车货物也运抵了文县，旅馆老板陪我们前去卸货，凌晨三点，他竟然对我说起了他的心，“谁知道这是怎么了？”他说，“心里全都空了，性命是还在，几十年的身家全都完了，不瞒你说，心里不光发空，还发黑，觉得活下去干什么，干脆再来一场大点的余震，趁我睡着了来，不光我死，还有我放不下的人，全都死了算了。”他说，这些天，他甚至想劝说他的妻子放弃持续了十年的吃斋，“要是菩萨有眼，我们怎么会遭这么大的罪？”他也在想，这场地震结束之后，他要不要带着家人远走高飞，让债主们再也找不到；他还说，以前再好的道理，再好的规矩，他现在都想给它们一耳光，一句话，不信了，现在就想恨个什么，人也好，畜生也好，要是让我恨得起来，弄不好，我心里还要好过些。

天气寒凉，潮湿而蜿蜒的长街之上，注定在黑夜里消磨的人们燃起了火堆，零星的行人奔着火堆围聚过来，看上去，就像是一座座分散的、小小的乌托邦，这可能是世界上最缺吃少穿的乌托邦；回去的路上，旅馆老板突然问我，他的那些杂念，究竟是对还是错，我全然无法作答。一个真切的疑问也在愈加逼近我——可以断定，天一亮，他又会拎着水壶，笑呵呵地出现在郁郁寡欢的人群中间；同样可以断定，那些杂念、厮缠和折磨，照旧还会与他如影随形；世间之事，总归逃脱不了有无，逃脱不了是非和善恶，有在左边，无便在右边，善在左边，恶就定然是在右边，那么，到底是怎样一种机缘，从天降下，施加于人，让本能、火堆和拎着水壶的手不越雷池，一直停留在灾难的左岸？

沉沉雾霭里，身边的白龙江咆哮不止，我当然知道，等到天光熹微，可以清晰地看见，除了奔流的河水，白龙江的波浪里还夹杂着碎裂的木椽、牲畜的尸首和盖着花被子的床榻。这些不得不的遭逢，刺刀般地袒露出一种真实：之前的清宁，加上此刻的作魔作障，才是全部的白龙江。一如旅馆老板，还有更多耿耿难眠的人：无论有多么不堪，他也只好领受这种真实——此处不是别处，是生涯的渊底，是连连噩梦、压抑得快要忘记的号啕和无法收回的魂魄。也许，许多人就此便陷入了漫长的苦斗：是继续闭上眼睛，还是慢慢苏醒？是打开店门燃起火堆，还是任由这全部的生涯将肉身碾为齑粉？

“5·12”之后，写诗是困难的，言说也是困难的，至于我，我早早地闭上了嘴巴，恨不得消失。是的，就是消失，在生死的交界，些微清醒，丝毫指点，便有可能是不义，甚至是可耻的，活下来的人理当不能自拔，合适的担当，便是珍重他们的本能，跟他们一起忘记，或是不忘记。

而哀恸仍在持续。我要说起一条碧口镇的狗，那个对我讲述这个故事的人，并未目睹过这条狗，但是，哪怕从县城到碧口的路有大小几百处塌方，这条狗的传奇也终将翻山越岭，被越来越多的人知晓。这条狗的主人，是现在已长眠于地下的幼小亡魂，和更多死去的同伴一样，都是在“5·12”那天闭上了眼睛，活着的人要抢救粮食，要忙着用彩条布搭起栖身的帐篷，所以，只能给他一个潦草的坟墓。自此之后，接连好几天，货仓里都会丢失一小块彩条布，看上去，就像是被什么动物先用利爪撕破，然后再席卷而去，难道，是山中的猛兽们也在搭帐篷？在此地，彩条布已经是比钻石更贵重的东西，不找出真相怎能罢休？事实上，人们将会很快发现真相：那个幕后的凶手，只是一条瘦弱的老狗，有人追随着它，看看它究竟将这些彩条布送到了哪里，最后的结果，是还没走出两里地便不再往前走了——它不过是将它们送往了主人的墓上，风吹过来，花花绿绿的彩条布散落得遍地都是。

我还要说起那个沉默寡言的中年男人。十六岁的女儿罹难之后，他被亲戚接到了城里，我们离开文县的那天早上，又一次的余震之后，他被安置到了旅馆楼下的大厅里，认识的，不认识的，围坐在一起，都在劝慰他，他却始终没有表情，两只眼睛只是死死盯着门外过路的汽车。自始至终，我只听见他说了一句话，大概是有人劝他想开些，实在想不开的话，便要学会忘记，一年忘不掉，来年再接着忘，女儿十六岁，那就忘记她十六年。这时候，他突然满脸都是泪，扯开嗓子问："怎么忘得掉？怎么忘得掉？一千个十六年也忘不掉！"

还有惊恐，那些分散在各人心头的、无边无际的惊恐，仍旧还在持续。不说旁人，直说我们：暮色中，我们离开了文县，行至临江乡，六点四级的余震发生了，汽车开始剧烈地抖动，头疼和晕眩袭击了车上的所有人，司机几乎控制不了方向盘，而四周的山顶上已经冒出了滚滚尘烟，没有人知道该如何是好。慌乱中，我们竟然忘记了停车，还是一如既往地往前狂奔，就在最紧要的时刻，不远处，两个当地的妇女跑上公路，对我们拼命摇手。我们，连同我们的汽车，这才如梦初醒，戛然而止，举目看去，就在前面不到四十米的地方，一面山坡正在倾覆，大大小小的石头就像一面瀑布般急速地跌落，一辆警车，已经被砸了进去，再也动弹不得——我们离死亡，只有不到四十米的距离。

那天晚上，紧随余震而来的，又是滂沱大雨，为了远离四周的山岩，我们穿着雨衣，和当地的村民一起，全都站在了一片菜地的田埂上。暮色越来越沉，雨也下得越来越大，渐渐地，雨幕之外的任何景物都再也看不见，除了后来的汽车响起的急刹之声，满耳听见的，便只有山坡崩塌的声音，轰鸣作响，就像得了人身的妖魔正欲出世。一个牵着孙女的老人，手举雨伞朝我走过来，焦急地跟我说话，我没能听懂，同样，我说的普通话他也听不懂。情急了，他干脆不由分说，一把将我拉过去，跟他们一起站到了伞下，原来是，因为从来不曾见过，他也就不知道，我的外套其实就是一件雨衣。我并没有推辞，三个人，安静地站在雨伞下，等待着我们能够重新上路的时刻。

在这连烛火也甚为缺少的地方，天色黑定之前，眼前最后的一丝夺目，是一座新坟上被雨水淋湿的纸幡。突然之间，我悲不能禁：死去的人不是我的亲人，我却是和他的亲人们站在一起，那些停留在书本上的词句，譬如“今夜扁舟来诀汝，死生从此各西东”，譬如“相思坟上种红豆，豆熟打坟知不知”，全都变作最真实的境地降临在了我们眼前，无论我们多么哀恸，多么惊恐，夜幕般漆黑的事实却是再也无法更改：有一种损毁，注定无法得到偿报，它将永远停留在它遭到损毁的地方。

好在是，我身边的小女孩已经在祖父的怀抱里入睡，许多年后，她会穿林过河，去往那些花团锦簇的地方，只是，定然不要忘记田埂上的此时此地，此时是钟表全无用处的时间，此地是公鸡都只能在稻田里过夜的地方，如果在天有灵，它定会听见田野上惊魂未定的呼告：诸神保佑，许我背靠一座不再摇晃的山岩；如果有可能，再许我风止雨歇，六畜安静；许我种瓜得瓜，种豆得豆。

夜路十五里

他是个失败的小说家，几年来写不出一个字，就算来到额尔古纳河边，这风吹草低的国境线上，他终究还是写不出。每天清晨，天刚蒙蒙亮，他就出了门，其时露水还挂在草尖上，对岸国家的哨卡里，信号灯还没有熄灭，他知道：在这铺天盖地的幽冥中，河水在奔涌，花朵在长成，万物都未止息；他还知道：在接下来的白昼里，无论是骑在马上游荡，还是在河岸边的苜蓿地里睡着了，他要度过的，仍旧是颓败和罔顾左右的一天。

直到夜幕降临，他才回到寄身的小客栈，这座小客栈，被向日葵与白桦林环绕，所以，遇到停电之夜，偏偏起了大风，一簇簇葵花被风挤压过来，敲打着窗玻璃，还有向日葵身边的白桦们，在风里踉跄，看上去，就像是一具具身穿白衣的亡魂。他盯着它们看，只觉得鬼影幢幢，不由恐惧起来，于是，仓促逃去厅堂，在那里，他并未见得比在房间里好过多少，照旧是莫名的焦虑和更加莫名的后背疼，但好在是：此处的黑暗里，还蜷缩着别的像他一样无所事事的人，这总算让他稍觉宽慰。

她是个刚刚辞职的医药销售代表，独身一人来此，恐怕连她自己都没想到：在这个天远地偏的小村庄里，因缘际会，她会变作当地人眼中的紫霞仙子和活菩萨。在这里，没有多少男人见过比她更漂亮的女人，一时日韩短打，一时又波希米亚混搭，如此，每一次，当她出现在客栈外面的那条小路上之时，连吃草的牛羊都停止了咀嚼，其时情形，不啻是《西西里的美丽传说》里小镇广场上的玛莲娜；更何况，因为她的到来，白桦林中的幼儿园在废弃多年之后重现了生机。黄昏里，当客串老师的她带领孩子们从暮色里奔跑出来，这绚烂的一幕，实在像是长生天赐予的小奇迹。

回到客栈，她就变了：一根接一根地抽烟，几乎不说一句话，不管谁从她身边经过，她都不看；窗外的阳光强烈，刺得人眼睛生疼，她却视若不顾，直盯盯地迎头撞上，动辄就是小半天；在她的神色与行走之间，某种厌倦，一直都在，虽说并不突出，但也分明是清晰的。可是，尽管如此，她还是有将自己打破的时候，那无非是厌倦更激烈，譬如她站在一株向日葵底下打电话，对着话筒大声叫喊了起来："我就是个贱货，你满意了吧？"又譬如，一个停电之夜，在厅堂里，两个房客热烈地谈起自己值得回忆的过往，她又突然说话了："吵什么吵？在这里赖着不走的，哪个不是废人？”

她的话像是一件冷兵器，从斜刺里奔出来，不由分说，挑落了众人身上的衣物。大家无可奈何，但也无法辩驳，所以，气氛在转瞬间冷淡下来。黑暗中，连同那两个热烈的房客在内，其他人：建材老板、设计总监、大病初愈的考古队员，所有人都闭口不言，继续着这百无聊赖的长夜。

他和她，除了在客栈里相逢，客栈背后的小菜园，苜蓿地的田埂上，甚至额尔古纳河的游船里，他们也曾几度交错，到底没有说过一句话。谁也没想到，在那旷野上骤然刮起大风的一夜里，某种意外的亲密会突然降临，愿意也好，不愿意也罢，他们终归是在这亲密里一起走了十五里夜路——那一晚，风太大了，村庄丢失了马群，所有人都出去寻找，他们也没有例外，接近后半夜的时候，在相同的地点，他找到了一匹，她也找到了一匹，两个人分别骑在马上，一前一后，朝着村庄的方向返回。这时候，大风渐渐止住，草尖停止了摇晃，方寸之地里游弋的，照旧是他们熟悉的恰当的冷淡。

但是，这冷淡很快被那两匹枣红马打消了，他们要分散，它们却要交集：三步两步就要紧凑在一起，马背上的他们便只能跟随马匹靠近对方，快要碰触的时刻，再各自轻微地闪躲开去，可是，终不免闪躲不开，他们不仅要碰触，有那么几回，甚至生生地撞在了一起。还来不及尴尬，她的马失了前蹄，在趔趄中，她险些从马背上摔落下去，幸亏他伸出手去搀住了她。她似乎被吓了一跳，手臂轻微地战栗了一下，想要挣脱，但是马却更不老实了，她没有办法，也只好在他的搀扶里慢慢安定下来。

银白的月光下，不知名的虫子幽幽鸣叫，额尔古纳河就在漫无边际的青草背后流淌，月光与河流作证：如果亲密已然降临，它其实是突然和被迫的，当此之际，不发一言是多么虚假啊；所以，反倒是她先开了口，问他，出版一本书要向出版社交多少钱？他便回答她，尽管他写得很糟糕，但是，自从开始写作，他倒是从来没有自己花钱出过书。渐渐地，话题越来越多，而他们身下的马匹却愈加耳鬓厮磨，有许多时候，枣红马作祟，使得他们几乎像是骑在同一匹马上。此时，草原上升起了雾气，并且越来越浓，很快，他们就不再能清晰地看见对方，但是，他们的身体，仍在不断碰撞聚离，他莫名地想起两块交缠的丝绸，抵死离开，又拼命回来；此时的空气里弥漫的，何止是亲密，甚至是暧昧和情欲：每一次离开对方的手臂、衣角和发梢，他们都隐隐有一种担心，担心自己要去到一个不愿踏足的地方。

天色破晓之前，他们回到了小客栈，店门洞开，雾气进了厅堂，缭绕不散；在各自要进去自己房门的一刹那，两个人都突然停下了脚步，看着对方，虽说照旧看不清楚，但是，浓雾并不能遮掩匕首离袖般的豁出去，一生的机缘与周折，就在这一刹那——最是这一刹那：电光石火，樱花桃花，终究是，归于了寂灭——他们笑了一下，各自进了房门。

等到雾气散去，时光变了：光天化日之下，他和她至少不再是此前的陌路人。早晨洗漱的水龙头前，夜晚百无聊赖的厅堂里，两个人不仅有话可说，甚至还可以结伴在小客栈外走上一会儿。浑然不觉中，就像旅馆的门帘被撕开了一条口子，又像暗室里涌进了光束：其他人，建材老板、设计总监、大病初愈的考古队员，也都纷纷熟络了起来。起初，这熟络几乎让人人都觉得惊异，不可置信，可是，既然已经如此，莫不如就此沉醉，或是去草原上垒草垛，或是在河边跟对岸国家的姑娘搭讪，大家全都扎堆在一起，同进同出，如影随形，其中一次，在设计总监的生日宴上，大家甚至互相砸起了蛋糕。

这石头缝里蹦出来的欢乐是多么不真实啊，但是，人人都垂涎已久，出来一点，我就要攥紧一点，且让我横竖不管，在马背上喝酒，喝到不省人事；在屋顶上唱歌，唱到村庄里唯一的哑巴也咿咿呀呀。从此地出发，穿过草原，坐上火车，可以抵达北京上海，可以抵达医院、摩天高楼和建材市场。在那里，天上有不少神灵，地上有不少畜生，但那里不是别处，那不过是我债台高筑和被人骂作贱货的地方。说起眼下，且让这小客栈就此音尘断绝吧，只因为，坏消息我已经受够了，而好消息，一如既往，你们多半会留给自己。

所谓断魂，所谓迷狂，这片不入世的风土，还有这家自闭的小客栈，它们所能供给的，实在不过于此了：白桦林里燃起了篝火，村子里的人非但没有阻止，反而也在火焰旁边围坐了下来；考古队员醉了酒，一路狂奔到河边的马厩里，将马匹当作姑娘，亲亲这个，又抱抱那个；客栈里，酒筵上的小游戏层出不穷，如果建材老板没有站在桌子上跳起钢管舞，那么，大家无论如何也不会偃旗息鼓；更有设计总监，找来几块木头，偏要在院子里造船，众人也嬉笑着上前，帮忙的帮忙，添乱的添乱，可是，不管怎么样，不足一月，这艘船竟然真的下水了，所有人都纷纷跳上去，终致沉没，又唱又跳的人们只好大呼小叫着爬上了岸。

这些极尽沉醉的时刻，他和她，一直都在，他们也像是抓住了救命稻草，埋首于这些时刻，但愿长醉不醒。只是有时候，在酒筵上，又或是出行途中，他们突然去张望对方，发现对方也在张望自己，这才发现：时至此刻，他和她仍然是清淡和分散的，在他们之间，仍然隔着一片海域，抑或是一座战场。

现在，普遍的亲密降临了，可是，他和她的亲密去了哪里呢？它不在酒筵中，也不在篝火边，它只在十五里夜路的马背上，幽微而尖利，疏离而偏僻，终于还是不足为外人道。在许多个刹那，他们看着对方，痛心而急迫，就像一桩要命的事情正在从眼前消失，但海域仍然是海域，战场仍然是战场，他们终究是声色未动，而那件要命的事情还在兀自向前，到了最后，它会将他们全都抛下。

果然是，天下没有不散的筵席。倏忽之间，青草变黄，尽数被收割，客栈门外的小路上已经遍布了落叶，每天清晨，窗玻璃上都挂满了霜花：是啊，离开的时刻到了，除非在这里待到第二年春天，不然，大雪一来，想要再离开就变成了一件困难重重的事情，更何况，无论这家小客栈是多么让人欲罢不能，可是，谁又能真正了断得了自己在客栈和草原之外的面目呢？如此，当开往火车站的长途客车出现在门前的小路上，离别便开始了：建材老板，设计总监，考古队员，就算喝酒装醉，就算故意睡过了上车时间，终是无济于事，一班错过了，下一班还会来，该走的总归要走，哪怕人人心里都有一杆秤：只要打此地离开，我就要去挨骂，去吃药，去还债，愿意的，不愿意的，全都要扑面而来——为什么，这一辈子，我们紧赶慢赶，到头来，却不过是在目的地成为一个废人？

他也是、仍然是个废人。在临行前的几天，他照样每天清晨就出门，夜幕降临才回到小客栈，去了白桦林和早已收割的苜蓿地，也骑在马上绕着村庄游荡了一圈又一圈，后背疼得越来越厉害，然而，比这疼痛更磨人的，却是某种在体内上下搅拌的不安和悔恨。他似乎必须要抓住什么东西，可还没等到伸出手去，那不安和悔恨就将他拽了回来。她的行装也早就收拾好了，硕大的背包就放在厅堂里，随时都可以背起来上车，但终于没有上车，在这剩余的几天里，全然不似往常，她竟是从早到晚都在哭，早晨洗漱的水龙头前，从幼儿园回来的小路上，甚至是后半夜和他遭逢的厅堂里，只要想哭，她就能哭出来，但是，她也说不清楚为什么：这哭泣，似乎并不是因为悲伤。

在逐渐密集起来的雪花里，他看见了她，想要走上前去，终于退避回来，看看这里，看看那里，心里却是一遍更比一遍急迫地问自己："你到底在害怕什么？" 她也看见他在来回游荡，却并未叫他一声，径自哭泣。她甚至在微笑里哭个不止，就像是一次功课和淘洗，她非要在这哭泣里才能重新做人。

最后一夜，他横竖睡不着，出了小客栈，漫无目的地往前走，越往前走，就越停不下来，直到他瞥见村庄和灯火已经被远远抛在了身后，这才发现，无意中，他将自己带到了马背上度过的十五里夜路中，但是别停下，继续往前走，说不定自己根本就是有意的。突然，对面过来一个人影，竟然是她，她更早出发，于是便更早返回。两人盯着对方看了一会，就一起折回，朝着客栈的方向走。她真的变了，重新做人之后，他已经认不出她来，她欢快地告诉他，她不走了，刚才，就在这条路上，她一边走，一边撕掉了从前的账册、从业资格证和各种各样的打折卡。正说着，刚好有个电话打进来，她对着话筒喊："是啊，我就是和男人在一起！"

他蓦地站住，看着她，竟至于哽咽，那让他心慌气短的机缘与周折，原本以为错过了，不曾料到，它还在。他想抱住她，她没有躲闪，站在原地，准备接受，可是要命的，他的后背剧烈地疼痛起来，更要命的，另一番电光石火在瞬间涌入了身体：疼痛一再反复，打针吃药已经近在咫尺；写不出一个字，出版社预支的稿酬要退还，而他早就将这笔钱花光了；看来只好去写电视剧，可是，他已经被影视公司骗了三次，真的还要再继续吗？天可怜见：就算跪地求饶，那茫茫旷野之外的阴影，还是从那些苟且的所在投射到了此时此地，即使在这十五里夜路上，他也没能变作另外一个人，他到底还是没有抱住她。

随后，两个人继续往前走，一瞬之间，换了人间，他们的手臂、衣角和发梢还会触碰在一起，但是，他们都知道：这一次，不要再说那些微妙的暧昧和情欲，就连清晰存在过的亲密，都在迅疾消失，因为他是一个叛徒，在理当闭上眼睛跳向火坑的时候，他未能忠实于火坑，就像他其实从来就未曾忠实于白桦林、苜蓿地和额尔古纳河。突然间，她发足狂奔，跑向黑暗的深处，他看见了，并没有阻拦，只是绝望地想：这是活该的，他应当在这耻辱当中——这就是耻辱，在那些苟且的所在，他未作抗辩，不发一言；现在，在这里，当他觉察到自己被阉割，觉察到无能正在将他变成无能本身，在这十五里夜路上，他也仍然是、一直是旷野之外那个俯首帖耳的太监。

没有人看见：在天快亮之前的黑暗里，在十五里夜路上，他也发足狂奔起来，气喘吁吁，惊魂未定，突然一个趔趄，仰面倒在了积雪上，他干脆闭上眼睛，就此躺下，不作动弹，良久之后，他才站起身来，面对周遭与天际，流下了眼泪。

苦水菩萨

起先，我是爱上了一座山冈：柏树林的背后，孤绝的所在，别无其他，唯独生长着绵延不断的紫色的花，花朵之下，那些枝叶根茎，则是饱满得仿佛要撑破的绿，尤其是在雨后，站在山冈上，雾气将万物阻挡，视线里只有铺天盖地的绿与紫，有许多时候，我都宁愿世界到此为止。只不过，还要等上一些年头，我才知道，这些花朵的名字叫苜蓿。

苜蓿只是开始。在苜蓿地的尽头，是一座残破的寺庙，就像某种奇异的不祥之感，我知道，或早或晚，我都会踏入它。果然，没过多久，好像是夏天，一场雷暴雨当空而下，就算多少个不愿意，就算可能遭遇的惊骇被我想象了无数遍，没有别的办法，我还是跑进了那座庙。不出预料，惊骇扑面而来：闪电中，七尊菩萨，俨如七座凶神恶煞，或是怒目圆睁，或是冷眼相向，齐齐朝我挤压过来，我觉得天都要塌下来了，瑟缩着，战栗着，闭上眼睛，挨过了半小时；等雨水稍稍小一些，我立即夺门而出，发足狂奔，穿过苜蓿地，奔下山冈，跑回镇子，就像漫游了一遍阴曹地府，又侥幸逃过了生死簿。

直到今天，我也不知道它们的名字。我怀疑，在我们的镇子上，几乎所有人都叫不出它们的名字，它们被共同唤作“苦水菩萨”，不过是因为，这座寺庙的名字叫作“苦水”；但这并不要紧，逢年过节，苦水菩萨依然会迎来零星的香火和叩拜。

在闪电与雨水之中，在如丧家犬一般的奔跑之中，我从未想到：在爱上那座山冈上的柏树林和苜蓿地之后，我会爱上那七尊凶神恶煞。但是千真万确，我终究爱上了它们。

那个只敢鬼鬼祟祟出门的男孩子，是十一岁还是十二岁呢？父母远在天边，身边并无血亲，于是只好寄居，寄居在一个终日看不见人影的家庭里。在镇子东头，有人叫他过去，走过去了，对方却并无言语，劈头就是一拳，然后，再挥手叫他离去；在镇子西头，还有人叫他过去，走过去后，对方也是毫无言语，一脚将他踹翻在地，然后，再挥手叫他离去——他说什么也不愿意承认，但事实就是如此：在和他差不多大小的人眼中，甚至是在那些成年人眼中，他其实是个玩物、笑柄和蠢货。

他在雨中怨艾和狂奔，也在苜蓿地里暴跳如雷；哭泣，疯狂地去想象复仇的模样，抽打牛羊，踩死蚂蚁，为了让自己好过，这些他都试了一遍，但还是不行，渐渐地他知道了，这些偷偷摸摸完成的事救不了他，那些怯懦，就算在坟地里待了七天七夜，它们的名字，依然叫作怯懦；而他需要的是光明，是光天化日下的走路和说话，乃至是亲近，无论这亲近是谁给了他，又或者是他给了谁。

多么困难啊，苜蓿们都收割了，他还是见人就脸红，但总好过见人就跑；他还是木讷，却又时刻都在走神，一刻也不休歇地在狂想里上天入地，一如到了夜晚，他小心翼翼地编织着无数谎言，以使自己相信明天仍然值得一过。说不定，就在明天早晨，刚刚学会的那个词，坦荡，坦荡地吃饭和出操，坦荡地扫墓和坐在远亲的喜宴上，甚至在听完笑话后坦荡地笑出声来——刚刚学会的这个词，或许能够侥幸地派上用场？他知道，在狂想的黑夜与沮丧的清晨之间，那些如坐针毡，还有思虑里纷杂不绝的顾此失彼，就叫作等待，而世间万物，人或畜生，大抵总有一场等待，在等待着他们。

人或畜生，大抵都有一场等待，他目睹过它们，这些见不得人的旁观，全都让他飘飘欲仙：新娘在汽车站等待年轻的军人，挂在树上的爆竹在等待被点燃，愣头青们在电影院前等待着仇敌，就连一只与羊群走散的小羔羊也在等待，悠闲地嚼着干草，心平气和，它知道，未及天黑，就会有人寻来，它最终会在熟悉的羊圈里过夜。

再一次被骂作蠢货之前，他难免也会想：有没有什么人，有没有什么事，在等待着他呢？

此去之后，在他这一生中的许多时刻，照样会被蒙骗，被斥责，偶尔也继续被人当作笑柄，并没有什么大不了，一如众生中的其他人，但是，不管是什么时候，有一桩事情，他从来都不曾接受和确认，即：我是不幸的。

我当然不是不幸的。只因为，就算是在那座噩梦般的小镇上，也有人在等待我。有一个声音，在旷野上温柔地呼叫我，这声音不是别的，是黑暗的海面上，妈祖在说话；是拿撒勒的夜晚，圣母玛利亚在说话。连绵的低语，隐约，但却异常清晰，这声音要我前去，穿过水洼、蒺藜丛和狂风里起伏的稻田，再经过收割之后的苜蓿地，前去他的身旁，站定，看着他，先是依恃，再听候他的教养。

——他其实是他们，不，是它们，它们不是别的，只能是，也一定是那七尊凶神恶煞般的苦水菩萨。

造化突然，折磨和安慰都是在转瞬之间从天而降：连日高烧之后，我走进了赤脚医生的诊室，头重脚轻，不知天日，唯有机械而茫然地输液而已，输完之后，赤脚医生才发现我身无分文，于是将我扣留，等待着有人前来付钱；但是，他打错了算盘，直到天黑也没有人来，暴怒之下，他将我推搡了出去，一个趔趄，摔倒在诊室门口的墙脚下。

昏昏沉沉之中，我在墙脚下躺了大约半个小时，偶尔有人经过，但夜幕漆黑，他们全然看不见我。当此之际，暴怒、怨艾与哭泣都不过是自取其辱，我便安静地躺着，稍微清醒些之后，竟然生出恶狠狠的快意：谁能像我，如此这般睡在夜幕里？谁能像我，别人都在动，而我是不动的？转而蒙头睡下，可是，就像一道闪电劈入我的体内，命定的神示被闪电送来眼前，照亮了头脑，我突然想起来，在黑夜的深处，乃至光明的正午，那七尊苦水菩萨却是跟我一样：别人都在动，而它们是不动的。一念及此，心脏顿时狂跳起来，我竟然就像第一次看见它们之时，瑟缩着，战栗着，几欲狂奔而去，但是这一次，却不是离它们而去，而是要跑向它们，离它们越来越近。

正信的到来，就是在轻易的刹那之间：尽管寺庙与小镇有别，人间与神殿有别，凡俗肉身与柏木神像有别，我终究还是知道了，它们不是别的，它们正是我的玩伴、团伙和夜路上的同行人。我活该亲近它们。

几天之后，天有小雨，大病初愈，我站在了它们眼前。绝无慌张，安之若素。我在寺庙的中央站定，依次将它们看了一遍，说来怪异，之前的乖张狰狞竟然全都消失不见了，它们甚至是寒酸和破落的：有的油漆脱落了，有的则残损了将近一半，还有的从头顶裂开缝隙，这缝隙从头顶一直贯穿到腹部，迟早有一天，它将一分为二。是啊，竟然没有丝毫恐惧，我看它们多妩媚，料它们看我亦如是。看得久了，我仿佛听见它们在对我说话——当然，它们并没有开口，那其实是我在说话，我说一句话，就把这句话安排进它们的嘴巴，要它们对我说出来。

这是桃花源。太虚幻境。耶路撒冷。

直到现在，许多时候，或是画地为牢之时，或是酩酊人醉之后，我依然能够偶尔看见那个在旷野上奔跑的孩子：每隔两三天，他就要跑出镇子，跑向山冈上的洞天福地，沿途的蒺藜从不在话下，再大的雨也不在话下，就算小河涨水，大不了便卷起裤腿蹚过去，这小小的翻山越岭，从出发到抵达，从未超过半小时。唯一令他难堪的枝节，仍然是在镇子的东头和西头，还是会有人莫名地叫唤他前去，再莫名地施予拳脚。

但是，奇迹再次从天而降，他记得，并将永远记得：终有一日，在拳脚还未上身之前，他突然发作，变成狂暴的狮子，二话不说，将对方打倒在地，还不肯罢休，手里拿着砖头，再去追赶余下的人。余下的人全都惊呆了，有人便忘记了遁逃，又被他打翻在地，倒地之前，那个人的脸上满是惊恐之色，更多的却是疑惑——究竟发生了什么？

他也不知道发生了什么。斗殴结束，当他朝那七尊苦水菩萨狂奔而去的时候，他也迷乱而不得其解，而更加迷乱的狂喜几乎占据了他的全部身体，在狂喜中，他甚至一遍遍低下头去，打量自己的身体，他做梦都没想过，它们也可以揭竿而起；但他隐约地知道，自此之后，他大概要重新做人；并且异常清晰地知道：这奇迹，全都由菩萨们赐予，多少功课和磨洗之后，露水结成了姻缘，教养有了结果。

轻轻地，轻轻地坐下，什么也不做，只是练习笑。他一直恼怒自己，笑一下，这么容易的事，怎么就不会做呢？在寄居的家庭里，他倒是早早就学会了察言观色，并且明确地知道：如果能够见人就奉上笑容，他的处境肯定会比现在好得多；他也经常使出浑身解数，远远看见有人走近了，他便痛下决心，提醒自己，说什么也要笑，哪怕是谄媚的笑，小心翼翼的笑，这些都算，但直到来人又远远走开，他还是没能笑出来。笑，先是令他觉得羞耻，而后又为笑不出来更加觉得羞耻。当然，他不可能一次都笑不出来，但那多半是在挨打之后，看着对方，他倒是异常自然地笑出来了，没有笑，他便度不过此刻，多年之后，等到学会更多的字词，他才知道，那就叫作讪笑。

讪笑，确实是他在相当漫长的光阴里，唯一学会并且使用过的笑。

现在好了，对着菩萨，轻轻地坐下，先将它们请下神坛，再把它们想象成七个熟识的人，一一都起了名字，然后就开始分别对它们笑。功课要做到最足，来的路上，他已经搜肠刮肚，从记忆里翻找出不少美好的事情，小心藏好，到了现在正好可以拿出来了：吃过的糖果，母亲身上的香气，一只藏在衣柜里的鸭梨，等等等等。他闭上眼睛，想着它们，就像是在用手抚摸它们，再提醒自己，不要急，慢慢来，一，二，三，开始吧。

开始吧，一天，两天，三天，他反复地开始，反复地笑，苜蓿地作证，这寻常的小事里，也埋藏着艰险，也要过五关，斩六将。谢天谢地，终有一日，他可以确定，他学会了这件小事。其时是在黄昏，寺庙里雾蒙蒙的，当他睁开眼睛，看着眼前的七位恩人，喜悦与礼赞同时滋生，他的眼睛里涌出了泪水。这七尊菩萨，绝不只是隔岸的看客，看起来什么也没有做，但事实上，它们什么都做了——这世上有些人的笑，先是需要确信，有人愿意注视他，其后，又想要确信，他的笑不会引来对方的嘲笑。

接下来，还要练习反抗。不是要学会刀枪剑戟，他要做的，仅仅是把怯懦从身体里一点点抠出来。世界何其大，但是就算命如蝼蚁，你终归有你的一小块花草河山，比如我有这七尊菩萨；菩萨何其大，但是越大的法门，越被它们安放在最微小的事物之中。它们可能无法给你带来一个人，乃至一群人，但是，它们好歹给你带来了一条狗。

那条狗，是被另外一条猛犬追来的，全身淌着血，仓皇闯进寺庙，双腿一软，便在菩萨们眼前倒地不起，它似乎病得也不轻，躺在地上，全身力气只够用来喘息，哪里还能稍作反抗？但那猛犬却好似恶灵附身，不肯休歇，吠叫着冲上前来，又再一口一口咬下去；那狗只是哀鸣，抬起头，悲痛地看着不说话的菩萨，还有躲藏在菩萨背后的我。

我以为死亡是它的结局，但是我错了：或是天性，或是狠狠地赌一次，它竟然缓缓站了起来。其时，如若菩萨有灵，我相信它们亦会觉得惊骇。那条猛犬也惊呆了，多少有些迟疑，好像是在迟疑着是否再次痛下杀手，可是晚了，站起来的生灵已经先来一步，闪电般咬住了它的喉管。这一次，发出哀鸣的换作了它。费尽气力，它终于挣脱，转而四处奔逃，哪里想到，可能是红了眼睛，也可能是为了其后再不被欺侮，站起来的生灵竟然牢牢地盯住它，就在七尊菩萨之间上下追逐，一阵嘶吼缠斗之后，那只猛犬号啕着跑出了寺庙，喉管处血流不止，到了这个时候，能够逃走已经是它的荣光。

再看胜利者，绝无嚣张之色，继续躺卧在地，安静地喘息；还有菩萨们，一番狼藉之后，破碎的菩萨更加破碎，其中一尊的耳朵都掉落在了地上。稍后，难以想象的事情发生了：那条狗，竟然沉默着走向了这只无辜的耳朵，它间或舔着这只木头耳朵，间或又抬起头，宁静地朝菩萨们张望，眼神里竟然流露出几分畏惧，其时情境，就像一个犯了错的童子，再次变得温驯，被恩准回到了炼丹的炉边。而我，我已经震惊得说不出话来，这眼前所见，全都无心插柳，可分明合成了一座课堂——如何能像这条狗，在最要害之处，去反抗，去将肝胆暴露，而不是死在一身怯懦的皮囊之内？反抗过了，活下来了，又如何能立即被庄严震慑，去跪伏，去轻轻地舔那只木头耳朵？

世间名相，数不胜数，各自无由相聚，再无由分散，但就在这无数聚散之间，真理和道路却会自动显现，此中流转，正好证明了做人一场的美不可言，可是菩萨们，我若没有和你们的共处，机缘怎么会将我笼罩和提携？我又怎么可能在如此幼小之时就明白，这一生，一定要活过那条哀鸣的狗？

多么好的时光！露水与羔羊，热茶与冷饭，供销社和油菜花，这满目所见，都在被那个十一岁还是十二岁的孩子赤裸地亲近，并且，他还在合唱的队伍里第一次发出了自己的声音，没有错，他正在秘密地修改自己的模样，该笑的时候便要笑，难堪来了，也不要羞于见人。他甚至提醒自己，少一点寡淡，多一点身轻如燕。有一回，他被在荷塘里挖藕的人们接纳，也去挖了一下午的藕，天气寒冷，每个人都在抱怨这该死的天气和生活，但是，看着眼前肃杀的镇子和沮丧的人们，他突然觉得骄傲：当此之际，唯有他是喜悦和不折服的，因为他的身体里住着一座庙，庙里住着七尊菩萨。

他爱它们。

难免会自己问自己，他究竟爱它们什么呢？毕竟年纪尚且幼小，他想一想便不再想了，只是确定了一件事：他将它们关闭在自己的身体里，只要不开门，它们就一直在。这是一个比山冈更加庞大的秘密，不不，比天还要大，但又古怪、灵验和不足为外人道。

非要他说，他便说这是欢喜，只要在菩萨面前站定，他就能在第一刻觉察到自己的微小，但与此同时，他比任何时候都更清楚，它们面前站着的，是一个重新做人的人，这个新人贪恋与菩萨们相关的一切——他爱夏天的凉风吹过它们的躯体，把头埋伏在它们中间，可以嗅见若有似无的柏木香气；他爱纷飞的大雪穿过破落的屋顶，将它们一一掩盖，这是他见过的七尊最大的雪人；他还爱它们日渐残损和暧昧的脸容，即使有白蚁群居其内，他也觉得那是白蚁们和他一样，正沉醉于它们的福分之内；是的，这一切他都爱。就算最后的结局来到，寺庙倾塌，这七尊菩萨不知所终，他竟然并不悲伤，而是迅疾地爱上了菩萨们消失后的空地，这空地被一层薄雪覆盖，白茫茫真干净。

这便是他所领受的最刻骨的恩典：早在更多贪恋与贪恋之苦依次展开的好多年之前，他已经知道了什么是爱，什么是隐秘且将肉身肝肠全都献出的爱。

是的，大雪天，我又生病了，好多天缠绵于病榻之上，与此同时，在山冈上，那座寺庙终于倾塌了。倾塌之后，镇子上的人们陆续前去，将尚能派上用场的砖石土木悉数搬走，等我气喘吁吁地前去，山冈上徒剩了些零星的瓦砾而已，我再跑回镇子，逢人便问那七尊菩萨去了哪里，但是，根本没有人能说清它们的去向。

是啊，我竟然并不觉得悲伤，或者说，菩萨们的教谕，已经让我学会了如何抑制悲伤：早在消失之前，它们有的没了耳朵，有的双臂腐朽，有的连头都干脆断了。它们手中的法器：那些剑，钺，刀，金刚杵，也几乎全被白蚁蛀空。这都说明了一件事：它们迟早要驾鹤西去，归返道山，我迟早都有和它们永不再见的那一天，而悲伤并不匹配它们的教谕和离去。但是，话虽如此，我还是多少觉得失魂落魄，还是逢人就问它们的下落。

忽有一日，我得知一个消息，有一尊菩萨被人拾得，抱回了家中。我欣喜若狂，急忙问清楚那人的地址，一刻也没停便飞奔而去了。到了门口，却是倒吸了一口凉气，因为这一家的主人除去是一个鳏夫，还是远近闻名的疯子，不仅是我，就算换作别人，也全都不敢跟他搭讪说话。在他的门前，我来来去去走了几十遍，终于未敢推门而入。

整整两个月，几乎每天，我都要找到理由，放弃平日里走的路，偏偏地走到疯子的门前，去观望，去窥探，看看这里到底是不是有菩萨的下落，但是一无所获，自始至终我都没有看见它。

我终于生下一个恶念：管他哪一天，只要疯子不在，我就翻墙入室，去将菩萨偷出来——可是，刚起了念，告别的日子就来了，远在天边的父母突然现身，决定将我带走，从他们出现，到带着我坐上离开小镇的火车，只用了短短几个小时。

夜幕之下，当绿皮火车在旷野上开始缓慢地行驶，我回头眺望沉默的小镇，还有镇子上黯淡的灯火，悲伤便不可抑止地到来了。我懵懂地相信：这个小镇子给予过我黑暗，但也给了我黑暗之后的光亮，然而照亮我的菩萨们，如无意外，我们已是后会无期了。

终究还是说错了——仅仅车行十分钟之后，它们便出现了。

“如欲相见，我在各种悲喜交集之处”，抬起头来，我仍旧清晰地看见了它们：在车窗外斑驳的树林里，在月光下的稻田中，在车头灯照亮的铁轨前方；乃至二十多年之后的今天，我还能看见它们：在虚与委蛇的酒宴上，在被关了禁闭一般的小旅馆，就算在遥远的波罗的海岸边，我一抬头，便看见它们端坐在波涛之上，一如既往地宁静、庄严和怒目圆睁，剑指虚空，金刚杵发出轻微的铮铮之鸣。

这么多年以后，可以告慰的是：我还在笑。当然，最多的是苦笑，但这苦笑里藏着赞美，如果做人一场必然要去接近一个正果，那正果便理当包裹在艰险之中，去笑，才是首先将失败的结果放入怀中，再去接受它，抵达它；去笑，而且言语不多，才能响应接连的呼召，才能忍耐无穷的诡异与可怖，才能揭开万物的面具，认出哪个是万物，哪个又是你自己。

还有反抗。你们知道，我一直在写。时至今日，我还在写，这几乎已经是我唯一擅长的反抗了，但它并没有给我带来多少荣耀，相反，失败之感一直在折磨着我，好在是，经由你们和一条狗的教养，我还不想这么快就低头认罪，唯有不断写下去，反抗方能继续，正见方能眷顾于我：这一场人间生涯之所以值得一过，不只是因为攻城夺寨，还因为持续的失败，以及失败中的安静。这安静不是他物，而是真正的，乏味和空洞的安静；这安静视失败为当然的前提，却对世界仍然抱有发自肺腑和正大光明的渴望。

菩萨在上，闲话休提，接着说奇迹。奇迹是这样发生的：就在半个月之前，为了参加一场葬礼，二十多年之后，我重回了当初的小镇子；葬礼结束，我一个人在镇子上游荡了大半天，但满目里没有一处还是旧日风物，不觉间，就走到了一大片杂草丛生的荒地上，这当初的旧城，就像当初的寺庙一样，徒剩残砖瓦砾，全无半点生机。就在我转身离开之际，无意中看了一眼不远处的一座倾塌的房屋，只一眼，全身上下，便如遭电击。

此处不是别处，正是当年那个疯子的家，我所见之物也不是其他，正是当初被他抱回去的那尊菩萨。多年不见，它受苦了：深陷于淤泥之中，油漆脱落得不剩一丝半点，没有了鼻子，没有了嘴巴，腹部以下腐烂殆尽，倒是手中的那支残剑，尚且依稀可辨，并没有化作淤泥的一部分。一见之下，我先是恍惚了一阵子，紧接着，杂念便纷至沓来：我该带走它吗？我该买来香烛祭拜它吗？又或者，我是不是干脆请来工匠，将它的模样彻底修复？

都没有。这一切全都没有。

只是说了一下午的话。话说完了，我便走了，后半夜的星光下，着急赶火车的人离开了杂草丛生之地，连头都没有回，但一路上，他都在心底里不断地对它说：相比其他六尊菩萨，你可能是最不幸的一尊，但这也未尝不是天命，我若能当得起失败，你就当得起孤苦伶仃；说不定，这不过是崭新的机缘正在开始，天明之后，又一桩造化便要铸成。此一别后，你我当真正的再不相见，你且继续端坐于此，剑指虚无，直至尸骨无存；而我，我要去赶火车，走夜路，先活过那条哀鸣的狗，再回来认我的命。

看苹果的下午

在回忆中，我首先看见的是一片油菜花，漫无边际，就像滚烫的金箔从天边奔流过来，压迫着我，最后定要将我吞噬；之后，便是蜜蜂发出的鸣叫，这嗡嗡之声可以视作春天的画外音，从早到晚，无休无止，既令人生厌，也足以使久病在床的人蠢蠢欲动。

暂且放下回忆，读一首诗，米沃什的《礼物》：“这世上，没有一样东西我想占有；没有一个人值得我羡慕；任何我曾遭受的不幸，我都已经忘记。”二十岁出头，我才读到这首诗，一读之下，顿觉追悔：如果我早一点爱上诗歌，早一点读到这首诗，那么，当回忆一再发生，那个形迹可疑的人再三陷入焦躁之时，我便会劝他安静，坐下来，背靠青草环绕的篱笆，听我念余下的句子：“想到故我今我同为一人，并不会使我难为情……”

那个看苹果的下午，他实在太焦躁了。他先是对着一片桑树林信口开河，说就在十年之前，他曾经只用一棵树上的果实就酿出了五十斤桑葚酒；而后又说王母娘娘其实是附近村子里的人。见我冷眼旁观，他也只好悻悻住口，转而看见一头黄牛，跑过去，想要骑上牛背，可是，费尽周折也没能骑上去，回过头来，凄凉地对我说："想当年——"话未落音，他就被黄牛踢倒在了地上。

其时情景是这样的：一个中年男人，带着一个十岁左右的男孩子，两个人素不相识，但却结伴走了几十里的路。其间，男孩子有许多次都想离开，中年男人却一直劝说他留下来，看上去，就像一场诱拐。话说回来，这到底是因何发生的呢？

因为我想看苹果。真正的，从树上摘下来的苹果，而不是画报上的抑或别人讲出来的样子。长到十岁出头，我还没见过真正的苹果，这自然是因为我长大的地方不产苹果，其次也说明，此地实在太过荒僻，荒僻到都没有人从外面带回一只来。说来也怪，自从有一回从一本破烂的画报上见到，我就开始了牵肠挂肚，一心想着真真切切地见到它，抑或它们。

好消息来了。赶集归来的人带来一个消息：有一辆过路的货车坏在了镇子上，车上装的不是别的，恰恰就是真正的，从树上摘下来的苹果。说者无意，听者有心，当天夜里我就在梦里贪得无厌地吃苹果，吃了一个，再吃一个。天还没亮我就醒了，天刚蒙蒙亮我就悄悄出门了，是啊，我终于忍耐不住，决定亲自去镇子上走一遭，去看看那些传说中的苹果。

可是，造化弄人，当我气喘吁吁地来到镇子上，那辆货车已经修好了，苹果们刚刚在半个小时之前绝尘而去。它们无爱一身轻，只是可怜了追慕者，沮丧得绕着镇子走了一遍又一遍。天可怜见，好几十里的山路，用了整整一个上午才走完，脸上都被沿途的蒺藜划出了一条条口子。也就是在此时，我遇见了他，那个宣称一定能带我看见苹果的人。

作为一个远近闻名的牛贩子，他终年累月都在周边的村镇游荡，所以，我自然也认得他，我还知道，牛贩子的手艺让他过得不错，但也让他享有本地最为败坏的声名，多数人遇见他都避之不及。我自然也是。当我在茶馆门口看见他被众人赶出来的时候，全然没想到他会找我说话，我只是想稍作歇息，然后便动身回返。看见他坐到我旁边，我原本想抽身便走，然而鬼使神差，我竟然不仅告诉了他此行的目的，而且，还答应他，跟他一起，继续去到镇子外的深山里见识真正的苹果。何以如此呢？一来是，我实在太想见苹果们一面了，在我的玩伴里，虽说有的去过县城，有的拥有一本《封神演义》，但见过苹果这件事，却足以使我在一个月之内被人簇拥；二来是，牛贩子说的那片苹果林，其实是在我来的路上，这个事实过于耸动了，我当然将信将疑，但是他说得有鼻子有眼，我也不得不信。

关于那片隐秘的苹果林，他是这么说的：它们的主人，从前在四川茂县当兵，退伍回家时带回来一些苹果籽，也没放在心上，前几年，家里生了火灾，一夜之间，家徒四壁，实在没办法了，为了不让人笑话，又为果实长成后不被人偷，他便在深山里选了一处地界，播下了苹果籽；几年下来，在不为人知的地界，苹果树已然长得比寻常的桑树还要高，而眼下，算我有运气，正好是挂果的时节，这本是天大的秘密，但他恰好和果园的主人是结拜兄弟，所以，他才有机会带我去看它们。“感谢的话就不用说了，”他说，“我也要去看我的兄弟。”

话说到这个地步，如果再不相信，即使以我当时的年纪，也害怕自己是不可理喻的，于是，我便和他出发了。

这时春天刚刚掀开了序幕，油菜花在怒放，河水异常清澈，青草发出香气，牲畜的身上全都燃烧着欲望之火。即使我还是个小孩子，面对这眼前万物的汹涌之美，也不禁心生惭愧，担心自己恐怕不能匹配它们。这不管不顾的美，甚至不是造物的恩宠，而是被化身为铁匠的天使们锻打出来的，炉火熊熊，火星飞溅，敲击声此起彼伏——哦，我走神了，甚至都忘了苹果——再看牛贩子，他显然也忘了，难以置信的是：在一片油菜花的中央，他先是像只蜜蜂，夸张地嗅着花蜜，嗅着嗅着，他竟然哭了。

他忘了苹果不说，还在莫名其妙地哭泣，我当然非常不悦，不耐烦地催促他赶紧上路。他倒是没有拖延，跟我一起朝前走，沉默着，全然不似之前的喋喋不休，突然又问我：“你有什么对不起父母的事情吗？”我根本未加理睬，没想到，他的哭声竟然转为了号啕，面对着刚刚走出的那片油菜花，他一边哭一边叫喊：“我妈埋在这里，我却把地卖了，现在连坟地都没了，我真是狼心狗肺啊！”

却原来，他也是有故事的人。但是很遗憾，这个下午我不关心全人类，我只想念苹果。说话间，我们开始翻越一座山，起风了，天上的云团也开始变幻，阳光渐渐变得黯淡。我担心天气转阴，接连要他走快一点，哪里料到，这个声名狼藉的牛贩子，竟然比我这个岁数的人还要幼稚：一群喜鹊从树梢间飞出来，他追在后面小跑了半天，却是跑向了跟我相反的方向；随后，他又为一片燕麦的长势而长吁短叹；迎面看见一条小青蛇，已经死了，他蹲在小青蛇的旁边，看了又看，看了又看，怎么叫也叫不走。

他的种种行径，令我十分不齿：一个本地的牛贩子，又不是来自遥远的首都，这满目景象，全都是寻常所见，何苦要像一个城里人般大惊小怪呢？

下山之后，眼前有两条路，一条通往我的村庄，另外一条，按照牛贩子的说法，则可以去往秘不示人的苹果林，奇怪的是，他竟然走上了我回家的路，经我提醒，他才连声说都怪我，这一路都不跟他说一句话，这比杀了他还难受；其后，他又开始了赤裸裸的威胁：如果我再不跟他说话，他便要就此与我分别，至于苹果，“反正你长大了总会看到的。”他说。

我问他，我到底要对他说些什么，才能令他满意，他竟然说：“那就讲个故事吧，讲讲《封神演义》。”

多么怪异的下午：此行我是为苹果而来，转眼之间，却在给一个牛贩子讲故事，其中转换，真是难以言表。而这已经不是第一次：在刚刚翻过的那座山上，他就一直在不断地央求我跟他说话，“到底什么是童话？”他问，“你讲一个给我听听吧？”但这中年人的要求实在过于诡异，我断然拒绝了他。好在，他突然遇见了一个熟人，正推着自行车从对面走过来，瞬时之间，他立刻便像换了一个人，表情变得夸张，大呼小叫着奔了过去。

对方显然是认识他的，但面对他的嘘寒问暖，并没有给予足够的回应。他想要跟对方握手，结果，自己的手伸出去了半天，对方的手却没有伸出来，匆忙招呼了几句，骑上自行车就走了。他盯着对方看了一会儿，悻悻跑回来，对我说：“我都不嫌弃他，他反倒还嫌我。”我不信他的话，故意问他，人家在嫌弃他什么，他稍微愣怔一会，恼怒地说：“你听好了，我是说我不嫌弃他——”紧接着又补了一句：“他有癌症，胃癌，你知道的，胃癌又不传染，我不嫌弃他是有道理的。”

多么让人欲说还休的时刻：不愿意跟他握手的人径自逃远了，我却受困于此，为了一睹苹果们的真颜，只好跟他讲起了《封神演义》。然而，虽说我有千般不情愿，他居然还全无耐心，这第一回，“纣王女娲宫进香”，我才说了个开头，他就重新变得焦躁，打断我：“不如，我们说说女人吧。”以我此时的年纪，女人，这是多么羞耻和不能提起的话题，我停下步子，看着他，他也盯着我看，竟然发出了一声叹息，“唉，你还是个小孩子。”他说。

就在如此厮磨之间，下午的时光过去了大半，黄昏已经近在咫尺，风渐渐小了，田野上的作物们渐渐变得安静，不知何时起，连蜜蜂的嗡嗡之声都消失不见了，我们却还是没有走到我们的目的地，再看眼前，除了油菜花还是油菜花，既无村庄，也无深山，哪有什么苹果林的影子？

我怀疑他在骗我，我怀疑前方根本就不存在什么苹果林，而且，怀疑一旦滋生，就再也无法消除，越往前走，怀疑愈加强烈，只是想不通：他骗我走这一遭，为的是何缘故呢？“对啊，”他也愤怒地反问我，就好像受了多么大的冤枉，“我骗你有什么好处？”紧接着，他便一再宣称，苹果林距离此处已经只剩下不足五里路，如果一路小跑，半个时辰定能赶到；话说至此，我明明已经离开他，走上了回家的路，到头来，还是又折返到他身边，继续跟着他小跑了起来。

他几乎是个废物。小跑了不到十分钟，刚刚跑到一座小庙前，他就连连地剧烈咳嗽起来，停住步子，弯下腰，上气不接下气地喘息，稍后，又眼泪汪汪地看着我，表情里竟然掠过一丝明显的羞涩。我见他实在难受，就转而劝他稍作歇息，于是，两个人几乎还没开始赶路，就又在小庙门前的一棵柳树下坐了下来。

咳嗽稍稍止住一点，他便重新开始了信口开河，竟然说背后的小庙是吕洞宾修建的。我提醒他，吕洞宾是道士，不是和尚，他倒是毫不慌张，接口便说吕洞宾在当道士以前就是当和尚的。到了这个地步，我已看清他的面目：只要我跟他说话，他便会上了瘾一般将话题纠缠下去，无休无止。我便闭口不言，他先是讪讪而笑，转而又劝说我去庙里拜一拜。我忍无可忍，问他为什么不拜，他却笑了，笑着摇头：“我这辈子，没什么菩萨保佑我，哪一尊我都不拜。”

天地之间仍然残留着夕阳之光，这光芒虽说还能穿透柳树的枝叶照到我们身上，但也正在一点点消失，我们站起身来，再往前走，哪里知道，刚走出去几步，我所有对苹果饱含的热情和想象就将宣告破碎，这个冗长的、看苹果的下午也终于来到了戛然而止的时刻——他站在我身后，定定地看着我，又认真地说："我是骗你的，压根没什么苹果。"

"我才是得了胃癌的人，可是，胃癌又不传染！偏偏就没一个人跟我说话……"多年以后，我还记得牛贩子一大段说话的开场白。其后，他告诉我，在得胃癌之前，他就没有结下什么善缘，现在好了，胃癌缠身之后，人人都说他的病会传染，走到哪里都被人轰出来，他又孤身一人，无家无口，想找人说话都想疯了。偏偏遇见了我，赶紧就骗了我，先为的是，只想跟我说说话，再为的是，要是真的走不动路了，我说不定可以搀着他走。至于这一下午的行程，就算没有遇见我，他自己也会走一遭的，先去母亲已经不存在的坟地上看一看，再去看看一个女人，这个女人，是他的相好，"嘿嘿，这件事情谁都不知道，"他苦笑着说，"不过，我现在病发作了，一步也走不动，看不了她了，骗你也骗不下去了——"

世间草木为证：我一直都在怀疑他。但是，必须承认，他的话于我仍然不啻一声黄昏中的霹雳，彻底了断了我和我的苹果们，如梦初醒，我张大了嘴巴，半天说不出话来。

多年以后，我还记得我和他的告别：我发足狂奔，在燕麦与油菜花之间穿行，麦浪滚滚，犹如屈辱在体内源源不绝；以我当时的年纪，“死亡”二字还停留在书本上、电影里和千山万水之外，即使它就在我的身边真切发生，我也不会为了这件庞大的、远远高于自己的物事去惊奇，去难以置信，当此之时，屈辱已经大过了一切，这看苹果的下午，让我在震惊之后明白了一件事情，即，我可能是愚蠢的。一片并不存在的苹果林，就足以使我鬼迷心窍。这事实岂止伤心二字当头？那就是一清二楚的屈辱。在奔跑中，我委屈难消，悄悄回头，依稀看见牛贩子还站在道路的中央，似乎也在呆呆地看着我，不多久，像是连站都站不住，他趔趄着，又坐回了柳树底下。

而我，我还将继续奔跑，继续感受麦浪般起伏的屈辱，甚至到了后半夜，从梦境里醒转，想起自己的愚蠢，仍然心如刀割。我一点也不想再看见他。

人间机缘，翻滚不息，又岂是几处杂念几句誓言就能穷尽？事实上，就在一个多月之后，我便又见到了他。那一回，我受了指派，去镇子上买盐，归途中，路过一处人家，这户人家破败不堪，院落里长满了杂草，杂草间隙，又长着几株绝不是有意栽种的油菜花，稍微定睛，我竟然又看见了他，那个欺瞒过我的牛贩子。

此时的他，全身上下已经没有了人的模样，胡子拉碴，瘦得可怖，阳光照在他身上，就像是照在鬼魂的身上。他躺在一把快要塌陷的躺椅上，眯缝着眼，打量着来往行人，但身体却是纹丝未动的，几只蜜蜂越过油菜花，又越过杂草，在他的头顶嗡嗡盘旋，可是，无论他有多么焦躁，他再也没有赶走它们的气力了。即便年幼如我，也清楚地知道了这样一桩事情：他马上就要死了；他剩下的人间光阴，已经屈指可数。

自此之后，我再也没有见到过他。

也常常禁不住去想：在生死的交限，牛贩子定然没有认出我来，一如他定然想不到，我以为他带来的屈辱之感会在相当长时间里挥之不去，而事实上，它们并没有想象中的顽固，晨昏几番交替，我就在我的身体里找不到它们了，到了后来，我只记得，我有过那么一个怪异的看苹果的下午。

这么多年，我当然也见到了真正的苹果，四川的苹果，山东的苹果，甚至北海道的苹果，机缘凑巧，我还去了不少的苹果林，四川的苹果林，山东的苹果林，甚至北海道的苹果林。置身在这些苹果林里，偶尔的时候，漫步之间，我一抬头，依稀还能看见牛贩子，他就站在其中一株苹果树的树荫底下，仍旧形迹可疑，焦躁地四处张望，似乎是还在想找人说话。

这当然是幻觉。但我希望这幻觉不要停止，最好将我也席卷进去，让我和牛贩子重新走回那个看苹果的下午。果然如此，在小庙前的柳树底下，当他陷入疲累之时，说不定，我要给他接着讲一讲《封神演义》；最好是还能告诉他：无论你在哪里，不管是九霄云外，还是阴曹地府，为了自己好过，你终归要找到一尊菩萨，好让自己去叩拜，去号啕，去跟他说话。

这菩萨，就像阿赫玛托娃在《迎春哀曲》里所说："我仿佛看见一个人影，他竟与寂静化为一体，他先是告辞，后又慨然留下，至死也要和我在一起。"

扫墓春秋

无限江山，别时容易见时难。岂止江山，于我来说，死去的亲人，消失的朋友，后半夜的公墓，云南的一束山茶花，都尽在诸多不见的其中，这多么让人悲伤，但更悲伤的是我祖母：许多时候，她就活在她爱的人中间，她每天都能见到他们，可是她已经不记得他们了。

所以，趁现在，要记下那些微小的东西，也像我的祖母：一把长命锁，两枚簪子，又或几只多年废置不用的瓷碗，这些过去的印记反倒能让她恍惚，激动，甚至叫出亲人的名字；向前的时光对她已经无用，遗忘又切断了她的过去，切断了她和一个完整的她，在过去面前，她就像是一个走失的孩子，唯有依凭这些微小的东西当作信物，她才能顺利地找到亲人，流下泪水，诉说自己困守于此时此地的委屈，和悲哀。

说一说公墓。将近十五年前，我租住在一座小山下的城中村里。从我住处出来，往山顶上走，不到三百米，就会出现一道遍布锈迹的铁门，推门进去，竟是百十座坟茔，都是些老坟，最老的要到一九二七年，据说后来有了禁令，此山不能再添新坟，如此，来扫墓的人并不算多，许多墓前，只怕已经数十年没有迎来过供品和香火。这衰败的墓园，由一个鳏夫看守，但看守墓园并不是他唯一的工作，他也种菜，卖米酒汤圆，更多的时候却是不知所终。

我的运气实在太坏。好不容易搬来此处，却正好碰上城中村要拆迁，搬走的人越来越多，最后只剩下我和其他零星几人，付出去的钱房东不肯再退，好在还未断水停电，我便继续在此处消磨，等待着最后被人赶走。

多少显得荒谬的事情发生了——因为我的住处离墓园最近，而那看门的鳏夫又不肯轻易现身，来扫墓的人进不了铁门，他们竟然将香火和供品放在了我的门前，附上一张字条，请我代他们前去祭扫。我自然不愿意，但我总不能使得我的门前看上去像是在被祭扫的样子，只好出门，四处去寻找那个简直让我愤怒的看门人，终归找不到，想了又想，也只好再折返回来，翻越铁门，将那些尘世之物送到亡魂们的墓前。

慢慢地，事情愈演愈烈，越来越多人将祭物放在我的门前，开始还留一张字条，慢慢连字条都不留了，我痛心地看见：自己似乎变成了一个被交口称赞的对象，专门替人扫墓上坟，童叟无欺。亡魂们知道，我差不多受够了，看见祭物，便将它们挪移开去，又或一件件塞进铁门之内。但似乎是命定的，这一天，我在挪移它们的时候，竟然在一堆水果里发现了一张祭文，祭文上写着一首诗：“满衣血泪与尘埃，乱后还乡亦可哀。风雨梨花寒食过，几家坟上子孙来？”落款是：不孝儿某某于风烛残年。字是繁体字，可以想见，写下它们的人来自遥远的地方。字犹如此，人何以堪，到最后，我还是乖乖地翻进了铁门。

似乎从未怕过鬼，这大概是频繁的扫墓经历给我带来的好处，而且还中了邪：其后多年，竟然对墓园，无论是簇拥的公墓，还是零落孤坟，都生出了某种奇异的亲近之感。当我遭逢它们，不要说害怕，反倒觉得眼前都是熟识的故人。这熟识之感自然是起源于当初那片衰败的墓园，想那时：隔三岔五，我便要点香火，摆供果，顶风冒雨，行色匆匆。不信你看，这么多年过去了，我还记得那十一排坟墓的姓名座次——第一排打头的是方氏，第二排打头的是沈氏，一个是江苏宜兴人，一个是四川宜宾人。

像我这样不怕鬼和坟地的人，其实我早就认得一个。但她却是个远近闻名的疯婆子。那是在我幼时，我们的镇子上，有这么一位老妇人，头上常年戴着一枝花，终日里都在镇子外的坟地里流连不去。据说，在她还很年轻的时候，一次运动中，她的父亲和丈夫都被枪毙，自此她就疯了。尤其在每年春天，她似乎就没离开过那片坟地，不过，在坟地里，她既没发狂，也没有攻击任何人，却是只做一件事：摘了野花，摆放在各座坟头前面，这些坟头有的埋葬着她的亲人，更多的则与她全无关系。

偶尔，在她离开坟地的时候，我会迎面遇见她，除了她头上的花，我并未觉察到她有任何疯狂之处，相反，因为她的瘦、慈眉善目和说话时的轻声细语，我甚至觉得她是可亲的。我总是怀疑，她根本就没有疯，是我们误解了她——在这世上，我们总是只能用扭曲和诋毁当作武器，才能最终完成对不能理解之事的命名。尽管荒唐，但我确实想过：如果她是疯的，那我也不怕有一天会疯掉，因为我想成为像她一样安安静静的人。

自我离开镇子，就再也没有见过她，听说她还活着，她怎么也不会知道，一个她连名字都不知道的人，可能是懂得她的，姑且抛下疯与不疯，至少在时隔多年以后，置身于每一片坟地中，这个人都跟她一样，从未生出半点恐惧之心。

在墓地里流连，常有别处难见的机缘，先不说遇见的人，单说坟前的供品，除了花果和香火，我还见过头发，内衣，木香顺气丸，诗，更有生鱼片，手表，瑞士军刀，三双整整齐齐摆放好的登山靴。此处不是他处，实在也是活生生的现实，坟前的供品并不是什么秘密，但它们却都是打开秘密的钥匙——既然有人喜欢看戏，有人喜欢看连续剧，那么我也可以看遍能够看见的所有墓地。

说起来，这么多年，我竟然怀揣着一个古怪的癖好，去了那么多众人眼中的绝非久留之地：孔子墓，满城汉墓，汉阳陵，秋瑾墓，蒲松龄墓；更有太宰治墓，托尔斯泰墓，香港丽都酒店对面的回民公墓，乃至遥远的莫斯科新圣女公墓。

事实上，我并没有拜祭到太宰治的墓。我早就知道，他埋在东京都三鹰市的禅林寺，但时间太过仓促，东京之行临近结束，离开的前一天黄昏，天都快黑了，我才赶到三鹰，刚进到禅林寺，距离对游人开放的时间已经只剩下了半个小时。经人指点之后，我正要走上前去，差不多已经看见了不知是谁献在他墓前的花，但终究被阻拦，不得不回返，踏上了出寺的路。不过也好，虽说只看了一眼，但它就是我想象的样子，清瘦里夹杂着愚笨，就像他一生的寻死到现在还在持续。

回返的电车上，忍不住一再想起太宰的话，这真是个执拗到骇人地步的人，一生作魔作障，寻死之前，他还在一再寻找自己中意的墓地，终于找到禅林寺，就在森鸥外的墓边，他寻见并且决定了自己的长眠之地：“这个寺的后面有森鸥外的墓。我不知道什么缘故鸥外的墓在这样的东京府下三鹰町。不过，这里的墓地清洁，有鸥外文章的影子。我的脏骨头要是也埋在这么漂亮的墓地一角，或许死后能有救……”

莫斯科的七月，新圣女公墓里虽有清凉浓荫，蝉声却是一再鸣噪不止，这蝉声叫人心烦意乱，好在是，我可以在此消磨一个下午，去看这些几乎是世界上最好看的墓——乌兰诺娃的墓碑上，雕塑着正在舞蹈的自己；肖斯塔科维奇的墓碑上刻着乐谱；再看过了米高扬的墓，法捷耶夫和契诃夫的墓，之后，来到了果戈理的墓前：这个倒霉的人，即使死后也不得安宁，一个痴迷他的戏剧学家，竟然雇人将他的头骨从眼前这座坟墓里偷了出去，几经辗转，终于不知下落，也难怪，眼前的果戈理雕像满脸都是苦楚之色——都快一百年了，他还在等待着自己的头骨。

在更深一点的树林里，一座寂寞的坟前，我看见了一个女孩子，不知是哪国人，带来好多不菲的摄影器材，一一耐心地支好，随后却躺倒在了墓前，再迎着树荫里透出的光，闭上眼睛，自己给自己拍照；除我之外，另有三两人旁观，有人还拿起一本女孩子随意丢掷在摄影器材边上的画册翻看，我也凑上去看，只一眼，我便在瞬时里激动了起来：这画册其实是本摄影集，里面所有的照片，都是这个女孩子在各种各样的墓前照下的，有的在春天，有的在雪天，有的穿了衣服，有的则是赤身裸体。我大概已经知道，这是个一直在墓地里做创作的艺术家，尽管人种殊异，地隔东西，我还是想冲上去，跟她拥抱，因为她实在是我的同道中人。

终于没有，我毕竟越活越懦弱，怕被人当作了疯子。这么多年之后，我已经开始害怕自己成为当年坟地里的那个老妇人，害怕被旁观，害怕被避之不及。这是多么悲哀的事，“到了最后，你总归会活成你当初最讨厌的那种人”，这句话，如果我没有记错，是在山东淄博，蒲松龄墓前，一个同样惯于在坟茔前消磨时光的人告诉我的。

一生都在与孤魂野鬼为伴的蒲松龄，实际上几乎没有写到过什么高耸的陵寝，在他的故事里举目四望，无非都是些零落孤坟，坟头上生长着几株斜柳，几丛荒草，却也正好匹配多数灵怪狐女的清净、遗世和苦命；然而，我所见到的蒲松龄墓，显然已被后人拙劣地整修过了，高约两米，就连墓边的几株柏树，也多少显得并不相宜。今夕何夕，若是狐女们趁着夜色给地下的先生送来酒食，看见眼前高坟，只怕会以为入错了门第，吓得止住步子。

我要说的疯子，看起来与正常人无异，一眼看去，也是一副游客的样子，只是话多，一开始，见我愿意搭理，他只是抑扬顿挫地跟我说起了诸多令他赞叹的人生道理，不过都是些“人生最美好的就是青春”之类，但是，越往下说，我便越是觉察到他的疯狂，他告诉我，他是狐狸精转世，前三十年是女人，后三十年又变作了男人；他还告诉我，全世界只有一个人懂他，就是蒲松龄；话题差不多无法进行下去的时候，有人发现了他，要将他驱赶出去，他顿时暴怒，高叫着“我自己会走”，推开对方，在墓前跪倒，恭恭敬敬地磕了九个头，又从怀里掏出一个苹果，放在地上作为祭品，这才转身，轻蔑地环顾四周，说一声“你们这些人，没一个懂我”，然后飘然离去。

“在我还是女人的时候——”我以为他早就走了，没想到他一直就躲藏在柏树的后面，风波稍息之后，他又跑了出来，几乎是贴在我耳边，凄凉地说：“在我还是女人的时候，我最讨厌被人推来推去。但是没办法，你总归会活成你当初最讨厌的那种人。”

最后，在暴雨中，他再次被驱赶了出去。与前一次的轻蔑不同，这一回，他双手死死地环抱着一棵柏树，哭得撕心裂肺。我知道，就算今天他被赶走，隔一天，他定然还会再来。有一桩事情，我一直没有想清楚，就是墓地里为什么常有疯子？但在蒲松龄墓前的暴雨中，看见他一脸的绝望，我大致已经明白：我们每个人活在尘世里，剥去地位、名声和财产的迷障，到了最后，所求的，无非是一丁点安慰，即使疯了，也还在下意识地寻找同类，唯有看见同类，他才觉得自己是安全的，不必为自己的存在而焦虑，而羞愧。

一个疯子，到了最后，定然被几乎所有人抛弃，人们懒得去听他们说话，懒得与他们共同出现，甚至懒得看见他们，却是迅速地达成了共识：他们是不洁、活该和自作自受的。但是，只要时间还在继续，时间的折磨还在继续，寻找同类的本能就会继续，黑暗里，仍然希望有相逢，唯有与同类相逢，他们才能在对方的存在之中确认自己的存在；找不到同类，就去找异类，找不到人间，就去找墓地，找不到活人，就去找坟墓里的人，因为你们和我一样，都是被人间抛弃在了居住之外，聚散之外，乃至时间之外。一只苹果，一束花环，它们绝非他物，都是我认亲的凭证，“唯彼穷途恸，知余行路难”。

而我的扫墓生涯还在继续。但是，情形变了，“昔日戏言身后意，今朝都到眼前来”，我的扫墓之地，不再是越走越远，而是越走越近，一直近到了自己的家门口。世间之事就是如此：一开始，我扫别人的墓，到现在，我扫亲人的墓；一开始，我以为我与墓地之间尚有遥远的距离，就像二十多岁时，靠审美而活，靠想象而活，死活不愿意去一个真实的外部度日，到了今天，审美与想象在眼前周遭里自取其辱，我又该手持何物，以作认亲的凭证？而事实的情形是，每个人都距坟墓万般迫近：你先是在一只乳房上认亲，再在疾病中认亲，最后，你迟早都要去到坟头上才能认亲。

就像我的祖母，天降大雪的除夕正午，她突然清醒过来，死活都要去给我祖父上坟扫墓，我苦苦劝说，终于没用，只能搀着她前去。去路都是上山的路，足有十里，无一处不是泥泞难行，大雪还在不停降下，我们的衣服全都被雪水浸湿了，茫茫四野里，只剩下将全世界都覆盖住的白，但我的祖母如有神仙眷顾，竟然差不多是一路小跑，连她的手被一根干枯树枝剐破，渗出了血迹，也全都视若不见，没花去多少时间，我们就上到了山顶，看见了祖父的坟头，可是，到了这个时候，她却停下了步子，问我，我们来这里，为的究竟是何事。

西北风呼啸，一个手上渗着血的老妇人陷入了苦思冥想，我帮她开始回忆，却被她粗暴地斥责，只好暂时先离开她，让她独自度过她的难关和苦役，转而看见旁边有一座坟前燃起了青烟，我稍微走近些，以便看得仔细：一个身穿蓝色工装、头发乱糟糟的青年男子，正在一边哭，一边焚烧着祭物；那祭物似乎很难燃烧，且发出刺鼻的气息，青年男子被呛得连连咳嗽，哭声却更加大了，最后终于转为了放声大哭，我走上前去帮他，待到近了他跟前，这才看见，他烧的其实是五件童装；再看眼前这座墓，是一座新坟，小小的，连一棵草都还没来得及长出来。

烧完童装，我回到祖父的坟前，却发现祖母不见了，往前追出去几步，一眼便看见她正在不远处踉跄着向前狂奔，我赶紧追上前去，想要截住她，再去搀着她，没想到，她竟然跑得更快，又回过头来，流着眼泪问我："我还没有死，你不会现在就把我埋了吧？"——她终究没有想起她来此地所为何事，也终究没有想起她其实不在别处，她就在她最爱的人身边。

我没有再去追赶她，而是哽咽着，停下了步子，看着她，当此之时，我不再作他想，只想让她一个人越跑越远，并且一路顺风，我的祖母，愿你永在奔跑中，再在奔跑中将世间万物全都真正忘掉：忘掉疾病，忘掉死亡，忘掉世界上所有的坟墓。

在人间赶路

我的祖父曾经告诉我，他一辈子的确经历过很多不幸，其中最大的一桩，就是直到晚年才迎来真正的五谷丰登，相比年轻时的兵荒马乱，来日无多的人间光阴才是最要命的东西。我大致理解他：在他的朋友中，有的是牙齿坏了才第一次吃上苹果，有的是眼睛看不见了儿孙才买来电视机——这世上让人绝望的，总是漫无边际的好东西。

这庸常的人间，在我祖父眼中，不啻是酒醉后的太虚幻境。每次前来武汉，如果没有照相机跟随，他就不愿意出门。

在红楼门前，在长江二桥上，在宝通禅寺的银杏树底下，这城市的无数个地方都留下过他并不显得苍老的身影，每一张照片中的他都在笑着，笑容热烈得与年龄不甚相称，恰与站在他身边的我形成鲜明的对比。他告诫我，不要愁眉苦脸，看看他，去年还写出过“大呼江水变春酒”的句子。他认为，即使放在李白的诗集里也几可乱真；他又告诫我，要向阿拉法特学习，即使死到临头也要若无其事——看，我的亲爱的祖父，仅仅通过一台电视，他便对这世界了解得比我要多得多，就在几天前，在东湖里的一座山峰上，他郑重地告诉我："超级女声里有内幕！"

这一次，他是负气出门，原因是我父亲不让他做胃镜检查，于是他要来武汉找他的长孙。不料，我也向他表达了和父亲一样的反对，并且一再告诉他：对他这样一个年过九旬的老人来说，每顿饭只喝半斤酒是正常的，他不可能再像八十岁时那样一喝就是八两，而所有做过胃镜检查的人事后回忆起来，无不都是心有余悸，他当然不信，只差说我是不肖子孙。

这欲说还休的一个星期，我的祖父每天都要对我施与小小的折磨，比如他居然要看到电视上出现雪花才肯睡觉，比如每天天一亮就要把我从床上拽起来，语重心长地告诉我：天行健，君子自强不息。很明显，他是在和我赌气。终有一日，趁着我出门，他上楼下楼地跑了一下午，打听遍了所有的邻居，这才确信他这个岁数的人的确不宜做胃镜检查，到了这时候，他还是和我赌气，竟然要拉着我去东湖爬山。

小时候，我每天出门上学之时，他都要对我大吼一声：跑起来呀！于是我就不迭地跑了起来；这么多年之后，爬山的时候，我怎么拦都拦不住，看着他远远地跑到了我的前面，又转身对我吼了一声：跑起来呀！但是，毕竟体力不支，喊了一半他就再也喊不出声来了，想了又想，只能坐在台阶上喘气，害羞地看着我。

我走上前去，和他坐到一起，两个人都在气喘吁吁，小小的战争宣告结束，我们迎来了温情脉脉的时刻。不知道何时起，他变成了个听话的孩子，安安静静地坐在我身边，似乎含有满腹委屈，但他已经不用申冤，刹那之间，我全都了如指掌：无论怎么变着法了和我赌气，他其实都是在寻找生机，他只有弄出声响，身边的人才会注意到他的存在，只要他觉得有人注意到他，他就是快乐的；写诗也好，熬夜看电视也罢，这些都是他喝下的药，这么说吧，因为近在眼前的死，我的亲爱的祖父，正在认真而手忙脚乱地生。

与此同时，这些天，我在寻找一个失踪了的朋友，正是他，在八年前告诉我：如果人生非得要有一个目标不可，那么，他的目标就是彻底的失败。

他说到做到，这些年，他辞去了工作，一直没有结婚，偶现江湖也是一闪即逝；半个月之前，他当年的女友在江苏的某条高速公路上开车的时候，突然泪流满面，打电话给我，拜托我无论如何也要找到他。

这下子好了，为了找到他，我一个星期打了比往常一个月还多的电话，参加了好几个形迹可疑的聚会，不断有人宣称知道他的消息，但是，每次当我喝得酩酊大醉从酒吧里出来，他仍然作为一个问题悬在我眼前。应该是在长江边的一间酒吧里吧，我突然有一种错觉：我怀疑我的朋友并未真正离开，说不定，他就躲在酒吧不远的地方打量着我们，就像村上老师的名言，“死并非在生的对立面，而作为生的一部分永存于生之中”。

“向如此更新的世界告别是心酸的，”米沃什说，“他羡慕着，并为自己的怀疑羞愧。”我相信，对于米沃什的话，我的祖父一定深有同感；但是在我的朋友那里，这句话应该反着说，至少应该把心酸换作无谓二字。这么多年，他像一个生活在魏晋或者唐朝的人，我当然不至于将他看作是我们时代的嵇康与孟浩然，但他的确已经将生活看作一个玩笑，然后，心甘情愿地接受自己在许多时候成为一个笑料，所谓“梦中做梦最怡情，蝴蝶引人入胜”。是啊，当我们每个人都在争先恐后地进入，进入酒吧，进入电视和报纸，另有一个人，他的目标为什么不能是离开、接连不断地离开呢？

言归正传。

好说歹说全都没用，昨晚，在火车站，祖父拒绝了我的护送，一个人坐上了回去的火车，归途中，我突然想起了海子的诗，也想起了我连日来遍寻不见的朋友，正是他当初借给了我海子的诗集。苍茫夜色中，我的祖父和朋友都在人间赶路，上升的上升，下降的下降，坐车的坐车，徒步的徒步。

一如海子所说：把石头还给石头，让胜利的胜利，今夜青稞只属于他自己——对不起，亲爱的祖父，我可以将你说成一株青稞吗——你听我说，今夜的青稞，只属于他自己。

把信写给艾米莉

我要说起你了，艾米莉·狄金森。就在昨天，我结束旅行，坐火车回家，在山区小镇寒碜的候车室里，我看见了一个哭泣的中年妇女，还有她沉默的女儿。我并不知晓她们被搁置在了什么样的难处里，但我大致还是能明白中年妇女的哭泣：生而为人，谁能逃脱这些哀恸？无论何时，我们身外的世界里一定有人在流下眼泪，不在这里，就在那里。后来，我和她们一起上了车，几乎算得上是邻座，因此，一路上，中年妇女的痛哭声始终在我耳边萦绕不去，反倒是哀戚的女儿，就像是接受了已经降临的悲苦，确切地生出了不得不的淡定，替母亲擦去眼泪之余，她就靠在窗子边上看书，艾米莉，她读的是你。

假如你是我想象过的那样——你不在阿默斯特的坟墓中，而是就在我的生活里——你应当都看见了：十几年了，我从来都没有停止过读你，许多次，当我也陷入悲苦，无论是在手术室外，还是在送葬途中，我像救命稻草般攥在手里的，全是你的句子。那么多人，或是轻微的不屑，或是径直的嘲笑，多半都会如此相待于我的十几年读你，但是，如此甚好，我偏要过我的独木桥：最好没有一个人读你，如此，便只有我一个人知道你的好。“灵魂选择自己的伴侣，然后，把门紧闭。”你早就说过，“她神圣的决定，再不容干预。”

关于我和你的遭逢，它一直都是记忆里最突出的部分：十七岁的暑假，作为一个多年如一日的差生，我对学校生涯的忍耐似乎到了极限，尽管到了后来，机缘转换，我重回了学校，但是，暑假一开始，我还是兴奋地接受了父亲的安排，前往一个偏远的税务所，就此成了收农税的临时工。有一回，我路过水库边上的铁匠铺，遇见了铁匠的女儿，这个远近闻名的老姑娘，终日幽闭不出的乡村语文教师，竟然跟我谈起了诗歌，谈论的结果，是因为从来没听说过“艾米莉·狄金森”这个名字，受了她不少奚落，当夜，我就赶回城里，直奔新华书店，买回了印着你名字的三本书，它们是你的诗歌、日记和书信。

那是再也回不去的八月、青春和桃花源，艾米莉，我接受了你，不不，是我疯魔了你，我带上税票，骑着自行车走村入镇，经过了河渠和簇拥的灌木，经过了果园和月光下的玉米田，你的声音响起了，它们不光是一直在我身体里翻滚却说不出来的话，甚至是眼前万物的画外音，你说：“一颗小石头多么幸福！在不经意的朴素里，把绝对的天命完成。”你还说：“为每一个喜悦的瞬间，我们必须偿以痛苦至极，刺痛和震颤，全都正比于狂喜！”你都看见了：在那荒僻小镇，除了把幽闭不出的老姑娘想象成了你，我只差没把铁匠铺看作尖顶教堂，我也几乎将绵延的菜地都看作了阿默斯特的玫瑰园。

——谁能告诉我，这平常的所见，为什么横添了从未见识过的奇幻和庄严？到头来，我还是要去你的诗歌与书信中寻找答案：“我的伴侣是小山和夕阳，他们全都比人类优越，因为他们懂事，但却并不诉说。”

你知道，我总是在失败，即使是在异国的东京，也没有例外：第一次坐飞机，第一次走了那么远的路，胆子都被吓破了，这便是我远渡重洋和手足无措的十九岁。总是在下雨，我又总是迷路，而且，不管我还在种满了山毛榉的分梅町住多久，落荒而逃都已经成了定局，接连搬家，签证过期，卖假电话卡混一口饭吃，这些，都成了定局，所以，趁着还有饭吃，我干脆下定决心：不再出公寓一步，画地为牢，再把牢底坐穿，以此证明自己的彻底无用。

但是，慌张和恐惧，全都如影随形，我根本不可能赶走它们，幸亏有了你，艾米莉，一本诗歌，一本书信，一本日记，它们都快被我翻烂了，我恶狠狠地读着它们，就像初入佛门的沙弥，睁眼便有万千勾连，还是赶快将双目紧闭，让经文拷打身体，最好是着火，烧遍五脏六腑，说不定，火焰里还能滋生出些微算得上安慰的谵妄：既然你的孤绝与艰困我能明白少许，那么，是不是说，有一天，我也能像你一样，用书写驱赶疑虑与不安，用书写将自己的一生都圈禁在中意的闪牢里？果能如此，我现在就不用再沦于羞愧，因为那根本就是我的福分。

解脱竟然来得如此容易，而你也竟然无处不在：这是有了你的困顿和流离，这也是有了你的秋叶原和武藏野，我是真正有了你的我。自此之后，无论是被房东赶出了门，还是宿醉之后的不知身在何处，它们全都有了出路：一个念想诞生了。这念想，是从天而降的崭新的肝胆，却也不要忘了，时刻怀抱自己的虚弱与无用，艾米莉，如你所说："我就像一个路过坟场的孩子，因为害怕，我唱起了歌，先生，这就是我的写作。"

实在是，人人都需要一个艾米莉，别管她的姓氏，是狄金森，还是赵钱孙李，只要她是艾米莉。把信写给她，她再回信给你，那回信里有她的呼救声，更有她赐还回来的奇迹。假使你站在垂危亲人的床榻前，她说："死亡就像大众一样，它们都是我无法驾驭的。"又或者，你在上司的责骂声里无地自容，她说："正因为你先使我流了血，所以，香膏才显得弥足珍贵。”还有更多失望的时刻，因为爱与不能爱，因为生与不能生，我们都没能等到那个跪求的结果，还好，有她的声音传来：“假如它属于我，我不能避开它，假如它不属于我，我还在追逐中空自度过漫长的一天，这样，我的狗都会嫌弃我。”

而你，究竟是怎样的一个你？容我暂做使徒，对旁人说起你的名字，不为布道，为的是，一旦落入虚空，我就要磨洗我的功课：艾米莉·狄金森，一八三〇年降生在马萨诸塞的阿默斯特小镇，二十五岁那年，她抛弃身外世界，就在自己的闺房里，开始了长达三十年的闭门幽居，即使家人也只能隔着门缝和她说话；一生中，她只穿白裙，在她眼里，世界上最庄严的事情，就是“一身洁白地去见洁白的上帝”；她疾病缠身，时常被眼疾所困，有许多年更是深陷于精神错乱；爱过几个男人，但都没牵过手，就连让她在数年里摧心碎骨的那一个，终其一生，也不过只跟她见过寥寥几次面而已；写诗，写信，写日记，这是她唯一能做的事情，但她却并不愿意让人知道，她将它们深藏在直到自己死去才被妹妹发现的箱子里；一八八六年，她辞别人世，葬礼上，她仍然身着白裙，“没有皱纹和白头发，难以言说的安宁”。

我还要说起你，艾米莉·狄金森。对于我，皱纹和白头发定然会不请自到，可是，我想知道，活在这劳苦的尘世，究竟要踏上怎样的一条道路，才能获得“难以言说的安宁”？如你所知，我来到了此时此地，此时是青春已然结束、繁缛的中年掀开了序幕；此地也不再是月光下的玉米田，而是厨房、菜市场和怀抱病中的孩子朝医院奔跑的路上。就像石头渐渐露出水面，这一场生涯正在显露它的原形：医院里忍气吞声，酒宴上满面堆笑，历经多年折磨，我也终于学会了那些别人爱听的话，说出来的时候，再也不心惊胆战；可是，那个害羞到怯懦的人去了哪里？不管是置身在小镇的灌木丛，还是踟蹰于东京的电车站，那颗都要在微光里攥住一点碎末去疯魔的心，它去了哪里？

再说一次，艾米莉，幸亏有了你。要么是在无由的焦虑之后，要么就是在早晨起床后的悔恨里，我再开始读你，恶狠狠地读你，并没有花去多长时间，很快我就重新确认了：自从与你遭逢，你投射的光影，还有发散的福分，它们都不曾将我背弃，这福分虽然像真理一样缄默，但它始终都在，不过是我多年的厮混将它拆成了碎片，现在，聚拢魂魄的时候到了，这魂魄不在他处，就在奔跑途中，就在责难声里，是的，一如既往，它仍然是、从来都是我们的虚弱与无用——“一旦被黎明或晚霞的景色所吸引，你看，我就成了美景中唯一的袋鼠了，多么奇怪，美景对我已经成为一种痛苦的折磨”——这苦痛，不只是弃世和自绝，也可能是打字机上的酸楚和办公室里的痛哭，但它们都是苦的；这美景，不只是艾米莉的黎明或晚霞，也可能是我们亲人的大病初愈，但它们都是美的。

我们只能在这里，而不是在那里，我们只能亲近这里，而不是跪拜在那里。

闪电般的指引，不是锦上添花，是让我自己开出花来：脱落迷障，减去道行，站在疑难、困顿和窘迫的这一端，重新回到弱小和羞怯的阵营，举目四望，是厨房，是菜市场，是病床，但它们恰好就是我应该继续潜伏的战场，将它们放在阿默斯特，它们只怕全都是艾米莉的闺房，闺房里有深渊和暴风，但它首先是黄金与白银般句子的温床。我此刻踏足的，即使只是一条夜幕下的中年的绝路，你又怎么知道，走到最后，那回不去的八月、青春和桃花源又将扑面而来？

艾米莉，你一直在这里：晨昏有别，你在黄昏里；狂喜与痛苦有别，你在痛苦里；在所有庞大物事对面的阴影中，你就端坐在那里，等浪打来，再等浪尽，绝非认命，而是清醒。我曾经走开了，现在我又要走回来，像你一样，在面包屑上看见盛宴，用蜜蜂、三叶草和白日梦缔造一片草原，假如奇迹和造化前来敲门，我只能像你一样：“握住你从黑暗里伸过来的手，然后转身走开，因为我说不出适当的话。”

——是啊，人人都需要一个艾米莉，把信写给她，她再回信给你，当你披星戴月，她说："水手不能辨识北方，但他应当知道，磁针能够做到这一点。"当你心有余悸，她说："要用娓娓动听的言辞，解除孩子对雷电的惊恐，强光必须逐渐释放，否则，人们会失明。"当你在春风和白雪里双双失足，想掉头而去，却欲罢不能，她又说："车辇停在她低矮的门前，她不为所动，皇帝跪在她的席垫上，她不为所动，她从众多的人口里选定了一个，从此关闭心灵的阀门，就像一块石头。"

别管她的姓氏，是狄金森，还是赵钱孙李，只要她是艾米莉，只要她的回信能够送到我们手里。要是没有她和她的回信，我们在狂奔中如何落定？我们在瘫痪中如何起身？我们又如何才能劈开自己，从体内的黑暗里拽出躲藏着的另外一个，甚至是千百个我？可是艾米莉，这么多年，你都看见了，"假如我要感谢你，"就像你说过的，"我的眼泪就会涌出来，使我说不出话。"

她爱天安门

有一次，垂暮之年的金斯伯格路过一个叫爱尔米拉的小城，那是二十五年前“垮掉一代”闹革命时待过的地方。不消说，二十五年前，因为这些妖魔鬼怪的到来，遍布工厂的爱尔米拉曾经有过短暂的、不真实的喧嚣，但是现在，物不是人已非，“昔日戏言身后意，今朝都到眼前来”——金斯伯格老泪纵横，回到纽约后，他写了爱尔米拉雨中的草地和士兵，写了雾霭缭绕的群山和灰蒙蒙的工厂，然后，他写道：“只是杰克不会再次出现，尼尔的尸骨已寒。”

我确信，一直到他死，他也不会再去爱尔米拉了；就像在武汉的我，在小梅被执行枪决之后的半个月里，每次坐出租车路过我挂职的看守所，都会下意识地绕道而走，我怀疑，我不会再进到那个铁门紧闭的大院里去了。

十九年前，小梅出生在广西的看守所里，她的母亲因此逃过一劫，带着她回到了四川老家；十九年后，当我在武汉的看守所里遇见小梅，她已经杀死了欺骗她的男人，被判死刑之后，正在看守所里度过她在人世的最后一段时光。

我几乎是第一眼就喜欢上了这个女孩子：一天中，我起码会听到她十次以上的笑声，那笑声就像永远不会停止，清脆，响亮，旁若无人；我也看见过她发脾气的样子，这多半是因为放风的时候又有人欺负了她的姐妹，一到这时，她就要愤愤不平地出来主持公道，其实她的姐妹都比她大出了好几岁。除此之外，我还见识过她更多的快乐和气愤，譬如她唱歌获得了第七名，譬如她在电视里看见了害人不浅的伪劣婴儿奶粉。

我曾经有好多次和她单独交谈的机会，每逢此时，我的茶杯里哪怕才刚刚喝了一口，做过小餐馆服务员的她都要赶紧地拿起茶杯去为我加水，举步之间，连蹦带跳，我必须承认自己对她充满了好奇：她何以如此快乐？再想想自己的生活，又何以如此无趣？有一次，她甚至说，她可以为我按按头，这样我就不会那么辛苦，想当年，她也是某某发廊手艺最好的洗头工。我连说不必，一来是，我从没因为工作而觉得辛苦，二来是，多少我还是觉得有些局促——这局促可以证明我活得有多么不真实，不像她，几乎把每个认识的人都当成了自己的邻居。

和此前见过的别的犯人不同，不管我说什么，她都点头，微微笑着，眼神里不断会闪过惊奇，有过看守所生活经历的人都会知道这是多么难：几乎每个犯人的故事都可以写一本书，所以，绝大部分的时候，他们的眼神里并不会有相信和惊奇。就是在这样的相信中，在看守所院子里的葡萄架底下，我听她说起了她出生的镇子；初来武汉时站在武昌南站外的慌张；为了见一个男人，先用冷水把自己淋得重感冒，然后再去请病假；当然，她还说，她爱北京天安门。

她说："天啦，你都不知道我有多慌张，东西掉在地上都不敢去捡回来，就怕被别人当成小偷。"

她说："天气真是冷，我淋了自己两桶水，跑出门的时候，觉得胳膊都要冻掉了。"

"从四川出来的时候，我就想，要是能去天安门看一次升国旗就好了。"她又哈哈笑着说，就像是在说别人的事情，"后来有好多次想去，每次都有事，都把钱寄回家了，咳，到现在也没去成。"

在此之前，已经有好几个看守所的同事对我说起过小梅刚被逮捕归案时的事情，那时候，无论警察问什么，她都拒不开口。后来，她说她想去北京看天安门，看过了天安门，想问什么都可以，但是出于纪律，没有人答应她的请求。说来奇怪，应该是在去年冬天，我做梦的时候梦见了一个在天安门看升国旗的女孩子：朝阳初升，在簇拥着的人群里，那个女孩子抬起头来直盯盯地看着国旗，并且和众人一起唱国歌，因为激动，她一直都在紧紧地攥着自己的小拳头。

毕竟只是梦境一场，我相信，类似的情景也曾在小梅的梦中出现过，最终，她把天安门放在了脑后，跟着姐妹们做操、唱歌、绣十字绣；就像她把死放在了脑后，该笑的时候哈哈大笑，该生气的时候就把牙齿紧咬。记忆中唯独的一次说到死，是她想听我的MP3，我当然就摘下来给她听。她对里面的音乐不感兴趣，我连忙问她喜欢什么，并且告诉她，回去之后我可以把她喜欢的音乐拷进去，等下次来的时候再给她听。“啊，还可以这样啊？”她好玩地拍打着身上的脚镣，对着我的MP3看了又看：“那能不能快点啊，我马上就要死了。”

不止一次，我看着小梅的背影出神，《飘雪》《相思风雨中》，还有《看我七十二变》，这都是她喜欢的歌，有时候，我甚至希望眼前的这个背影在音乐声里挣脱脚镣，跑过武汉关的钟楼，跳上回四川的火车，而她越变越小，直至最后，回到了八九岁的时候，在荒僻的四川小镇，她赤足钻进了她说起过的、绵延了十几公里的油菜花。

事实的情形却是，小梅，她在看守所里迎来了生，她还要在看守所里迎来死，就像那个写出了《长夜漫漫路迢迢》的尤金·奥尼尔，“生在旅馆，真该死，死也死在旅馆”——这是他的临终之语。而我们身边的世界，这广大而滴水不漏的世界，它不会停止，到头来，我们每个人都还只能看着它继续沉默地运转不息。

六月七日，小梅被执行枪决。出于懦弱，我没有去送她。

火烧海棠树

“总有一天，我要砍掉它。”在阴雨之前的雷声中，她对我说。她说的它，就在我们眼前，开了满树的花朵，对，它不是别的什么，无非是一棵海棠树。

其后，天空迅疾变得晦暗，雷声转作霹雳，大雨当空而下，雨水里又夹杂着闪电，闪电击打在海棠花上，使得花朵扑簌而落；其中有一朵，落入地上的积水，漂浮而去，飘到一口被掀开的窨井前，几番沉浮，还是被窨井里的水流席卷了进去。这个时候，她就哭了。

我其实知道，她一直都在哭。几乎每一天，只要空闲下来，她就要找地方去哭。因为怕被病房里的孩子听见，她都是偷偷地、压低了声音去哭，许多时候遇见她，她的眼睛都是红的，鼻尖也是红的，呼吸声急促，因伤心而致的激动迟迟难以平复，这都难以掩饰她才刚刚哭过。

她又有什么理由不哭——夫妇二人，在小剧团唱了十五年的戏，剧团却垮了，只好把儿子丢下，分头出去打工，儿子好生生坐在教室里上课，一块窗玻璃突然碎了，正好掉落在他的膝盖上，原本以为是皮外伤，在诊所里简单包扎了一下，就回家了，哪知道，伤口看似是愈合了，膝盖里面却在悄悄腐烂，等到夫妇二人匆匆赶回家，儿子的这条腿，已经非截肢不可了。

这还不是结局。这一家人似乎是被施加了魔咒，漫无边际的厄运就像河水决了堤，一旦开始奔涌，她就再也一眼看不到头：小医院里，夫妇给儿子截了肢，但伤口却反复感染，怎么都好不了，没办法，夫妇二人还是借了钱，来到三百公里外大一点的城市，住进了这家院子里长着一棵海棠树的专科医院。仅仅就在一周之后，有天晚上，丈夫出去给儿子买一份蛋炒饭，回来的时候，在院子里，一辆运送医疗器械的货车迎面而来，他未及闪躲，被活生生撞死在了那棵海棠树上。

树干上，地上，丈夫的衣服上，到处都是血。她是从儿子的病床上被突然叫到海棠树底下来的，大冬天的，脚上只穿着一只鞋，她被吓傻了，没有哭，只是看看丈夫的尸体，再看看眼前纷乱的众人，浑身一直发抖，抖了两个月都没好。随后便是无休止的争吵、推诿和诉讼——货车不属于医院，而撞死丈夫的司机也是一贫如洗，现在，医院勉强同意她的儿子免费治疗，她甚至还可以在病区做清洁工，以换取些微的生活费，但到目前为止，还没有任何人赔偿她一分钱，她也只好就此在医院里麻木度日，再等待着官司早一点判决下来。

但她似乎并不关心赔偿和诉讼，要我说，她的全部心思都在那棵海棠树上。打饭的途中，空闲下来站在病房外的楼道里发呆的时候，她的眼睛里只有那棵树，她狠狠地盯着它，就好像，所有的悲剧都是因为这棵树，唯有将它砍掉，又或连根拔起，魔咒才能解除，崩溃和厄运才能离她远一点，但事实上，无论好的还是坏的，她已经没有什么可以再被拿走的东西了。

“总有一天，我要砍掉它。”她见人就这么说。可能是因为我陪护的病人跟她儿子同在一间病房，她有时候会对我多说几句，譬如会说起她的丈夫：“他就跟没死一样，我要是盯着那棵树看上十分钟，就能看见他，比从前瘦多了，还怒气冲冲的，像是要跟我吵架，他怪我没照顾好儿子，也没照顾好他，可是，我们以前从来不吵架的……”

所有人，连同我在内，其实都没将她的话当真，但我们都错了——忽有一晚，病房楼下传来争吵声和哭诉声，我出了病房，站在楼道里往下看，结果，竟然看见了她，影影绰绰的灯光底下，她正在跟几个保安撕扯，披头散发的，手里拿着一把菜刀，她当然不是想杀人，她只是想杀死那棵海棠树。但是，这么短的时间里，一把菜刀，怎么可能杀得死那棵树呢？没多大一会儿之后，就连那唯一的凶器，她也保不住了：保安们轻而易举将她制服，菜刀也被没收了。

第二天，关于她刀砍海棠树的事，几乎传遍了整个医院，甚至有人专门跑去看那棵树，但其实看不见什么，树干上不过只留下了几条深深浅浅的口子，几根树杈倒是被砍断了，铺散在旁边的草地里，这些树杈上的花朵们却并不衰败，似乎全然不知自己已经和树干身首异处。就像她，在儿子的病房里，又或在整个病区里打扫的时候，她还是在和人打招呼，有人要帮忙的话，她也会像从前一样，跑上去搭把手，但是，她似乎是不知道，人们其实正在悄悄地远离她，“这次她是砍树，”一个声音，也可能是很多声音在说，“谁知道她下次会不会砍人？”

但是，人活于世，谁还没有一丝半点被需要的时刻呢？她也不例外：护士节快到了，医院里要举办一场文艺晚会来庆祝，儿子的管床护士找到了她，说是她们几个护士要跳一段集体舞，但人数不够，干脆，她来和她们一起跳，反正到了演出的时候每个人都要上妆，如果妆化得浓一点，她肯定不会被人认出来。

管床护士一边说，她的眼睛里一边便生出了热切之光，对方说完了，她也一口答应了，全然没有半点推辞，也难怪，自打进了这家医院以来，这只怕是最让她激动的事。于是，从第二天开始，打扫完了病区，她便脱掉工作服，上了楼顶的天台，和护士们一起排练。跳舞于她，实在是件好事，至少可以减去许多她对着海棠树发呆的时间。有时候，我站在楼道里，依稀可以听见她的笑声，如果大家都在笑，她甚至笑得比护士们的声音还要响亮一些。

等到她们从天台上下来，一个个说笑着进了病区，在场的人几乎全都发现了，她差不多变成了另外一个人：天啦，她竟然伸出手去，帮这个护士整理头发，再帮那个护士掸掸灰尘，整理完了，掸完了，她还捏了捏一个小护士的脸，怪她不会照顾自己。这是多么让人震惊的事实，过去的她怎么会想到自己还有今天？所以，小护士都走远了，她还盯着对方的背影看了好半天——是啊，怎能如此轻易放过这从天而降的亲密？只有在现在的队伍里，她和她们，才是舞伴，乃至是伙伴，等到这支舞跳完了，护士们要重新成为护士，至于她自己，就要与这短暂的如梦似幻作别，重新成为清洁工和一个截肢少年的母亲。

不光我看出来了，几乎所有人都看出来了，眼下她正在度过的时光，她实在舍不得。她差不多要找来一根绳子，把自己吊在楼顶的天台上，再也不下来。

终究还是出了问题。文艺晚会正式上演的那一天，因为无所事事，我也去看了，开场没多久，就到了她们跳的那支舞，音乐用的是《北京喜讯到边疆》，她果然化了很浓的妆，若不是相熟的人，绝对认不出。她也果然是唱戏出身的人，人群里跳得最好，一举一动，热烈，又不轻佻，理所当然地成了舞蹈的中心，尽管她的舞伴们都比她年轻许多，差不多可以叫她阿姨。

但这只是前几分钟。突然她就大惊失色地止了步子，舞伴们还在跳，唯独她一个人不跳了，舞伴们当然要催促她，她慌忙跳了几步之后，竟然哭了，眼睛死死盯着观众席的西南角，稍后，几乎是叫喊起来："没有！没有！我一直都在管儿子！"说罢，她竟然双腿一软，颓然跪倒在了舞台上。什么都不用再说，一切都被她弄砸了。紧接着，她又被人认出不是护士的一员，连同舞伴们一起，被赶下了舞台，一边接受着训斥，一边继续失魂落魄地朝西南角里张望，嘴巴里还念念有词。

据她后来说，她之所以把一切弄砸了，是因为她的眼前出现了幻觉，她竟然在观众席里看见了自己的丈夫，她也知道那是幻觉，本想不加理睬，但丈夫突然就暴怒起来，说她只顾着跳舞，连儿子都不管了，她这才乱了方寸。但无论怎么说，她是休想再获得护士们的亲密了，现在的护士们对于她，岂止是疏离，简直就是厌恶，世间之事无非如此：你在人海里走了一遭，又或走了一年，一辈子，到头来，还是只能做回孤家寡人。

现在好了，她多了空闲，也就多了时间去重新对付那棵海棠树，虽说花期将尽，海棠花却照样开得绚烂，经常有父母带着孩子，去到海棠树边，摘下一朵两朵的花，再雀跃着离开，每到这时，她便异常愤怒，如果恰好遇见了我，她便会愤怒地对我说："这些人，我看他们是想把灾祸带回家里！"停了一下，在突然响起的雷声里，她再一次发誓："总有一天，我会砍掉它，你不要不相信，等雨停了，不，不等它停，过几天我就去砍掉它！"

她咬着牙说出的话，我还是没有当真。不过，这一次我又错了——她当真是没有砍掉它，但是，她纵火去焚烧了它：大概一周之后的一个后半夜，楼下的院子里突然喧哗四起，奔走声，呼喊声，尖叫声，全都响作了一团，我跑去楼道里往下看，一见之下，不禁倒吸了一口凉气，却原来，那棵海棠树，还有海棠树上的花，全部都被火点燃了，满树的火焰，正在炽烈地焚烧，但是，万万没有想到的是，她，那个宣称一定会砍掉那棵树的人，她的身上也着了火，此刻，她正在疯狂地哭喊，又带着满身火焰盲目地奔跑，虽说有保安渐渐围上前去，但也只能面面相觑，只能听任她的呼喊声越来越凄厉，越来越撕心裂肺，左等右等，好几分钟过后，她才等到有人拿着灭火器跑过来。

如果她曾经供奉过什么菩萨，现在，她应当将它砸碎：儿子截肢了，丈夫死了，她总要恨上一点什么，寻来找去，她无非是恨上了一棵树，然后，她报复了这棵树，但是，厄运却没结束，相反，它还在等着她，见她走近，一把就将她拉扯过去，不仅要让她陷入更深的悲苦，还要让她在悲苦里变得可怖，以及可笑，就算她能活下来，她一定会因为这一晚的行径而备受耻笑——起先，她不知道从哪里弄来了一桶汽油，趁着夜半无人，她站在病区的楼道里，自上而下，将整整一桶汽油泼洒在了那棵树上，她的心太急切了，以至于：汽油也洒在了自己身上，她都没发现，泼洒完了，一刻也没有停，她狂奔下楼，对准一片弥漫着汽油味的花朵，划燃了火柴，她没想到的是，与海棠树一起开始燃烧的，还有自己。

好多天以后，当她从重症监护室出来，我去看过她，但是没能进得了病房，只能站在走道里，隔着窗户影影绰绰地去看：实话说，医院并没亏待她，尽管这只是一家专科医院，但是，自她被烧伤，医院还专门从别的医院请来了烧伤科大夫。现在，她暂时脱离了性命之忧，全身几乎都被纱布包裹，可能是因为经常陷入短暂的昏迷，我在走道里站了好一阵子，看见的她却一直都是静止不动的；意外的情形是：有一只喜鹊，误入了歧途，闯进病房之后，被关在了里面，别无他法，只能在这方寸之地里惊恐地上下翻飞。

当然，我去看过她，更多的人去看过她，还有一只喜鹊正站在吊瓶上苦楚地看着她，这一切，她都不知道；还有一件事，她也不知道：那棵海棠树，在她被烧伤之后没几天，竟然神秘地消失了。

千真万确地消失了。是被砍断的。树干、树杈和花叶全都烟消云散，徒留下根须还暴露在连日的雨水中浸泡着，那么，它是被谁砍断的呢？出乎意料的是，医院没有派人来砍，保安们也没有自行去砍，她缺了一条腿的儿子更是万万不可能，如此一来，几乎每个人，跟她相熟的，不相熟的，都在问：砍断它的到底是谁？好在是，反正此地是医院，每个人，除了治疗和陪护，最不怕浪费的，就是时间；对，他们有的是时间，去琢磨，去讨论那棵树的去向，种种说法里，最无稽的有两种：一种竟然说是我去砍的，因为我一直都在理会她；另外一种，则说是观音显灵，凭空降下法力，转瞬就将它席卷而去了。

遗憾的是，他们都错了。

好吧，话已至此，我就还是承认了吧：虽然我没有亲自动手，但是，连同病床上静止不动的她在内，全世界，恐怕只有我一个人知道真相。真相其实是这样的——后半夜，一个瘦弱的中年男子，打虚空里来，打茫茫雾气里来，一手拎着蛋炒饭，一手拎着锃亮的斧子，走进了医院；经过海棠树的时候，他没有驻足，径直上楼，进了病区，先是轻手轻脚地去到儿子的病床边，但没叫醒他，放下蛋炒饭之后，他就赶紧再轻手轻脚地离开了，因为他着急要去见他儿子的母亲，他知道，她又一次陷入了昏迷。

现在，他终于再一次见到了她，可是，和来探望她的其他人一样，他也没能进入病房，只是隔着窗户往里看。这一次，他不再怨怒于她，而只是哭；他先是站着哭，再去蹲在墙角里哭，又回到窗前去哭，如此反反复复，直到泪水打湿了他手中的斧子，但这被泪水打湿的斧子并不能让他上天入地，反而让他看见了更深的无能：即使阴阳相隔，他的斧子也砍不去厄运、崩溃和近在眼前的满身绷带，他唯一能砍去的，无非是那棵院子里的海棠树。

失败之诗

谁的一场尘世，不都是自己误了自己？先怪自己，再怨言辞，这可不假，那万千的言辞，就是我们犯错的祸首：听错了军令，乱传了消息，我们便堕入漩涡之中，一时仇敌，一时兄弟，拔刀，折花，怒沉百宝箱，可不都是着了言辞的道？杜丽娘在牡丹下苏醒，麦克白在闪电下奔跑，你以为他们难道不是一回事？

都是失败者。一个个的，都是西绪弗斯，都见不得石头从山顶上滚下来。还在磨蹭什么？还在恋栈什么？要我说，哦不，要荷马说，要狄更斯说，无论要谁说都是这样的："在最终极之处，询问和应答都无必要，它们是一模一样的东西，它们有一模一样的名字，就是失败。"

所以，彻底的失败者先行看轻的，是自己，黄仲则诗云："十有九人堪白眼，百无一用是书生。"金斯伯格甚至说："我需要一个宗师，他能使我不再出生。"常州黄仲则，生在新泽西州的金斯伯格，或入幕府，或抽大麻，看似疯癫狂狷，其实打的都是退堂鼓，朗诵会和顶戴花翎不是要将他们送往世界的中心，而是要拆寨，撤军，回到自己的穷愁与孤寡，且还对它们视若不见。

谁没有心里七上八下的时候？想当初，金斯伯格也曾呼号：“给我一个继母跟我做伴，还要她淌着生母的泪。”少年比诗，黄仲则笔下也颇多绮丽之语：“风前带是同心结，杯底人如解语花。”作新小说的郁达夫，作起诗来则常有愤懑之气绕梁：“此去愿戕千里足，再来不值半分钱。”但以身后论：三人之死，全都安安静静，死之既至，失败便是棺木，是殉葬的酒器，“是在一切之后，是终点，这里没有指望。”

两条路，一条欲生，一条欲死；一条通向琼林宴，通向正当的生活，而另一条，则多在正当生活的反面；可是且慢，这后一条路，照样少不了泥沙俱下，照样要雁渡寒潭，血战金沙滩。所谓未经省察的生活不值一过，失败者也要端起刀枪，也要写诗，不过是路分了东西，你我就此作别，你走你的阳关道，我就在独木桥上继续我的偏见，你知道，许多时候，失败就是由诸多偏见累积而成，但这就是命啊，我岂能闪躲，如同辛波斯卡写下的句子：“我偏爱我对人群的喜欢，胜过我对人类的爱；我偏爱写诗的荒谬，胜过不写诗的荒谬。”

世间已无辛波斯卡。但纵算她在世之日，多少人称她作失败的仆人和书记员？“哦，她总是在嘲笑……”，“讥诮就是她的命运……”，不不，错了，彻底的失败者从不迷恋一己之悲，这狭小的悲愁，才实在是好笑的东西。她如若在笑，就是在笑一切造物，俯拾即是的造物里，又遍布着多少可笑之物，即使用悲伤的语气说出：“我为将新欢视为初恋向旧爱道歉；我为简短的回答向庞大的问题道歉；我为自己不能无所不在向万物道歉。”实际上，她是在说：诗，笑，肉体，命运，这些初生的又被摧毁的，这些相互缠绕又相互抵消的，在你们面前，失败，才是最后的、唯一的完整。

不是因写诗而失败，而是作为失败者去写诗，除了辛波斯卡，还有博尔赫斯，他写下：“我徒劳地期待，入梦之前的象征和分崩离析。”他还写下：“一个人可以成为别人的仇敌，但是，他不可能成为一个地区、萤火虫、字句、花园、水流和风的仇敌。”自然也少不了黄仲则：“千家笑语漏迟迟，忧患潜从物外知。悄立市桥人不识，一星如月看多时。”

——通往失败的路也少不了打坐、化缘和西天取经，但若忘记方向，甘于盲目，甘于匮乏，则养得成舍利子，摘得了彼岸花，到了那时，诸行无我，诸法无常，一颗星星也可以大过月亮，再看你的肉身何在？它在看，在听，在嗅，在亲近，清凉里偏寻凶险，漩涡里再去扑火，如此，它便在一切它不在的地方，犹如法常和尚临终之句：“一笑寥寥空万古……而今忘却来时路。”也如兜率和尚的临终之句：“四十有八，圣凡尺杀，不是英雄，龙安路滑。”

话说回来，在中国古代，那些被认作是哀感顽艳的写诗之人，倒总是偏爱白话入诗，再在清浅字词里敲响惊堂木，黄仲则自不待言；更有辛弃疾，常常视字词的律法若浮云：“病是近来身，懒是从前我。”又譬如：“走来走去三百里，五日以为期，六日归时已是疑。”再看元稹之《遣悲怀》：“野蔬充膳甘长藿，落叶添薪仰古槐。今日俸钱过十万，与君营奠复营斋。”这便是真切的失败之诗，它依存在最简朴的事物之上，比翼双飞，但又互不相扰。如果梅花入了眼帘，我便说，这是一朵梅花，而后梅花死了，我便对人说，一朵梅花死了；就像元稹对亡妻说：今日里俸钱过了十万，我要祭奠你——雪拥蓝关算什么，去潮州的路要走八千里算什么，马嵬坡下有冤屈？长生殿里痴情多？对不住，你们且先自行了断，事物衰亡之时，不尽缘分和写诗之心都要退场。

愁苦一路，也经常乔装打扮，混进失败者的队伍，张籍直到暮年，才些微放下朝堂指望，转瞬之间，另外一种指望便折磨得他更加形销骨立：“别从仙客求方法，时到僧家问苦空。”还有卢照邻，年纪轻轻之时，便有败象初露：“昔时金阶白玉堂，即今惟见青松在。寂寂寥寥扬子居，年年岁岁一床书。”你看，风平浪静，人马无声，唯有时间是真正的胜利者。可惜的是，常年的疾病改写了他的面目：“余羸卧不起，行已十年，宛转匡床，婆娑小室，未攀偃蹇桂，一臂连蜷；不学邯郸步，两足匍匐。寸步千里，咫尺山河。”可是，在失败面前，第一桩事情，就是要无情无义啊，对花，对草，对自己。我还是说实话的好：张籍与卢照邻，越到后来，越无法忍耐失败，他们写的不是失败，而是对失败的反动；写的也不是苦空，而是苦空如何纷至沓来。一如多少痴儿女：对这世界，他们时而温柔，时而暴烈，但就是不能心平气和地去接受它，抑或自己。

里尔克，你站住，不要跑，你才是化成灰我也认得的失败者。“我如此地害怕人言，他们将一切和盘托出：这个叫作狗，那个叫作房屋；这儿是开端，那儿是结束。”他说，“我爱听万物的歌唱，可是一经你们触及，他们便了无声息；你们，毁了我一切的一切。”终其一生，里尔克都在书写失败，以及对失败的等待，没有错，和与去琼林宴、去金銮殿的路一样，等待，也是最与失败牵连的字词，但是在里尔克那里，失败已经不是终点，在等待失败的路途上被消灭才是终点，既然如此，何苦还要等待？要我说，他同样是在建成一座花园，乃至一个帝国，他和许多同路者都在证明着这样一桩几乎不证自明之事：你我众人，绝非无所不能，贯穿我们一生的，理当是、也必然是鳞次栉比的不能，或无能。

莎乐美来了，杜拉拉来了，阿赫玛托娃装在书信里来了，不是要跟他入洞房，却是相继成为他失败的见证，“所谓命运，是我们从人群里走出来，而非从外面向我们自己走近。”果然如此，日子便会像他喜欢了一生的玫瑰们般渐次枯萎？错了，在里尔克那里，让日子蒙上光亮的，让玫瑰死而复生的，恰恰不是点翰林，不是打金枝，它不过是我们日复一日在苦挨的羸弱、无聊和庸碌。正是它们，组成了一场等待，在如此等待里驻足，才反而配得起谈论那两个字：指望。

——“我歌唱的一切都变得富足，唯有我自己，遭到它们的遗弃。”里尔克。

还有布罗茨基，你当他是因为入狱和流亡而失败？哦不，他从不为此而羞愧，就算死之将至，伏尔加河的灯火，爱沙尼亚的尖塔，都还住在他的味蕾上，只需咀嚼，他就能找见他的祖国。他欲仙欲死的，痛哭流涕的，是另外一场失败，初一看，那不过都是些小问题，譬如：“今夜我两次从梦中醒来，走向窗户，窗外的灯火，如同苍白的省略号，试图补充我梦中破碎的词句，但也归于空茫，并没有带来安抚。”再譬如，他模拟着圣母的语气，发问基督：“你是我儿子还是上帝？你被钉在十字架上，我怎能回到家里？当我还没有弄清你是我儿子还是上帝，你是死了还是活着，我怎能跨进屋子？”

天可怜见，都不是小问题。实在是，无一个不生死攸关。在布罗茨基那里，一场更大的、源于人类只要出生就无法闪避的失败早已降临，他之应对，是提出更多的问题，是使得我们的生活变得更加复杂，又以此来确证：我们并不曾在愚蠢中死去；拜服于失败，并非是自暴自弃，而是朝着死去生，是在愤怒与怨怼之处寻见微妙，这微妙最终会将我们从电视机前带出来，从一切不费气力的生活里带出来，遇见彼此，奔跑的奔跑，弯腰的弯腰，唯有到了此时，我们才能对失败视若不见；唯有到了此时，失败才真正成为失败。

——“关于生活我该说些什么？它漫长又憎恶透明。破碎的鸡蛋使我悲伤；然而蛋卷又使我作呕。但是除非我的喉咙塞满棕色黏土，否则它涌出的只会是感激。”布罗茨基。

最后的时刻，这样一首失败之诗，理当献给世间所有的失败者，罗伯特·勃莱的《在多雨的九月》：“在我们之前，男男女女都能做到这一点；我会去见你，你也能来看我，一年一次；我们将是两颗脱壳的谷粒，不是为了播种；我们蛰伏在房间里，门关闭着，灯熄灭了；我陪你一同抽泣，没有羞耻，顾不得尊严。”就是这样：男女不用欢好，情诗可作他途。真正的失败者，明暗难辨，阴阳不分，巴比伦好似长生殿。可以是君王，千山鸟尽，独钓寒江之雪；可以是赌徒，一直赌下去，直到输光所有的家底，乃至性命。

这紧要的时刻，要么是开封府的衙役，要么是苏格兰场的警探，最好是从天而降，堵住失败者的房门，抬起刀，举起枪，叫他们不要动，要不然，出了这房间，痴男怨女就要去开封城做秦香莲，去不列颠做李尔王。一个个的，终归都要重新变作搬石头上山的西绪弗斯。说实在的，变作西绪弗斯也好啊，就怕搬了半天石头，还以为自己是莎士比亚。

荆州怨曲

关于荆州，我笃信这样的传说：故楚破国之日，纪南一带的天空中飞来悲雀万数，遮云蔽日，凄啼不止，斗杀不止，就像一场天谴，就像提前敲响的丧钟；楚山之下，双足俱失的卞和端坐在一块巨石上，对着怀抱里的美玉号泣了三个昼夜，泪水流尽，直至眼眶里渗出血来，他之号泣，不是因为刚刚领受的践踏，却是为了同胞们，全都将他怀中的奇迹视作了谎言；月黑风高之夜，大将军伍奢之子伍尚奔赴在寻死的路上，为了不留后患，楚平王假伍奢之名，传令两个前线上的儿子回家，意欲将父子三人同时问斩，风尘仆仆的长子不是不知道自己的下场，但是如此甚好，他宁愿和父亲一起去死，却又将弟弟伍子胥驱逐，使其在暗夜里狂奔，过了韶关，一夜白头。

——在古代中国，许多的时候，荆州，是国家的花朵，盛开之时，太白也要折腰：“我本楚狂人，凤歌笑孔丘”，又或是：“生不用封万户侯，但愿一识韩荆州”。而在更多之时，荆州，却是这个国家最决绝的所在：一场鲜血的泼洒，要等来另外一场鲜血的洗刷。它和它内部的人民，辗转于不尽渊薮之中，往往只能在血光离乱中见识自己的命运：非得要端出血肉，城池方能清宁，非得要先领受了死，方能如释重负地生。

如今被河水与麦田包围的荆州古城墙，若是为它在流年里折损的部分招魂，它的魂魄当是包藏在一次漫长的流亡中：一支褴褛的队伍，传说是凤鸟的后裔，从只有在《山海经》记录过的大荒里来，在蒺藜和沼泽中生儿育女，又在战乱和瘟疫中筚路蓝缕，如此百年，直至建成一个国家；只是，这些世人眼中的蛮夷，每回都不能摆脱都城被敌人攻破的宿命，他们唯有继续流亡，渐行渐远，到了今日的荆州，一个名叫郢的地方，君王传下令来：就此垒石筑城，就此把身心安顿，不走了，再也不走了。

举目之处，看不见一处关隘和天堑，楚人却定都于此，难道只是赌气后的决定？天可怜见，这个国家的人民有福了，他们其实是想通了一桩事情：退无可退，则无须再退，我偏要无险可依，我偏要栖身在离死亡最近的地方，如此，我和我的兄弟，我们的性命和血，才能算作这座城池的壕沟和城墙——越是将初生的一日视作在世上的最后一日，那真正的最后一日，才会到来得越迟。一场战争结束，谁要是活着回家，谁就是可耻的。死亡如影随形，如何能说服自己，活下去是值得的？于是，就在荆州四野，在那些祭台和公墓边燃烧的火堆里，诞生了古代中国最早的歌与诗，经由楚人屈原之口，它们仍然活在今日的人间："操吴戈兮被犀甲，车错毂兮短兵接……凌余阵兮躐余行，左骖殪兮右刃伤！"

尚不能说，中国人最初的生死观就是在荆州铸成，但是，血肉荆州犹如一柄匕首，在繁星般的春秋战国时代划出过一道寒亮之光，以此告诉人们，世间存在着这样一种死法，那是一种冷静却喜悦、凌厉却清晰、唯其如此才能算作过完一生的死。一个人的故乡，其实便是他的出处和来历，绕树三匝，有枝可依，他之所依，有草木的庇护，有露水的灌注，更有骸骨的指教，所以，日月转轮，血仍未冷，即使到了明朝，荆州人张居正，孤身入仕，少不了逢迎与权谋，自然，谤亦随名而至。当时，只要边关起了战事，管他是倭寇，还是鞑靼人，运筹帷幄之际，张居正却是兴奋的，虽说机锋早已深藏，他也仍不想掩饰自己的故楚脐带，在一篇奏稿里，他甚至引用了西汉名将甘延寿和陈汤的话："明犯强汉者，虽远必诛。"

言犹在耳——就是在荆州，当客居于秦的楚怀王死亡的消息传来，楚南公曾经于竹简之上，刻下悲愤谶言，嘱咐楚人世代牢记：楚虽三户，亡秦必楚！

定然有两个荆州，一个是画图与丝绢上的荆州，春来开花，秋来落果，人民用生米煮成了熟饭，间或桃李春风，岑参与杜甫举杯，又曾江湖夜雨，元稹与白居易唱酬，酒旗之上飞扬着更多的烟火，逸事和传奇从来没有亏欠城墙下的戏台，倘若时光就此清平，麦田里的荆州，只愿做一个温润充盈的小妇人；可是，另有一座城池，那是史册和典籍上的荆州，战阵森严，马嘶人怨，向来白骨无人收，若遭火攻，必成焦土，倘若水袭，便作了汪洋一片，有意的，无意的，情愿的，不情愿的，它越来越成为夺人心魄的必争之地，非但做不了自己的主，却更似高挂头牌的玩物，打马飞奔的开国功臣，韬光养晦的未来天子，都要一把拉扯过来，剑挑了它的脸，才能算是刻下了印记，在自己的妖娆版图里点上了浓墨一滴。

这一段从画图到史册的路，是沉默与丧失的路。单说三国之时，一座荆州，它是刘备的暖巢，也是刘表的命门，它是孔明的疆场，也是公瑾的噩梦，几番易主，数次更迭，看似是红尘嚣扰的注脚：草船借箭，白衣渡江，截江救主，刮骨疗毒，一部一百二十回的《三国演义》，八十二回说到荆州；实际上，伴随着生灵的罪与怕，一个血污中的婴儿般的荆州。一个不知道多少回给古代中国缔结出崭新源流的荆州，沉默了，丧失了。在此地，诞生过这个国家最早的青铜乐器，当秦帝国还沉浸在瓦缸发出的声响中时，钟磬鼓瑟的奏鸣曲已经在楚国的上空响彻；在此地，也诞生过这个国家最著名的囚犯孔仪，以至作为革命信徒的青年汪精卫，即使深陷囹圄，也要写下“慷慨歌燕市，从容作楚囚”的句子。只是，尤以三国为盛：那个绚烂的、疯魔的荆州，那一道中国文明中最夺目的闪电，被涂抹，被篡改，只作了满目雄浑的一部分。

今夕是何夕，而我辜又是何辜？如果荆州是一具肉身，是战乱流离中的雾都孤儿，天一亮就被束之高阁，甚或被关押在九曲回廊下的水牢里，天久地深，面对这被咒语笼罩的命运，会不会生出几分怨怼？清醒和放纵，花红柳绿和哀鸿遍野，有过一点自暴自弃，也有过一点无情无义，到底哪一个，才是脱离了迷障的我——“世上哪个圣洁，定吾罪者，谁？”

也因为于此，大凡英雄，大凡在史册中手起刀落的人，生逢荆州，必有一劫。且看狂奔入吴的伍子胥，据说，那些睡不着的夜里，除了磨刀霍霍，他度过难挨时光的唯一办法，就是在心里给楚怀王盘算出各种各样的死法，不仅要活下去，还要杀回去，这个将牙齿都咬碎了的人，荆州是他的病，也是他的药，他非得要喝下这剂猛药，才可能继续心如死灰的人间生涯，实际上，无论他离荆州多远，终其一生，他都是荆州的囚徒，即使雪耻之日来到，他当真掘开了楚平王的墓，仍然可以断言，楚平王的荆州已经彻底改变了他，纵马入城的，不再是当初那个白袍少年，是仇恨，是整个后半生都将在荆州这间牢狱里锥心苦度的白发人。

尚有神话般的关云长，谁能想到，过了五关，斩了六将，到头来，竟然迷惑于一条并不深密的小计，大意失了荆州，后世里，至少有几十出戏都唱了这一回，十有八九，都在感叹英雄的骄狂与末路，却多半是些轻描淡写：明明是劫难，看上去，却更像是一次为风雅准备的波折，虽说给铁幕般的三国荆州横添了一丝少有的情趣，但革命终究不是绣花，不是嶙峋怪石背后探出的一丛樱桃——失了荆州，便只好踏上穷途，更哪堪，性命的终点，麦城，就在不远的前方，事实上，就在失去荆州的同时，英雄也失去了他的一生。

在我幼小的时候，偶尔会登上荆州的古城墙，在当初的藏兵洞里消磨时光，时至今日，我还记得北门外的一棵皂角树，虽然它堪称高耸，却是形容枯槁，说它天命将尽，每年春天却都生出丝缕新叶，谜底揭开之日，正是它油尽灯枯之时，原来，在它的内部，早就已经生出了一棵新树，那时我年少无知，熟视无睹，倘若是现在，我问我自己：你怎么知道，那是不是故楚的魂魄依旧在今日荆州涌动，不光是这棵皂角树，它也涌动在夕阳下的楚墓、奔流的江水和铺天盖地的滚滚麦浪之上？

回到公元前二百七十八年，故楚郢都被攻破的那一天，当秦帝国的战士踏入城门，有一桩事情，他们决然没有想到：被征服的队伍里，除了平静下来的平民，几乎没有看到一个王侯公卿，而空气中无处不弥漫着酒香。那其实是，当灭顶之灾已经注定无法逃脱，他们放下武器，写好了遗书：罪在我等，甘愿一死，勿杀百姓。之后，喝光坛中的美酒，拔刀自刎——为了亲人们的生，他们，如释重负地领受了死。

肉体的遗迹

这一回，说的是绝命诗。瞿秋白赴死之前，曾有“眼底云烟过尽时，正我逍遥处”之句，世事便是如此：死这一字，自是性命的终局，也未必不是真境、善知识和血肉里最后开出的花。在生死的交界，有人要留下句子，是为绝命诗，或是死不瞑目，或是追悔莫及，终归是指望和安慰，有这一句两句，仿佛是驿站长亭多了一座两座，长夜孤旅，携壶题壁刚刚好，最后的拯救与逍遥，都来得刚刚好。

自是有一些人，这一世不替自己活，他是在替眼前的风雅和后世的典籍而活，他也活得心力交瘁，但在旁人看来，肉体之外的物事篡改了他，他的行状里没有呼天抢地，也甚少欣喜若狂，说到底，这一场没有烟火气的生涯，不过是花团锦簇的阉割。唯有到了写下绝命诗的时刻，风开云散，水落石出，八十一难已过，此身便是如来，你是什么命，你就要归于什么样的句子，这绝命诗，实在不是别的，它是肉体的遗迹，也是遗迹里的肉身。

“夕阳明灭乱山中，落叶寒泉听不穷。已忍伶俜十年事，心持半偈万缘空。”被押上刑场之前，监狱里的瞿秋白作成了这最后一首，却是集唐人四句而成，这四句里，除去致命的空无，还有隐隐的、独善其身的冷漠，这冷漠早在拷打之前就已将自己画地为牢，也足可使接下来的刑场和子弹自取其辱——我早已是孤儿，枪还未开，且让我最后一次完成这联句之戏，大限到来，我亦不过是，生生世世的孤儿。

子弹穿过身体，不会生出前所未有的道理，就像佛法道识，它们在今夜灌注人心，明早起来，该念经的念经，该打坐的人还是要打坐，尘世依然广阔，心怀一死的人照旧不盼望结果，无非是法身非相，无非是无住无相，如此，唐伯虎才会在阴阳交分时留下如此句子：“生在阳间有散场，死归地府又何妨。阳间地府俱相似，只当漂流在异乡。”

世事真是难料，唐伯虎和瞿秋白竟是赴死路上的同道中人，如果他们生在一个时代，如果俄罗斯诗人叶赛宁也和他们生在一个时代，弄不好，在肉眼看不见的地方，他们要结伴同行。一九二五年一个冬天的凌晨，在俄罗斯，风雪中的叶赛宁咬破了手指，用血写下最后的诗句：“再见吧，朋友，不必握手也不必交谈，无须把愁和悲深锁在眉尖——在我们的生活中，死，并不新鲜， 可是活着，当然更不稀罕。”

叶赛宁诀世而去，却不是所有人都能在找不到钢笔时就咬破自己的手指，相反，有人会走得更远，以至于，如果在这世上找不到一个人，她便要去另一个世界里找他，就像叶赛宁的情人加琳娜·别尼斯拉夫斯卡娅。他最后的诗句是为她所写，一年之后，在他的墓前，无法接受世上已无叶赛宁的别尼斯拉夫斯卡娅，用一把手枪结束了自己的生命，谁又想到，一首绝命诗，绝了两个人的命；谁又能想到，别人的句子，怎么会变成杀死自己的刀子？

绝命诗一途，实在也是字词搭成的奈何桥，在这桥上流连的人，既有一个无法重蹈的前世，还有一个雾气茫茫的前方，无论是心无挂碍，由此及彼只当作击鼓传花，还是捶胸顿足，拼尽气力也要踟蹰不前，暂且全都放下，时间到了，想哭的人终需哭出来，一切诉说、眷念和绝情，都要淋漓，都要恶狠狠，唯有如此，才能拿获此刻的解救，如此，做过清朝官吏的故明遗民吴梅村才会对自己说：“忍死偷生廿载余，而今罪孽怎消除。受恩欠债应填补，总比鸿毛也不如。”因乌台诗案下狱，自忖难逃一死的苏东坡才会对弟弟说：“是处青山可埋骨，他时夜雨独伤神。与君世世为兄弟，又结来生未了因。”

你若是声称自己打山中来，总归有人要问，带没带来兰花草；现在，你是打血肉里来，你在写绝命诗，你便不是别的，那只执笔之手，其实就是包藏了人间生涯的七情六欲，或是已灰之木，或是不系之舟，旁人看去，总要见到你这一世，到底是水漫了金山，还是命犯过桃花。纵如李鸿章，“劳劳车马未离鞍，临事方知一死难”之句既出，再回想他二十岁时写下的“一万年来谁著史，三千里外觅封侯”，便有多少人抛却庙堂高论，转过身去，念及了他的难与苦；再如宋朝的蔡京，临死写下“八十一年往事，三千里外无家”的句子，读过的人终是不免恻隐，千错万错，他究竟是饿死在穷途末路上。

话说回头，皮肉之苦，性命之忧，并不是在所有的绝命诗里都能寻见相应，“误落人间七十年，今朝重返旧林泉。嵩山道侣来相访，笑指黄花白鹤前。”清人严我斯的这几句临终之诗，看似声色未动，实有自圆其说的欣喜，却深得多少人的倾慕，只为它呈现出了一个结果，这结果风平浪静，让人忽略道路上的枝丫丛生，却又堪称奇迹，而且，奇迹的获得，并不是沥血抄经后的恩赐，说出去，人人都会相信，如此，它便成了人人的指望，好像才子佳人小说里末尾处的大团圆。

我第一回着意于绝命诗，是多年前看章回小说《刘公案》之时，小说里有一个女子，名叫焦素英，不堪冤屈，悬梁自尽，留下诗句十首，也不过是些寻常之语，譬如“独坐茅檐杂恨多，生辰无奈命如何”，譬如“犹有一条难解事，床头幼子守孤帏”，这些寻常之语，一如她在世时吃过的粗茶淡饭，但却和了血泪，慢慢读下去，便觉得事事关己：她放不下的，我们也一样都放不下，她所日夜号啕的，即使搁在今日里我们也一样无力承担，她就来自我们中间，我看见的她，其实就是我自己。

在无边的绝命诗旷野上，如果以坟地作喻，我喜欢的，不是城阙般的高耸陵寝，只是满目可见的散落野坟，它们往往被荒草包裹，却各自连通着回家的道路。因为于此，在我读过的绝命诗里，恰是两个无名氏留下的句子最让人不堪再读，一个是过去时代的死囚，在断头前的一瞬，他既是无力回天，便只得喃喃自语：“黄泉路上无驿站，今夜投宿在何方？”另有一个，是古罗马时代的妓女，闭目之前，她捧出呼告，并且嘱咐姐妹们将这呼告刻在自己的墓碑上：“生前已遭蹂躏，行旅至此的人啊，勿要再践踏我。”

果然是——你是什么人，你便有什么样的命？你是什么命，你便被埋葬在什么样的句子里？

未亡人

我实在是喜欢这个人，苏曼殊，西湖孤山有他的墓，我去寻了，没有寻见，没寻见也好，他原本就活该幽闭于荒草丛中，这是他中意的命；回想当年，曼殊下葬了，多少人去他坟前凭吊，更恐怖的，还有人双双去他坟前殉情，和纳兰一样，和弘一一样，他也被想象，并且，迎来了被强暴般的审美。若是地下有知，他怕是会孩子气地睁大眼睛，微笑着注视后世，好像当初在上海吃花酒，一身袈裟，在姑娘们中间，也是笑着的，但那笑容是慈悲吗？那难道不是绝望吗？多少人都看见过：笑着笑着，他便哭了。

后世里，第一回读到曼殊小令的人，可有不喜欢的？我知道，许多人将他和纳兰当作一路，我以为这真是冤枉，纳兰一生，可谓锦衣玉食，也可称之为画地为牢，如此，旁人看去，纳兰的柔肠百转，总归还是脱不去公子悲愁。这哪里是曼殊的人间生涯？一开始，他有一个见不得人的出生，往后，他是弃儿，是被迫剃度的佛门弟子，再往后，他是三心二意的革命者，是大洋彼岸的负心人，是欲说还休的花和尚，说是箫剑平生，说是负尽狂名，心底里，他早就看轻了自己：“芒鞋破钵无人识，踏过樱花第几桥？”

弘一法师李叔同，曼殊早年的朋友，两人原本也是不同，弘一未剃之时，他们两个，曾有好一段时日寄住在同一幢小楼里，却不相亲，我总疑心，定然是弘一疏离了他，在弘一那里，一个“苦”字，起先是认识，后来是欢喜，他的修行之途，日渐一日地庄严枯寂，日渐一日地拜服于我佛的广大无边——“一事无成人渐老，一钱不值何消说”；曼殊呢，他不是，既然无所从来，亦无所去，他便闹革命，打秋风，吃花酒，哪怕是远走印度，在菩提树下参禅，回来了，他还是如此告诉旁人：“九年面壁成空相，万里归来一病身。”那一年，在写给青楼欢好金凤的信里，体弱多病的他又说：“多谢刘三问消息，尚留微命作诗僧。”我想，在他心里，命，身体，终归是大于佛法的。他一辈子都活在他的恐惧里。

亏得了那个时代，有点像魏晋，也有点像晚明，所有的荒唐，人们都当作传奇收纳下来，也在心里记得了，对曼殊也一样，眼见他宴宾客，眼见他起歌舞，没有人记得他的不好，只笑着说：你呀，你呀，真是一个花和尚。柳亚子说，曼殊终未破禅。他说这话时，曼殊的坟头已是新添了几株垂杨，要是在地下听见了，他会怎么说？不管别人了，我心底里只当作他会说：破禅好，不破禅也好。

那么多人，他们都说他是花和尚，慢一点，我问一声：这苏家的玄瑛，母亲的三郎，骨子里，何不干脆说他是一个假和尚？他心里自然是有佛的，他也礼拜，但他不畏惧，他只当佛是兄弟，兴致来了，他愿意替他去死，不高兴了，说走就走，反正还要回来的；倒过来，声色尘世对他来说难道不也是如此？多少次，他厌倦了，说什么也要离开革命现场和酒池花丛，真个再也找不见，末了，他自己出来了，原来，他并没有再入山寺，却是吃了太多的东西，住进了医院，一个人在医院，他嫌冷清，他要人去看他。

真是人世里少有的怪毛病啊——只要不高兴，他便要吃东西，疯狂地吃，一直吃到涕泪横流，只是那时候的他还不知道，不太远，仅仅三十五岁，他竟然会死在这上头。

如果说他心里的确存在一种宗教，我宁愿相信，他信的是虚无，以及在虚无里跳动的一颗心。若是有人来作他的画像，我不愿见他倚青灯坐蒲团，我愿见一场盛宴，别人奔走举杯，他兀自坐着，兀自对着酒杯发呆。南宋的杨万里早就写下了他的定数：未着袈裟愁多事，着了袈裟事更多。酒杯里盛着他的一颗心，那是上下浮沉的一颗心，好像红炉上的一点雪：生也生它不得，死也死它不得。

伽蓝留不住，尘世又住不得，苦楚的母亲唯有抱紧自己的儿女，他也没有别的路，只好抱紧此时此刻，且要让自己相信：此刻不是别的，就是禅，是恋人，是无上清凉。这么说着，他便信以为真，打第一回因为偷吃了鸽子肉被逐出寺院开始，他就对自己说：我便是佛，佛便是我。不如此，酒宴上如何寻欢，暗夜里如何行路？他以为自己在装糊涂，其实，又有哪一刻，他不在绝望的清醒里？他清楚地知道：在酒宴的两端，是尘世与佛陀，他在这里，看着它们经过自己，再渐渐离去，终了，它们还是都将他丢下了，丢下他在这里"无端狂笑无端哭，纵有欢肠已似冰"，到后来，他也可以不露声色，也可以无喜无嗔，不为别的，只为他的刹那顿悟：尘世与佛陀，不过是两件暂且容身的袈裟，反过来，它们也是炙烤自己的两堆问罪之火，那么，你们都走吧，我愿意孤零零的，站在这里："还卿一钵无情泪，恨不相逢未剃时！"

这光芒的句子，岂能只送给那个名叫乌舍的西班牙女郎？那些行过的道路，路过的草木，还有欢喜过的人，他都应该送给他们，他注定是他们的未亡人。是啊，这苏家的玄瑛，母亲的三郎，实在是，一出生便做了未亡人。一桌子人，都在唱，都在跳，他只是看着他们，却在心里定下了主意：这一生，要过为死而活的一生。既然如此，他却为何不再早些求来一个死字？要我说，是他的孩子气，那别人身上寻不到的，残忍的孩子气，他看着自己的生涯，像是看一场戏，到底在哪里，他会满腹含冤，又是在哪里，他会被押赴刑场？未曾生我谁是我，生我之时我是谁？

好动的曼殊，不独处的曼殊，谁能想到，只为让叶楚伧给自己买一包糖果，他便清净了，安心待在房间里，用一个下午画出了《汾堤吊梦图》？叶楚伧自己也难以相信是真的，他为这幅画写了诗，诗里说："难得和尚谢客，坐残一个黄昏。"叶楚伧自然知道曼殊许多时候是乖巧的，是讨人喜欢的，但即便如他，也未见得知道：曼殊要的并不是糖果，他要的，是和人的相亲，是不让别人将自己当成旁人，也为此故，那一包糖果，他这一生里其实是要不来了，因为这是在上海，不在他出生时的横滨，也不在少年时的广东。

哪怕只有片刻的亲热，他都要拼出力气攥在手里，那是他给自己造的糖果，他将它们装在口袋里，想起来了，便要拿出来舔一回——那一年，他回了一趟日本，终于见到了生母，他高兴得简直不知如何是好，今日里伴着母亲游玩，明日里再为母亲作画，一时向母亲学日本话，一时又教母亲说中国话，即使新出的画册，他也要仿照母亲的语气写下诗序："月离中天云逐风，雁影凄凉落照中。我望东海寄归信，几到灵山第几重？”

可是，晨昏只能交替，不得互换，世间每诞生一件物事，同时便诞生一道边界，即使我佛，端坐于娑罗双树底下，也有波旬前来，劝他自取灭度。念之于曼殊，无论如何，母亲分散，恋人蹈海，知交零落，只剩下了他，偏偏尘世与佛陀都捕不住他的心，如此，那别人身上少有的，残忍的孩子气，迟早便要发作，变成赌气，赌注就是自己的命。

干杯的朋友们，还有花丛中的相好，都断然想不出，他们的曼殊，为何会疯魔般迷上了吃？旁的不说，只说吃冰，他一天就要吃上五六斤，直吃到人事不省，第二天醒过来，还是照旧要吃；只可惜，那时候，没有人破除虚妄，看清他不是迷上了吃，他其实是迷上了死。我常常猜度，在饕餮的日子里，莲花座，须弥山，全都近在眼前，他的心里定然有狠狠的快意：别人吃东西，是要将这一世的人间彻底行过，我吃东西，为什么就不能是为了跟世人说，这样的人世，这样的人间，原本就不值一过？

我实在是喜欢这个人啊，苏曼殊，一生中的多数时刻，别人看他，酒杯里写诗，美人背上题字；我来看他，却都似在暴风里行舟，刀尖上打坐。一九一八年，他死了，不管他愿意还是不愿，总归我是记得他了。我也问过自己，你终是记得了他什么，且让我先行劝解：莫管他的修行，莫管他的酒宴，只需记得他的死之欲和生之苦，只需记得人间里存在过这样一场生涯——一个人，像一块天地初分时的石头，他躺在那里，似是抵抗，似是磨洗，万般知识经过了他，无上清凉经过了他，他只当作没看见，只当作没听见，任由它们前去吧，他只做孤零零的一个，他只在雨水和泪水里看见自己。

即使他死了，墓碑上也该刻下他心底里的话：破禅好，不破禅也好。

别长春

夜色之中，当我满心欢喜地走出长春火车站，丝毫想不到一年之后就会离开它。想那时：满城灯火都呈现出恰当的清淡，南湖边的白桦林被风吹得哗啦作响，丁香花的花期虽说刚刚被我错过，但香气还若有似无，通宵飘荡在斯大林大街的上空。

一个二十二岁的大学毕业生，远赴数千里之外，即将迎来他的第一份工作。

我的租住地，是在城市边缘的光机学院家属区，但全无不便，由此步行半个小时，即可到达我的工作地。这破落的家属区，如果是在南方，它几乎令人绝望：地上全是货车驶过砸出的泥坑，红砖砌成的单元楼摇摇欲坠，在楼群之间，各家各户随意搭建的小平房连成了片，起风的时候，笼罩着小平房的塑料布们猎猎招展，直至被吹上了天空。

但我没有半点失望，因为的确就是我念想了多少年的北国，那些别致而热烈的生机正在我眼前依次展开：烤串店的烟雾热气腾腾，啤酒瓶的碰撞声此起彼伏，男女如若相爱，赤裸的言辞更是不在话下。夜晚里下得楼去，随意走进一间小平房，即可与人高声谈笑，大口喝酒。到了清晨，我从家属区的后门去上班，要经过一片辽阔的菜地，每次，当我走在挂着露水的白菜们中间，我都疑心自己会在长春过上一辈子。

终究还是不行。难处很快降临了。事实上，在长春，我遭遇的所有难处只有一桩，那就是语言的丧失。和刚刚开始工作一样，我也在刚刚开始写小说，这些小说虽然拙劣，但南方风物景致却是显而易见：青苔，护城河，石拱桥，春天里四处弥漫的腐败气息。我自小在其中长大，依赖他们，而现在，几乎在一夜之间，当我写作，我突然找不见它们的踪迹了。

一边是宽阔的大街，碧蓝而肃穆的天空，庄重到庞大的苏俄及日式建筑，还有铺展千里的松嫩平原上，高粱和玉米正在燃烧般热烈地生长；而另外一边，是窄而弯曲的小巷，总也晒不干的衣物，还有常年积着渍水的青石台阶。一个是北方，一个是南方，我就站在中间，两条看不见的绳索将我左右撕扯，我竟然不知道该描述谁了，“心中有美，但又苦于赞美”。

这不过是一场失败的写作生涯掀开了序幕，但彼时之我却茫然不知，只是一心要将自己的一生都固定在白纸黑字之上。从未想到，前来北国，吃饭不是问题，与人相处不是问题，到头来，语言却成了最痛彻的折磨：在没有学会描述北方之前，我唯有写下南方，而属于南方的字词就像被北方的言说吓破了胆子，纷纷逃遁，我通宵达旦在等待，但它们都没有来。

我无法不失魂落魄。就算把写作放下，生而为人，装着多少秘密，说着多少道理，终于能够过下去，不过是一再暗示自己：我们有可能靠近那些惨淡和自以为是的胜利，但说到底，一切胜利，不过都是语言的胜利。

而语言的裂缝还在扩大：坐车的时候，往右转，被称作“大回”，往左转，被称作“小回”；在菜市场里一路走下去，一路的菜贩子都在叫着“大哥”，甚至更亲一点，“哥”；在烤串店里，两个此前全不相识的女人，一番交谈，两三分钟后就可以叫对方“大姐”，甚至更亲一点，“姐”——这些我都不习惯，甚至生出了拒斥，于我而言，“哥”，只代表着我的弟弟，代表着我与他之间的亲密、冷战和他远在比利时的孤单；“姐”，我叫过人姐姐，那是在我被寄养的幼时，有一个长我几岁的女孩子，在我饥寒之时经常给我吃喝，一见到她，我就想到我的母亲，想到我的母亲为什么没有在我之前生出她。

就是这样。我熟悉的字词，言说，还有附着在其上的情感，乃至伦理，正在像河水般从我的体内流走。我已然坐卧不宁，但又无法对旁人道明，于我严重的疑难，也许对旁人只是些微小事。满大街的人群里，要是人们知道有个人在为如此荒谬的小事而茶饭不思，只怕会笑出声来。

开始想法子。开始寻找可能去靠近我熟悉的语言。在我上班的途中，会经过华侨宾馆，有一阵子，一个大型的书市在长春召开，来自湖北的与会者们就住在这里。这天清晨，我从宾馆门前走过的时候，看见大门上悬挂着“欢迎湖北代表团”字样，并没有想到我会和这个会议有什么关系，只是在心里动了一下，但是，工作到下午，我便决定下来，要去做一桩必须去做的事情——我跑到华侨宾馆，找到一个不相识的家乡人，告诉他，书市上如果需要人手的话，我十分愿意帮忙，且是分文不取，对方盯着我看了半天，答应了。

在书市上，我当了整整十天的搬书工，终日里，那些繁杂的书堆，被我从一个场馆搬到另一个场馆，虽说疲累不堪，但当我走在回到光机学院必经的菜地里，却也满心欢喜，双脚生风：被人送了好多书，也拽着人说了好多话，就在这些说话之间，许多我熟悉的事物都在舌头上一一复活了。譬如桑葚，合欢，梅雨天；再譬如鳜鱼，芭蕉，竹林里的野狐禅。

这是一场嘴唇和舌头的盛宴。多少一生都用不上的字词，都被我挖空心思地想起来了，说出来的时候，放心且全无障碍，它们可以被呼应。然而天下哪有不散的筵席，十天以后，家乡人全都离开了长春，我又重新独自活在了我的北国之城，我倒是并不为他们的离去而悲伤，我悲伤的是：不管我有多不舍得，长亭沽酒，灞陵折柳，好一番十八相送，那些话语和字词终究是别我而去了。

所以，寻找只能继续——整整几个月时间，菜场，餐馆，电器维修店，甚至在光机学院的左邻右舍中间，我一直在寻找着家乡人，寻找着在北方尤其显得古怪和不可理喻的口音，一旦寻见，我就找借口上去攀谈，结果并没有多好：好不容易找见一个，这口音却往往正在被它的主人用于叫卖，用于训斥孩子，甚至是用于乞讨，生活和生计，正在折磨着这些口音和它们的主人，事实上，它们没有工夫停下，来与我的口音相逢。

打这个时候起，我已经大致可以想象得出：我与长春，可能终须一别了。

世间的语言，何曾只是滔滔言说的工具？它是身世，是情欲，是梁山泊，也是雷音寺。管它是像毛线团扭结在一起，还是像大雪后的平原般一览无余，你只要走进去，就理当躲得进楼阁，认得清花径，可以大闹天宫，可以为虎作伥；更有那些言说：高音，低音，呐喊，哭泣，喃喃自语，喋喋不休，它们除了是口舌的信使，更是在见证你的悲痛，你的狂喜，你的被侮辱与被损害。

对一个正在开始写作的人来说，你所信赖的语言，即是你所信赖的生活，抛却道德，哪怕它是一个恶棍，你也应该向它宣誓，向它效忠。

可是在长春街头，我失去了我俯首称臣的对象。

结局是突然到来的。这一天，我从红旗街的地下音像市场出来，被一辆汽车蹭得踉跄着跑出去好几步，结果却并无大碍，没料到的是：当我还正在低头检查身体可有受伤之处的时候，车里跳下来的人却立刻开始了恶言想向，我当然要与之反驳，与之争吵，但终于没有，因为当我要开始争吵，竟然没有一个恰当而凌厉的字词从我的嘴巴里蹦出去，要命地，当对方声色俱厉的时候，我却站在南方与北方的中间，犹豫着到底要选择哪一句话来进行还击，想想这一句，再想想那一句，左右为难，但这难处已经与对方、与当时的急迫处境全无半点关系了。某种凄凉之感诞生了，这凄凉之感告诉我：也许，真的到了离别的时候了。

有何胜利可言？我再次走进长春火车站之时，天上下着大雪，北方之美正在天地之间汹涌地呈现：雪落在火车站的屋顶，使得茫茫夜空更加深不可及；雪落在小饭馆的玻璃窗上，使得窗内的寻常烟火和说话都极尽热烈；雪落在斯大林大街的松树上，一根松枝悄无声息地被压断；雪落在收割后的松嫩平原上，劳苦的儿女终于可以离开，待到明年再来；如同詹姆斯·乔伊斯所说，“雪，落在所有的死者和生者身上”，自然，也落在我这个战败者身上，是啊，满火车站的人怎么也不会想到：在这个城市里，有个人为了一桩荒谬的事情打过一场仗，现在，他战败了，正准备落荒而逃。

有何胜利可言？自从回到原籍，已经十几年过去了，写出过一些小说，更多的时候则是什么都没写，真相是，什么都写不出。现在的问题是：从相信语言开始，我相信了这些语言背后的事物，但是，时代流淌得是多么急速，我宣誓和效忠的事物正在一点点碎裂，全都化为了齑粉；和在长春时一样，我又站在了中间地带，甚至是站在了死结上，一边是活生生的满目所见，一边却是日渐残损和喑哑的我的诸多相信，我该去拽住谁的尾巴，又该与谁如影随形？日复一日，先是王顾左右，再是痛心疾首，终了，举目四望：厨房，会议室，阴雨时的小旅馆，诸多航空港与火车站，竟然全都变作了长春，那个二十二岁时、连争吵都找不出恰当之词的长春。

面对这四野周遭，我到底该如何是好？

却也没有别的法子，认输吧。唯有先认输，再继续写，继续挺住。就像威廉·斯塔夫，旁人问他：“你为什么还在写？”他问旁人：“你为什么不写了？”

没有别的法子。唯有将正在苦度的每一处都视作长春。先去书市上做搬运工，再去菜场、餐馆和电器维修店，甚至来到光机学院的左邻右舍中间，去寻找可能会相逢的口音。是啊，唯有再打一场注定失败的仗，最后成为那个落荒而逃的人——十几年过去，我多少已经明白：别离不是羞耻，它只是命运的一部分。犹如此刻，我写下了一次生硬的、不足为外人道的别离，却又想起了罗伯特·勃莱的诗——

“我对自己说：我愿意最终获得悲痛吗？进行吧，秋天时你要高高兴兴，要修苦行，对，要肃穆，宁静，或者在悲痛的深谷里展开你的双翼。”

堆雪人

清晨时分，在兴安岭的密林中，我刚刚从梦境里醒转，山河之美便透过黎明的曦光扑面而来：举目所见，河流和群山全都被大雪覆盖，红与黑，牲畜与人民，怨憎会与爱别离，世间物事无一不像在母亲怀中哭泣过的孩子，安静，沉醉，不作抗辩，不发一言。

唯有在近处的密林中，些微的动静依然在证明世上的生机从来未曾消失：风吹过来，树枝几乎是不为人知地摇晃，一大截枝上的积雪终于坠落了下来；几只鸟雀像是从树洞里钻出来的，试探了一会，终于飞抵我所居住的木刻楞窗台前，啄了几粒碎玉米，再轻轻地啄着我的窗玻璃；还有那只驯鹿，轻悄地前来，兀自站在雪地里，一身清澈，温顺地看着屋子里的我，一时之间，我和它，就像一场约定里的彼此。

——这已经是连续第三天了，每天天一亮，它就会准时出现在我的视线之内。

说起来，它和我几乎已经能算作是朋友：为了写一本说不准什么时候才能写得出来的书，我住进了这家堪称人迹罕至的度假村，度假村出门往西，有一个鄂伦春人聚集的村落，听说是因为近些年兴安岭开始禁猎，他们这才无奈地迁居至此。在度假村消磨了十多天之后，一如既往，我仍然未能写出一个字，而天上的大雪没有一天休止，时间长了，我反倒不以为耻，甚至去和鄂伦春村落里的孩子们一起堆起了雪人。说来也怪，每回和孩子们堆雪人的时候，那只驯鹿都会像此刻一样前来，也不走近，隔了一点距离，安静地站立，长时间地凝视着我和孩子们，一步也不肯动，眼睛里却分明散发出了某种热切之光，就像是羡慕，想要来到我们中间，跟我们一起堆雪人。

哪怕我走上前去，来到它的跟前，它也毫不惶恐，面对我的抚摸，它渐渐地仰起了头，嘴巴里呼出的热气在雪幕里弥散，轻微的鼻息冲撞我的手掌，就像一只蜻蜓落在了荷叶上。我早已经知道了它的来历：它不是别人，而是鄂伦春村落里仅剩的最后一只驯鹿。孩子们早就对我说起过，天降大雪之前，它还有个同伴，头上的角甚至比它的更美，只可惜，雪季刚刚开始，同伴便失足掉进了河中的冰窟，就此再也没有醒过来。

虽说鄂伦春孩子们几乎全都对我表达了祝贺，一再对我说起被驯鹿青睐是件多么吉祥的事，但是，我多少还是觉得有些不可思议：我不过是初来乍到，这只驯鹿为何就偏偏弃他人于不顾，却终日里跟着我呢？

是啊，它和我，几乎已经算得上如影随形，就像现在，大清早的它就来了，固执地等着我现身，我也别无他法，只好起身，在屋子里找了一点它能吃的食物，随即便推开木刻楞的门给它送了出去。雪幕密不透风，转瞬之间，我已经变作了一个雪人，这时候，它吃完了食物，将身体一点一点往我的身上倾靠，我大致明白它的意思，便伸出手去抚摸它，果然，一股暖意缓缓生出，等它再看我时，眼神里便满是某种欣喜的孩子气了。

一般说来，每回它来找我，消磨一会之后，它就会独自离开，不知在哪里巡游一阵子之后，不管我在哪里，它又会准确地找到我，一天下来，总归得如此反复好几次。但是今天却不同往日，它迟迟不肯走，好不容易在我的催促声中回返了几步，却又原地站住了，看上去，非但不想走，反倒是召唤我跟着它一起巡游的样子。我当然不会随它前去。虽说结果无望，但我还得在桌子前面坐下，去写那本注定无法写出的书。所以，我决定不再理会它，转身回到了木刻楞之中，透过窗玻璃，依稀看见它站在远处仍然未作动弹。

雪越下越大，直到快看不见它的时候，它才缓缓地踱开了步子，竟然一步三回头地看向我所在的地方。

直到午后，我才决定认命：心猿意马的呆坐，不光没有令我多写一个字，反而还将之前写下的全都删除殆尽了。别无他法，我便出了门，去鄂伦春村落里继续和孩子们堆雪人，未过多久，崭新而巨大的三座雪人就被我们堆好了，黄昏也在迅疾地降临，这时候，我眺望雪幕里的木刻楞，便又看见了它：它似乎刚刚又去找过我，当然没找到，在雪地里踟蹰了一阵子，也只好掉头离开了。不过，它竟然没有朝我在的村落方向走过来，而是转头向西，进了密林丛中，不过刹那间，雪幕就掩盖了它的踪影。

一开始，我并未对它太作理会，转而去堆今天的第四座雪人，殊不料，没过三两分钟，我竟然对它担心了起来：依它的眼力和手脚，孤悬于密林之中，要是万一失足，又或踏破了雪下的冰河，岂非有性命之忧？这么想着，我便一刻也没有停，放下没堆完的雪人不管了，赶紧朝着它消失的地方狂奔了过去。

倒是还好，刚跑到密林之外，我就看见了它，它其实并未进入密林，而是在一片避风的雪坡背后，来来回回地奔忙着，天知道它到底在奔忙什么呢——先是将头颅伸进积雪，使出了相当的气力，终于将一只雪块撬落，再抖一抖身上的雪，去撬第二块，半天都没有撬动，只好无奈地站立，突然发现雪坡边缘上有一只雪块似落非落，几乎是欢快地跑上前，探出前足去探，探是探到了，雪块却应声碎裂，洒了它一身，它继续抖落身上的雪，也只好无奈地接受眼前的事实，眼前除了雪别无他物，它看看这一片，再去看那一片。

就在这时候，它看见了我，就像儿子遇见了父亲，它朝我飞奔过来，接连踉跄，又置踉跄于不顾，终于挨近了我，再紧贴着我，眼神里充满了委屈，甚或还有几分幽怨，似乎在责怪我全然不知晓它所执迷的究竟是何事。是啊，我也的确有没办法知道它因何至此，看看那些散落了的雪块，再看看它，也只有叹息一声：你我毕竟是人畜两途。

既然事已至此，它便下定了决心，用嘴巴咬住了我的裤腿，再执意往前走，我只好跟着它，再示意它：大可对我放心，无须再咬住裤腿，我一定会跟着它。如此这般，它便不再咬了，却似乎仍然很不放心，走两步就赶紧回头，随即还要用嘴巴触碰一下我，见我信守诺言，这才愈加温驯地往前走。这时候，大雪虽说已经止住，夜幕却已经降临了，灯火在远处闪耀，近处却只有雪地散发出的光芒，我们便循着这一丝微光，踏着积雪，吱吱呀呀地往前走。

至少走了二十多分钟，我们的目的地终于到了，这目的地竟然不是早已被大雪簇拥的村落，也不是平日里专供它起居进食的所谓驯鹿场，而是村口的一面硕大的广告牌。这面广告牌是夏天里为了招徕游人而专门竖立于此的，上面除了几句标语口号，就只剩下两只驯鹿的画像了，我早就知道，这两只驯鹿就是眼前的它和它刚刚过世的同伴，可是，浓重的夜幕之下，它竟然将我带至此处，其中究竟有何深意呢？必须承认，我的确茫茫然而一无所知，我看看它，再看看广告牌上的画像，也只好再一次告诉它：你我毕竟是人畜两途。

偏偏这时候，暴雪重新开始光临人间，寒意迅疾地加深，无论我多想跟它再多一会相顾无言，分别也是迫在眉睫的事了，如此，我只好拔脚离开，也说不清楚是着急还是不舍，它赶紧又去咬住我的裤腿，我苦笑着刚要去阻止它，它却猛然明白了什么似的，看看周遭的大雪，再看看我，赶紧松开了嘴巴，继而甚至低下了头去，就像是一个孩子做错了事。我的确再顾不上去怜惜它，示意它赶紧回到自己的起居之处，这一回，就像是做错了事的孩子正在进行小小的赎罪，它绝不讨价还价，马上就调转头去，消失在了雪幕里。

一夜无话。第二天早晨，我才刚在洗漱，木刻楞的房门就被轻轻碰响了。不用回头我也知道是它，于是赶紧去给它找吃的，结果，当我打开房门，却发现门口站着的竟然不是它，而是一个少了一条胳膊的孩子。我当然认得这孩子，因为少了胳膊，每回我们堆雪人的时候，他总是瑟缩在一边，怯生生地不肯上前，但是，此时此刻他却不同往日，仿佛积攒了一夜的勇气，他掏出一张照片，告诉我，照片上的人是他的父亲，他想请求我，按照父亲的样子，帮他堆一个雪人。

必须承认，我愣怔了好一阵子，方才如梦初醒，连声答应着，房门都忘了关上，拉着眼前的孩子就跑进了雪幕里。

可是，虽说耗费了几乎整整一上午，我的行径却仍然对不起那孩子好不容易积攒的勇气：实话说，我堆出来的雪人并不像他的父亲。修修补补了好几次，推倒重来了好几次，但不像就是不像，倒是那孩子，仿佛接受了我的无能，反倒一再对我说像极了，事实上我也已经无计可施，只好退到一边，看着那孩子一改往日里的怯生生，先是环绕了雪人好几圈，最后，用一只胳膊抱住了雪人的腿。

就在这时候，犹如神祇降临，我的心里像是突然被什么撞了一下，随之便是接连不断的激动难言——是啊，我一下子便想起了它，对，那个每日里都要前来叨扰的它，那个昨晚还与我共同置身于广告牌之下的它，当此如遭电击之时，就像一场跋涉终于来到了它的尽头，更像是一个秘密经由漫长的破译而水落石出，我终于明白它在请求着我的，究竟是怎样一桩物事了：它在想念它的同伴，它想让我堆一个雪人，但是，这个雪人却不要堆成他物，要堆，就堆成一只驯鹿。

说来也是怪异，要是在往日，逢到这个时辰，它早已与我遭遇了好几遍，可偏偏，当我顿悟了那个它只怕是想对我呼喊着说出的秘密，举目所见，遍野里却都没有它的影子。我在茫茫雪幕里环顾了好几遍，正要拔脚狂奔去找寻它，更多的孩子们却正好从村庄里呼啸而出，一个一个跑向了我，我赶紧向孩子们打听它的下落，这才终于知道：昨夜风寒，它受了凉，几乎倒地不起，因此，一大早，它就被送到距此三十里地的县城求医去了。

闻听到它的下落，骤然之间，我的心里又被莫名地撞击了好几下，呆立在连日里堆起来的雪人之间，想了又想，最后作了决定：暂时不去县城里寻它，而是就在此处，和孩子们一起，为它堆一个雪人。

就像神的旨意再次破空而来，当我开始动念，之前算得上暴虐的大雪就慢慢变小了，且渐至于无，我便狂奔到昨夜的广告牌下，掏出手机，对准它的同伴连拍了好几张照片，再马不停蹄地赶回来，二话不说，和孩子们一起，对着照片上的样子，在西北风里堆起了雪人，不不，那其实是一只雪鹿；过了午后，风也慢慢止息，如此，我们再不用顶风作案，气力全都用在了堆砌与雕刻之间，一回不行，就来第二回，在废弃了三五回之后，我和孩子们，孩子们与孩子们，结束了偶尔的争论，全都平息静声，终于迎来了一只几可乱真的雪鹿；那个缺了一条胳膊的孩子还嫌不够，竟然跑回村落里拿来了几只鹿角，小心安放在了它的头颅上。如此一来，尽管我自始至终都在挑剔着自己的技艺，现在也不得不承认：不可能再堆出一只更好的雪鹿了。

退后去几步，我反复打量着眼前的雪鹿，忍不住，不由得在心底里对着正在县城里求医的它说了几句话：你我相识，堪称机缘，机缘美妙，又使你我变成一个约定里的彼此，但是，唯有到了此刻，这个约定才总算是有了信物和底气。

这时候，身边的孩子们雀跃着叫喊了起来，我顺着孩子们指点的方向往前看，一辆破旧的汽车正在缓缓驶向我们，这正是清晨里送它去县城的那一辆。如此，我和孩子们便垂手而立，静悄悄地等待着它，汽车越来越近，越来越近，这样，我便再度看见了它：大病似乎已经初愈，它安静地站立在车厢里，温驯和清澈都一如既往。汽车停下之后，它先是看见了我，即使还身处在车厢之内，也不自禁地喜悦起来，轻轻扬起了头，就像是让我赶紧再去抚摸它；而后，当它第一眼看见我身边的雪鹿，一下子便惊呆了，兀自沉默，兀自长久地凝视，被施了咒语般全然不作任何动弹，只有仔细看，才能看清楚它眼角里涌出的泪水。

车门打开，它朝着它的同伴狂奔而去，走近了，又慢下了步子，喉头哽咽，粗重地呼吸，热气弥散在同伴的脸上，它这才稍微挪开一步，又生怕好景不长，赶紧回头，迅疾地将脸凑上去，一点一点，蹭着同伴的脸。但是，同伴毕竟只是雪的托身，未能呼应它，它想了想，干脆撒开双足奔跑了两步，再回头看着同伴，就像是在召唤同伴与它一起奔跑，可是，同伴仍然没有呼应，它不甘心，慢慢踱回来，再预备，起跑，跑出去两步，仍然回头召唤，同伴却还是径自沉默，如如不动，这样，它便来到我的近旁，仿佛是在向我求救，要我去叫醒它的同伴，好让它们一起奔跑起来。

而我爱莫能助，除了一遍遍地抚摸它，我再也给它带不来别的安慰。也不知道过了多久，它这才重新走向了它的同伴，长久的凝视之后，再一次蹭了同伴的脸之后，可能是接受了事实，也可能是下定了等待同伴醒过来的决心，迎着新一番飘落的雪花，它轻悄地躺卧在了同伴的身边，等待着命运向自己展示接下来的造化和要害，其时情境，就像儿子躺在了父亲身边，就像大雪躺在了山河的旁边，就像万千生灵躺在了菩萨的身边。

怀故人

昨天晚上，我梦见了你，梦境里，你坐渡轮过江，从武昌到汉口，船行半途之后，突然风雨大作，你手里的雨伞被大风卷上了半空，一如既往，你害羞地扶着栏杆，眺望着雨伞越飘越远，全然不知道如何是好——是啊，你总是害羞，然而，这害羞不是矮世界一头，而是那些年里，太多你所不能理解的事物朝你纷至沓来，其中自有种种不堪，面对它们，你总是孩子般地惊异，某种童真就像明月一般在你的惊异里闪闪发光，继而，仍然陷入了害羞，我当时也在船上，又没忍住，想要走到跟前去提醒你：童真与羞涩，可能是两把杀人的刀剑，就在这一转念之际，我突然意识到自己是在做梦，稍一愣怔，你就不知所终了。

醒来之后的恍惚里，我又觉得自己不是活在你丢弃的尘世里，而是就站在那条梦境里的铁皮渡轮上，随后总算彻底清醒过来，终于确信，你与渡轮都来自我的拼贴：如果我没有记错，早在你死去之前的好多年，长江上的渡轮就停开了。

这当然不是我第一次梦见你——你在江堤上雀跃着奔跑，你在把你即将要写的故事讲给我听，你在唱京剧，这些都是我做过的关于你的梦，它们多半发生在全国各地的小旅馆里，如你所知，这些年里，为了谋生，我几乎把所有的小旅馆都住遍了，此中情境，犹如你活着时我跟你开过的玩笑：我未成名君未嫁，可能俱是不如人。

有一回，是在四川的一座小县城，连日暴雨之后，城外的河流终于开始泛滥，半夜里，河水决堤，一路冲向堤边的小旅馆，而这家寺庙改建的小旅馆里几乎只住了我一个人，大概是入睡之前刚刚读过你写的童话，于是便又梦见了你：你在一座雾气缭绕的山顶上对我呼喊，我却全然听不清你在呼喊什么，干脆也腾云驾雾，朝你飞奔过去，等我刚在山顶上驻足，你却又倏忽不见，我便也开始呼喊你的名字，直到把自己喊醒了，而此时，泛滥的河水已经涌入了我的房间，我一边打开房门朝外狂奔，一边作如此想：也许我所在的此刻，恰恰是你的梦境；没错，奔涌的激流，颓败的旅馆，滂沱的雨水，以及影影绰绰的周遭万物，它们可能全都是你的梦境，我不过是狼狈地奔跑在你的梦境里。

你看我，多像你写过的那只鸭子：东奔西突，仍然逃不过关押它的一方囚笼。我得说，安徒生之后，你写下的关于鸭子的那一篇，是我读过最好的童话——一只鸭子，被关进了餐馆的囚笼，随时等待着屠宰，却被一个女孩搭救，两人就此生活在一起，时而亲爱，时而吵闹，故事快结束时，鸭子的同伴们前来解救它，而它却放弃了被解救，自愿就此与女孩生活下去，女孩问它：你不觉得你失去了自由的机会吗？要知道，生活在人类中间，你永远无法获得真正的自由。然而，鸭子回答她：我宁愿我们不自由地在一起。

不自由地在一起。

这句话，应该刻在几乎所有人的墓碑上，依我看，它就是概莫能外的命运陈辞：这一生中，说起你和柴米与油盐，说起你和恩怨与道理，无非是一句不自由地在一起，是啊，狠狠的离开多了去了，只是同样地，乖乖的返回也多了去了，离开与返回，犹如一对相亲相爱的人，也如一对相爱不相亲的人，它们，终将不自由地在一起。

你看你，窥破了多少天机，却又绝不担负什么秘密：常年的幽居并没有在你的所在之处制造更多的阴影，相反地，某种明亮之气，就像坚定的天赋，可能只生出了微弱之光，却足够照射你的慌张的朋友们。

那么多喜悦，令人难以置信地在你身上展开：蔷薇开了，你是喜悦的；《暗店街》出了新版本，你也是喜悦的；你可能有所不知，你的那些喜悦至少于我而言，是真切的安慰——当我在山河间奔走，又或在片场里打杂，不自禁地经常想起，有一个人，她是喜悦的，说不定，有朝一日，当我摆脱了诸多妄念与窘境，我也能如她一般，仅仅依靠种花种草，依靠几本童话和一本博尔赫斯，我就能够获得和她一样多的喜悦。

忘了是哪一年，我在黄河边的一个剧组里，接到了你的电话，那时候正是春天，你的楼下有一株栀子花正在盛开，尽管在房间里看不见那株栀子花，但是浓郁的香气却使你感受到了它，这刹那间的体验令你顿时生出了诸多浮想，你怀疑，先前乃至是远古的某个时代，可能每个词语都是有气味的，譬如“国家”和“民族”，譬如“山海经”与“哀鸿遍野”，这样的词语，可能都是有气味的，我还未来得及说话，而你已经自问自答，兴奋地告诉我：“一定是这样，一定是这样！”

其时夕阳西下，黄河里水波涌金，我刚刚放下电话，就迎来了制片人的呵斥，不过，我还是兀自想：和你这样的人活在同一座尘世上，就算再多羞辱，日子终究值得一过。

然而你已不在这世上了，上穷碧落下黄泉，两处茫茫皆不见，就算有些矫情，我也必须承认：某种封闭、闪亮和可以端出肝胆的好日子，已经一去不复返了。我继续活在世上，有时候酩酊大醉，有时候心如死灰，许多次的厮混之后，我突然想起你，你唱京剧的样子，你讲故事的样子，一念及此，不禁对眼前的厮混后悔莫及，却又在下一分钟原谅了自己：你就当我在认贼作父吧，你就当我和所有的厮混是不自由地在一起吧。

也为此故，除了在梦境里，哪怕置身于退无可退的现实周遭，我也经常看见你：路过你生前所住院子的时候，在江底隧道穿行的时候，甚至栀子花开的时候，这些时刻我都看见了你，或者破空而来，或者只是静静站着，笑着，一句话都没有说，我从来不曾狂奔上前，而是喜悦地注视，再等待你的消失，接下来的路，我还要继续紧赶慢赶，但是如你所知，那些好日子一直与我如影随形，就像时刻准备吞下的后悔药。

那的确是闪闪发光的好日子——常常是下了飞机和火车，我就往聚首的小餐馆里赶去，说起来多么怪异，我们竟然在烟熏火燎的小餐馆里读诗：普拉斯，毕肖普，弗罗斯特，里尔克，那么多好诗人好句子，我都是经由你的背诵才第一次听到读到。

多少有些惭愧，这么多年我尽管也在写作，也在读诗，可是，是你，第一次将诗意真切地袒露在我的方圆几步之内，那诗意并不是什么高蹈的所在，而是和正在冷却的酒菜与燃烧的炉火一样，伸手可及，举目可见，全都是不能再简朴的物事，却组成了狮子吼的一瞬，又或飘飘欲仙的一部分，就连你那沉默的女伴，也仿佛被唤醒了，借着酒意背起了卡明斯基的诗："如果我为亡者说话，我就必须离开身体里的这只野兽，我必须反复写同一首诗，因为空白纸张是他们投降的白旗……"

夜幕里，雪落了下来，透过小餐馆油腻的玻璃窗往外看：一只猫蜷缩在屋檐下，一个水果摊主正在擦拭苹果；更远一些的地方，手上长满了冻疮的洗头姑娘正在调情，刚刚得手的盗贼手扶电线杆惊魂未定地喘息，这寻常的所见，全都让我觉得是诗歌正在生长——这真正是最令我感激你的事情：背诵着诗歌的你提醒了我，即使眼前就有灭顶之灾，这世界仍然在同时呈现灾害之外的另一部分，万物将我纠缠，但万物都有声音，如果我不盲目追随，不迎面跪下，而是先站直了，再谦卑地去看去听，那么，那些沉默的声音和幽谧的暗影，就都有可能被我唤醒。

我又怎么能够忘记那些长江边的小兽呢？

冬天，江堤上的树木几乎褪尽了叶片，空气却是清冽的，阳光照射着寒冷的江水，我们几个人便下了江堤，朝着江岸边停泊的趸船走过去，一边走，你一边蹦蹦跳跳，的确，一次家门口的漫步也能让你觉得满心欢喜，说起来，你真是活该写下那么多童话：短短一段路，不断有小东西从干枯的灌木丛里跑出来，奔向你，它们是斑鸠和松鼠，是公鸡和流浪狗，你一个也不轻慢，该打招呼的打招呼，该喂食物的就喂食物，就算是一只小灰鼠，你也弯下腰去与它对视半天，等它跑远了，你才哈哈笑着直起腰来，神情里不无小小的得意。

而后，你继续着得意往前走，我却跟在后面作如是想：大概再也没有一个人像你这样清晰而不自知地放弃了生长吧？因为放弃生长，多少物事的反面从未涌入你的生活，如此，一只被人厌弃的灰鼠也可以在你那里获得平等的注视；我怀疑，有一些字词，类似“阶级”和“谄媚”，比如“乞怜”和“斗争”，等等等等，这样的字词，你大概没有一分钟想起过它们，在不自知之中，你被它们抛弃了，然而如此甚好，你正好这样度过一生：在字词里度日，却对更多的字词一无所知。

下一回江边散步的时候，在趸船上，你对我说起了刚刚写完的童话，《小灰鼠的圣诞节》，说的是：有一个女作家，她大概是全世界最穷的人，家徒四壁，从来无人上门，即使圣诞节那天，她也是一个人度过，没想到，惊喜却是居住在她房间里的一只小灰鼠带来的，它竟然邀请女作家一起过圣诞节，于是，世界上最穷的人和最穷的老鼠度过了一个美好的夜晚，贫穷不仅没能令圣诞节受损，反而使他们体尝了最纯粹的欢乐——江风浩荡，你轻声地讲故事，我却边听边觉得自己何其有幸，这一辈子里竟然有机会听你讲故事：在相当程度上，你其实是被神灵眷顾的人，它们赐予了你巨大的天真、专注和一颗为老鼠俯首的心，如果这个世界有最终极的秘密，我相信，你是那些少数被神灵选中去靠近那个秘密的人。

话虽如此，我却必须承认，在你死去之后，漫长的时间里，某种怨怼和愤怒一直在纠缠着我，有一个晚上，我又从千里之外回来，下了飞机，过长江的时候，突然想去看看你，于是径直跑到了你从前住过的院子里。

正好是春天，栀子花的香气满天荡漾，而你的房间却再也没有灯火亮起来，突然我就被怨恨裹挟了：你的离去，令我，令我们，全都变得残疾，这残疾，不是肢体的丢弃，而是魂魄被拦腰切断了，再有被屈辱浇灌之时，再有想将繁杂世事驱赶到九霄云外之时，我们去哪一家酒馆哪一艘趸船上才能找到你呢？

在你死去之前的一个多月，大概知道疾病已经无救，你曾用手机发给我一首名叫《霓裳》的诗，这大概就算作你的绝命诗了吧，只有短短几十个字："等这些衣裳穿完了，冬天就来了，等这些布用完了，我就会死去；冬天更需要美丽的衣裳，而死亡，就是在喜悦中，回家。"那时候，我正坐在北京的一辆公交车上，沉默地读完这几十个字，公交车正好到站，我跳下车，推开人群，在街头狂奔，哽咽，渐至于号啕——死亡可以随时将你掳走，可是我怎么办呢？这么多年，诗歌，写作，白日梦，还有你，你们一直在我身边，在许多年里我的满世界里都只有你们，我甚至以为，除了你们，全然不存在别的值得一过的生活，可是，你用死亡在我眼前掀开了骇人的一幕：我须臾不能离开的你们，竟然会沉默，会消失，甚至会腐烂，而我也竟然会六神无主，会写不出一个字，会费尽心机，却只为了找见一点能度过眼前的生趣。

说真的，你的死，把我的胆子都吓破了。

说起来谁肯相信呢？一天乃至一年中的大部分时间，我都在逃避你的死，但死亡就像一把明晃晃的利刃，或者一把披上了隐身衣的暗器，走到哪里就跟到哪里，还有，从你的死亡中诞生的颓败之感更是每每矗立在我的咫尺之处，往前一步便撞了上去，我也只好呆立当场，要么就做贼般撒腿狂奔，心底里倒是想了一遍又一遍：如此生涯，究竟何日才算到了头？

别无他法，我唯有向你呼救，希望你再度出现在我的梦境里，帮帮我，将那些无边无际的颓败剔除干净，好让我打梦里出来后的下一分钟就重新做人，又或者如此狂想：这世上会不会在哪里还留存着一张你写给我的字条，就像诸葛亮的锦囊妙计，只要被我找到，眼前所有的屏障都会瞬时间轰塌，我甚至就此便身轻如燕，直至了断了尘缘？

天可怜见，终于还是让我等到了你：那是在山东枣庄的后半夜，我被一个剧组炒了鱿鱼，一个人，拎着简单的行李去坐火车，彼时彼刻如果不叫作走投无路，那么，连我自己都不相信。天降微雨，站台上的灯光黯淡不明，我坐在肮脏的长条椅上等待着似乎这一辈子也等不来的那趟火车，突然，侧身之间，我看见了你，你就坐在我身边，全然不似初来乍到，倒像是和我一起出的门，又一起等待着回去的火车，到了这时候，哪里还有什么生死别离，刹那之间，我把所有的疑问全都倾倒了出来，恰在此时，火车进站，我们一边上车，你便又一一对我作答，我还记得，你说：小动物是美的，美就美在它们的柔弱，因为是柔弱的，也就不给世界添乱，甚至，不让更多的词句来形容它们，一个人，一件物事，只要不被形容，就是美的。

火车往前行进，你又说起了你正在写的童话：一个水鬼寻找着回家的道路；出了函谷关的青牛被恋人追赶；还有六祖慧能，他竟然漂洋过海，去到了没有一座寺院的英格兰。

雨雾迷蒙，火车缓慢，你终于开始背诵起了诗，那是你在人间度过的最后时刻写下的，仅仅只早于那首《霓裳》几天，它们是这样写的：“如果你爱我，我在这里。如果你离开，我在这里。不要哭泣，我对一朵花儿说，时间是个匆匆的过客，鸟儿将会在春天里飞回来。不要哭泣，我对自己说……”

时至今日，我早已经忘记，在那生死之间全无藩篱的一夜结束之时，你是如何离开的，甚至，这一夜的发生，究竟是一场梦境，还是一次突至的错乱？但我可以确信，在当夜的火车上，一种巨大的明亮开始在我的体内滋生，那一块明晃晃的存在，好似水流之声，好似和冤家握手饮酒，好似静止的旗帜重新开始了飘荡——不过还是一如既往的言谈与背诵，听到最后，我却竟然可以对自己说：要像你一样，喜悦地活着，再将这喜悦视作静止的岩浆，无论它是否流动，都要将自己系牢在它诞生的地方，正所谓，我与万物皆有情谊，但我与万物也皆有隔离；我又对自己说，此去经年，不要斗法，不沾刀光，不要每遇一桩物事便要埋首去找鱼水之欢。

这一切因何而生？那火车上诞生的巨大的明亮又从何而来？百思不得其解，唯有感谢枣庄和那一场错乱，我们在说不清道不明的时间和空间里相见，却使得某种指望，那种不管从何处脱身都有去处的指望，重新又复活了：事实上，死亡从来未曾将你我隔离，你一直都在，而且，你之所在绝非虚在，而是笃定的一草一木般地在，这实在是太好了，自那一天之后，如你所知，我便开始了构建自己的小小宗教，在这个隐秘的宗教里，我当然只是那个无知的追随者，而你，既是使徒，又是教宗，自此之后，在每一处欲走还留之地，我的宗教都会应声前来，恰似佛弟子口中的“南无阿弥陀佛”，念一声，安慰和庇佑就都来了，如若不信，我便说来给你听——

譬如这样的时刻：云南的山道上，半夜里，暴雨当空而下，我乘坐的汽车却趔趄着坠入了深谷之中，幸好无人受伤，再重回山道上却已绝无可能，我便和同伴们一起就在深谷里往前走，妄想着能够找见一处可以落脚的地方，然而，几个小时过去了，我们的全身上下已经被暴雨浇得湿透，脸上手上全都被刺丛挂出了血，想象中的落脚之处依然不见踪影，为了躲避闪电，一行人蜷缩在一块巨石背后，眼睁睁看着闪电一次次在眼前击出火花，再想起这一夜不知何时到头，每个人的心里都生出了可以嗅见的绝望之感。

然而，绝望是好的，在绝望里，你总要想一个法子，才能至少与它平起平坐，我能想到的，反倒是横下一条心，继续往前狂奔，一念及此，当即就不由分说地从巨石背后跑了出来，同伴们不仅没有将我拉扯住，相反，全都被我重新拉扯进了密林之中，谁也没有想到的是，仅仅在密林里行走了二十分钟，我们便看见了一座亮着灯火的村子，当所有人呼喊着奔向村子，我却分明觉得你正从村子里走出来，要知道，能走到这里其实是多亏了你，多亏了你曾写下过的那么多绝望之诗——礼品店里，相框上镶嵌的青铜骑士只能与他深爱的水晶姑娘作别；滔滔江边，过河的蚂蚁打翻了花瓣做的渡船；冬天的夜晚，一只羊羔即将接受母亲饿死的事实；但是，他们全都不曾就此屈服：骑士忍痛别离，却在命定的主人身前匍匐在地；蚂蚁坚决不肯折返，终于迎来了一只灯笼船；还有那悲痛的羊羔，夙夜奔走，终于在母亲饿死之前捧回了一碗饺子。

就是这样：只要你还走向我，我就定然不会停下狂奔。

再譬如这样的时刻——多少次，我被旁人直言相告：你恐怕再也不能写出一篇像样子的小说了。最近的一次，就在大雪之前的乌苏里江畔。我当然不肯承认，立刻跑回寄居的林场里，接连十几天闭门不出，妄图写出一部像样子的小说，其中磨折，又岂是一句心如死灰可以道尽？可是，十几天后，直到我躺在房间里发起了高烧，却不得不接受这样一个事实：即使是一部百十字的小说，我也没能够写出来。正是冬天，呼啸了半个月的寒风全然没有止息的迹象，白雪却将天地之间的一切都铺满了，我推开窗子，看见窗外的满目大雪，只觉得它们全都是我的无能，这无能像一条漫长的绳索，先是拴牢了我，再牵引着我，一步步向前，却是在闪躲，是在向所有未曾踏足的艰险提前告别。

就在我又懵懂着在高烧里躺下之时，突然便听到了你的声音，那是你在诵读自己诗歌的声音：“如果你爱我，我在这里。如果你离开，我在这里。不要哭泣，我对一朵花儿说，时间是个匆匆的过客，鸟儿将会在春天里飞回来。不要哭泣，我对自己说……”刹那之间，这些句子犹如电光石火般唤醒了我，我突然意识到：这些句子根本不是你为某个人所写，事实上，对于这漫漫人世，它们既是你出生时的低语，更是你临别时的赠言，这么想着，许多关于你的片段便又纷至沓来，不过此时一一被我回忆起来的，不再是你唱京剧，也不是你在渡轮上拼命收住自己的伞，而是我根本未能见证，却一定曾经在你的生涯里再三发生的时刻：暴雨之夜，你站在阳台上惊慌失措；收入微薄，你根本买不起任何一件好衣服；病重之时，在去医院的路上，你一边走，一边疼得哭了起来。

就是这样：即使远在乌苏里江畔，你仍然现身，指示我看清眼前真实的人间道路，在这条道路上，即使是自觉放弃了生长的你，其实从未有幸比任何人减少一丝半点的不幸，你之视而不见，甚至不是因为天性，而是将暴雨、贫穷和病痛全部都放入了天性的囊中，唯有先领受它们，且不大惊小怪，才有可能先为花朵雀跃，再为一只小灰鼠俯首；才有可能被虚弱与荣耀双双忽略，就像从来不曾出生。

——所以，此时此刻，如你所知，为了不再出生，在幽闭的江畔林场里，我又重新端坐，拿起了笔，当然，我多半仍然写不出像样子的小说，但是，我决心再不为此大惊小怪，除此之外，我也打算对高烧、大风和满天的白雪视而不见，只要我视而不见，你就应当知道，我根本没有停止过对你的想念。

一个母亲

每一天都是艰难的一天。天亮之前，她的胸口突然剧烈地疼痛，喊叫着醒了过来，在醒来的一刹那，她怀疑自己已经死了，狠狠地抓住胸口，在黑暗里喘息了好半天；慢慢地，她听到了雨声，天色也在一点点转白，雨声和天色终于将她重新唤回了人世：门外的桑树正在结籽，山下的河水已经泛滥，半年前卖掉的牛竟然摸黑回到了家里。

去镇子上的小路幽暗而湿滑，她喘息着，拼命折断了一根竹子当作拐杖，这才没有再摔倒，将那头跑回来的牛重新送到买主家之后，时间就晚了，她几乎是跑了起来，倒是不奇怪，镇子上的人们每天都能看见她一路奔跑过来的身影，他们都知道，再过一会，她那个常年住在诊所里的儿子就要醒过来，她得赶在他醒来之前赶紧给他把早饭做好。

如此已经将近十年了：儿子疯了之后，只有一个中医开的诊所愿意收留他，那当然不是什么正经的精神病院，但是聊胜于无，哪怕儿子常年其实是被绑缚着关在诊所的偏院里，她也觉得，她没对不起儿子，他总归是吃上了药，再说那个所谓的中医也没有一天不在许诺她，她的儿子马上就会变好，马上就会重新认出她来，但事情是明摆着的，所有人都知道，唯独她不知道：只要她还送钱过来，那个所谓的中医，就永远不会停止给他的儿子配药。

注定又是竹篮打水的一天——伺候儿子洗漱完了，再喂他一口一口吃完早饭，两个人便在屋檐下面对面坐着，一如既往，他还是没能认出她。说起来，他上次认出她还是三个月前，只有那么短暂的三两分钟，说是要回家，她欢喜得手足无措，慌乱地答应着，牵着他往外走，还没到门口，他就不认得她了。但是，她的心没死，几乎每一天，只要她和儿子面对面坐着，她都会变作一头母狼，眼睛里发出的，全然是凶恶之光，就算儿子突然暴怒，要她滚开，她赶紧听话，远远地跑开，回过头来，眼睛里的光也依然凶恶：她在凶恶地垂涎着儿子再次认出她的时刻,就像母狼在紧盯着一块肉。

临近中午，她离开了小诊所，去镇子外的小火车站，和一个年轻的瞎子碰面，这个年轻的瞎子不光眼睛瞎，脑子也有问题，但却拉得一手好二胡，所以，凭着拉二胡卖艺，竟然没有饿死。大概是从一年前起，她和瞎子结成了伴，每日里，她会牵着他坐半个小时的火车抵达县城，从下车的那一刻起，她便扮作了他的母亲，然后，火车站跟前，商场内外，甚至学校周边，凡是人多的地方，他们都要去走上一遍，如此一天下来，他们总是能够讨够第二天的活命钱。

这当然算得上是缘分：这个瞎子是去年来到这个镇子上的，据他说，他出生在这里，因为眼睛瞎，长到两岁就被父母扔掉了，现在找回来，不是想找谁的麻烦，仅仅只是想重新做回父母的儿子而已，再说，他自己也会拉二胡卖艺，所以绝不会多占一口父母家的口粮。话虽如此，自始至终却无人与他相认，再说他的脑子一时糊涂一时明白，谁知道他说的是不是真话呢？

于她而言，这个年轻的瞎子，几乎就是她的活菩萨，满镇子的人都知道，为了给儿子吃上药，牛被她卖了，地也被她卖了，除了一小片菜园，她什么都没剩下，再也没有任何东西可卖的时候，她竟然只需扮作瞎子的母亲，牵着他去县城里走上一天，分来的钱就可以让自己不被饿死，甚至连儿子吃药的钱都够了，天底下哪有这么好的事？如此，麻烦就来了：不断有人径直找到瞎子，说自己才是他的父母抑或兄弟，从今以后，可以由他们带着他去县城里乞讨。她在旁边看着，简直都快急死了，但也不敢开口说话——作为一个疯子的母亲，沉默，被呵斥，见人就躲着走，这些，连她自己都认为是应当的。

千怕万怕，该来的还是要来。果然，今天，当她牵着年轻的瞎子去搭火车，麻烦来了：一对夫妻，带着他们的三个儿子，在候车室里截住了他们，之后又径直告诉瞎子，说他们就是他的父母兄弟，现在，他们要正式接管他；天可怜见，如此紧要的时刻，瞎子的脑子却犯了糊涂，只是笑着，也不说一句话，倒是她，霎时间脸色变得煞白，想了又想，想了又想，终于开了口，想要争辩几句，殊不料，她一句话都没说完，对方便连声咒骂起来，疯婆子，骗子，不要脸，无非是这些话，她听着听着，想说的话一句句都被逼了回去，就在她几乎都已经快忘了自己要说什么的时候，火车进站的汽笛声响了，骤然之间，她的心脏就像是要跳出身体，脸色也愈加煞白，再也没有退路了，她终于开口说话，说自己认识他们三十年了，他们何曾有过这样一个儿子？哪知道，刚刚说到这里，她竟然被对方一脚踹倒在了长条椅边上。

最后的结果，只能是她捂着胸口从火车站里走了回来，而那年轻的瞎子，已经被裹挟着上了去县城的火车，她一边往回走，一边躲避着路人的指指点点，是啊，这一路上，有人说她不得好死，有人说她儿子醒不过来是因为她在作孽，听着听着，她鼻子一酸，想要哭一场，终了又没哭出来，举目四望之后，她决定前往镇子南边的小旅馆，去找寄宿在那里的一个外乡人问几句话，不如此，她的心里便过不去。那个外乡人初来小镇时找她问过路，所以，以后遇见了，他总是跟她打招呼，当此千般疑难之际，除了他，她实在再也想不起还有谁能说上几句话了。

在小旅馆里，她如愿见到了正在写作的外乡人，问他，自己到底算不算个骗子，如果算，儿子是不是因为她当了骗子才醒不过来？哪里知道，那个外乡人竟然根本回答不了她的问题，踟蹰了好半天，外乡人竟然告诉她：他来此地，是为了给不远处一个景区里的景点编故事，这些景点开发出来才一年时间，他却要给它们各自编出跟程咬金、七仙女乃至王母娘娘有关的故事，自然都是无稽之谈，但是为了几个钱，他还是言听计从地来了，所以，如果她是骗子，那么，他也是。

事情竟然是这样。虽然多少有些惊讶，但是，外乡人的话多少还是让她心里好过了一些，所以，当天晚上，她睡得比前一天踏实。

第二天天快亮的时候，她的胸口又剧烈地疼痛起来，大叫着，她猛然睁开眼睛，全身上下却无一处能够动弹，当然不能就这样死了，她借着一点微光，四处寻找着可以救命的东西，但满目过处，样样都是无用的；又过了一会，门外的雨声再次挽救了她，她像是抓住了救命稻草一般去想：要是喝上一口水，说不定就能缓过来。于是，骤然间，她使出全身力气起了身，又踉跄着打开了房门，跑到屋檐底下，抬起头，大口大口地喝着雨水，谢天谢地，她终于好过了许多，喝够了雨水，便又再次弯下腰去，一声接一声地喘息。

天刚蒙蒙亮，在抢走了瞎子的那户人家前，她拎着一篮子鸡蛋走过来，径直跪下了，是啊，事到如今，她还是指望他们能将那个年轻的瞎子还给她，除了这条路，她实在是没有第二条路可走了。不断有人打她身边经过，她横竖管不了那么多，一个个的，全都讪笑着打了招呼，身体直挺挺地跪着却是没有挪动半步。哪里知道，这家人自从昨日进城之后，全都没有回来，跪了半天，既没有人出来呵斥她，也没人伸手接过她的鸡蛋，渐渐地，她有些撑不住了，蜷缩着，伸出手去狠狠地攥住了胸口，就在她想要喘上一口气的时候，那个所谓的中医竟然跑来找她了，说她儿子醒了，正在找她。

几乎是闪电般的速度，她一下子直起了身体，难以置信地看着对方，突然间，还未及等他答话，她便站起身往诊所的方向跑，跑了几步，想起那一篮子鸡蛋，又回头拎起来，再跑，跑出去几步，还是回来了，小心翼翼地，将那一篮子鸡蛋在跪拜的这户人家的院墙上放好了，她这才又重新喘息着狂奔而去。

并未过去多长的时间，可能连一个小时都不到，她从诊所里出来了，不仅没有带儿子回家，相反，脸上还流了一脸的血：她又错过了儿子醒来的时刻。原来，等她跑进诊所，儿子已经重新陷入了巨大的癫狂，而且，不知从哪里找出一把菜刀，高高举起，正要跑出门外，嘴巴里还高喊着要杀这个要杀那个。她的胆子都快吓破了，不要命地扑了上去，死死抱住了儿子的腿，哪知道，儿子竟然一刀砍在了她的脸上。

好不容易将儿子重新绑起来安顿好了，她才从诊所里出来，去镇子上的医院包扎自己的脸，这时候，诊所门外早就聚拢了一大群人前来围观，但这一幕并不陌生，儿子疯了之后，被人围观着指指点点，早就变得像种庄稼一样熟悉了。没想到的是，这一回的指指点点竟然跟她无关，一句一句，倒是全都跟那个所谓的中医有关，说他连包扎一下伤口都不会，又说他连当归治什么病都不知道，这么一来，她又急死了，生怕儿子就此被那个所谓的中医赶出门去，赶紧地，一边捂着脸，一边求大家不要再说了。

正午之后，大雨又下了起来，她从医院里出来，迎面便遇上了那个正要回到小旅馆里去的外乡人，猛然间，她忘记了疼痛，三步两步跑过去，说出了自打跟他相识就想说出的话：要是儿子好了，他能不能给儿子找个工作？因为儿子和他一样，总是关在屋子里写写画画。可是，还等不到对方回答，她自己却又说：如果不是写写画画，儿子也不会疯。一边说着，她一边想起了什么紧要之事，也不管对方还在没在听她说话，转头就跑进了雨幕。

在那户抢走瞎子的人家门前，她又来了，虽说雨越下越大，院门外无一处不是泥泞不堪，她还是半刻也不犹豫地跪下了：这户人家果然没有领受她的那一篮子鸡蛋，现在，它们被扔在院墙底下，一个一个的，全都碎了。她顾不得心疼那一篮子鸡蛋，重新变作了眼神里满是凶恶之光的母狼，跪在那里，死死地盯着院门：她在凶恶地垂涎着那年轻的瞎子从门内走出来，对她说，他要跟她一起走。这当然是痴心妄想：院门突然打开，三兄弟齐齐奔了出来，一把将她拉扯起来，要赶她走，嘴巴里也毫不留情，滚蛋，疯婆子，别做梦了，你那个儿子再也醒不过来了，等等等等，无非是这些话。

三兄弟说到她儿子再也醒不来的时候，她呆呆地愣怔了片刻，突然间就像狼嚎般喊叫了起来，她说，她儿子就要醒过来了，如果不信，你们看这里——说着，她掀起了自己的衣袖，露出一条触目的伤疤，再告诉眼前的三兄弟：每次儿子要拿刀砍人，离醒过来就不远了，真的，求求你们了，他再吃几服药就好了，你们看，这一刀也是他砍的，砍完没多久，就醒过来了。

狼嚎般的喊叫，并未得到任何菩萨的保佑，三兄弟中的一个跑进了院子里，再推出来一辆摩托车，剩下的两兄弟不由分说地，将她举起来架上了摩托车的后座，就这么，一个推着摩托车，另外两个在后面死死架住她，她就像一个即将押赴刑场的犯人，徒劳地反抗了几下，再也没有力气动弹，只好任由他们继续推着摩托车往前走，半个小时后，他们将她送回了镇子外的家，放下她，三兄弟掉头就走，她在屋子里愣怔了一会，又如梦初醒，追了出去，三兄弟却早就在雨幕里消失不见了。

下一个喊叫着捂住胸口的早晨，她醒来得比平日里要晚一些，连日的阴雨终于止住了，鸟雀们开始鸣叫起来，有那么一刹那，阳光照射进来，胸口的疼痛也消失了，她甚至怀疑自己可能会长命百岁。稍后，她在一堆农具里找到了一把砍柴刀，再在屋檐下坐定，一下一下地去磨亮——既然下跪没有用，她便要带上砍柴刀去把那个瞎子抢回来。正磨着刀，她又突然对自己怨怒起来：如果儿子再吃几服药就能回来，到时候，要是看见他的房间乱糟糟的，这可怎么得了？这么想着，心就提到了嗓子眼里，她赶紧磨好刀，几乎是狂奔着去给儿子把房间收拾好了。

一切收拾停当，她出了门，没想到的是，雨虽说已经止住了，山路却在连日里雨水的冲刷下垮塌了，所以，这一路，她走得比往日里更加艰难，每走几步就要摔一跤，已经能看见山下的镇子的时候，她差一点再次摔倒，情急之中扶住身边的一棵竹子，竟然笑了起来：身上带着砍柴刀，却不知道砍一棵竹子给自己做拐杖，果真是老糊涂了。于是，她便蹲下身去砍竹子，就在这时候，胸口的疼痛像电击般猛然袭来，她来不及伸手去捂住，也没有来得及叫喊一声，径直便软绵绵地倒在了竹子边上。

然而这一次，她再也没有醒来。

小周与小周

“……她看人世皆是繁华正经的，对个人她都敬重，且知道人家亦都是喜欢她的。有时我与她出去走走，江边人家因接生都认得她，她一路叫应问讯，声音的华丽只觉一片艳阳，她的人就像江边新湿的沙滩，踏一脚都印得出水来。”

——在民国文人的书里，他曾经记叙了这么一位汉阳女孩子小周，凑巧得很，在汉阳，我也认得一个叫小周的女孩子。

和民国年间的小周一样，我认得的这个小周，也是颇得周边四邻欢喜的。她开着一间美发店，只要是小孩子来剪头发，多半都不要钱。闲下来，她也像个小孩子般，楼上楼下疯跑。平日里，她除了养狗，还养了一群鸽子，为此故，后来我只要想起她，第一个念头便是她又牵着狗在巷子里奔跑，哪怕雨天，她的裙子上沾满了泥点，终究还是不管，奔跑着，笑着，使一条街都变得亮堂，变得有颜色。

还有鸽子，她老是在美发店的天台上喂鸽子，喂饱了，一只只地捧在手掌里，盯着看一会，再一只只将它们送入空中，鸽子们飞远了，她还在盯着它们看，既认真，又心不在焉。

她多少有些心不在焉，因为她只对一件事情认真，那就是做演员。打我认识她，她就奔忙在本地的各家文艺院团之间考试，但从未获得录取的机会。失败太多，难免陷入沮丧，但她很快便又打定了主意，重新牵着她的狗在巷子里疯跑了起来。因为她相信，这只是暂时的，她不过是在走周迅的老路。

是的，在所有的女演员里，她最喜欢周迅，不，应该说，她只喜欢周迅。美发店的墙壁上，除了一张价目表，张贴的全都是周迅的画像——海报，封面，挂历，插图，不一而足。她想当演员的念想不是因周迅而起，但是，这世界上一个名叫周迅的存在的确给了她最为重大的安慰。这安慰并非是野心，并非是自己一定要像周迅那样被整个国家的人知道，一开始，仅仅是喜欢，喜欢她几乎每一回出现在银幕上的样子，而后才是敬慕——如果自己也能像她一样，从小城出发，最终变作国家的玫瑰，果能如此，该有多么好啊。

只要那个名叫周迅的演员仍然在演戏，汉阳小周对她的想象就不会停止，做演员的执念就不会停止，非如此不可，唯有如此，她才能忘掉不愿直视的周遭：多病的母亲，渐渐增长的年龄，门庭冷落的美发店，以及，她越来越成了街谈巷议的笑柄。

我也看过不少周迅演的电影，有一回，在黑暗的影院里，看着银幕上的周迅，我突然明白了，小周身上的神态，那种既认真又心不在焉的神态，也来自周迅，她一直都在模仿她，这模仿着实耗费了不少心力，但不得不承认，她模仿得刚刚好，我刚刚能从她的眉眼和奔跑中看见周迅的影子。与此同时，在她拒绝了许多次提亲之后，以街坊四邻看来，她几乎成了一个怪胎，如此，嘲笑既起，就愈演愈烈，她却还是不顾，美发店有一搭无一搭地开着，大部分时间里，她都在医院里照顾母亲，剩下的空闲，她照旧遛狗和喂鸽子，每一回，鸽子们早就飞得老远了，她还在盯着看。

有一个雨天，我在巷子口遇见了小周，她全身上下都被雨水淋湿了，本来已经从我身边跑过去了，又折回来，站到我的伞下，跟我说，她去看周迅了，可是她的运气实在太坏，乘坐的公交车在半路上抛锚了，她好不容易赶到江边的电影院时，周迅却刚刚结束电影的宣传活动离开了。

和往日相比，她的话少了许多，也几乎没有笑过，最令我诧异的，是她开始怀疑自己一辈子的运气也就这样了，她告诉我，她要离开，去北京，她就不信自己混不出来。因为不知道该如何劝说她，我便将自己当作她的听众，听她说了一路，自始至终，她都在说，她要离开，她一定会离开。

可是，哪有那么容易离开？为了给母亲治病，她家的房子已经卖掉了一半，美发店自然关门了，母亲的病却非但没有好，反而越来越像是不久于人世的样子，但越是如此，她越是告诉自己，也跟更多的人说：她要走，她马上就要走，最迟下个月她一定会走。渐渐地，关于她的笑柄不再单单是她想做演员的事了，还有她的迟早一定去北京，人们个个都心知肚明，却偏要故意问她什么时候去北京，又或者径直告诉她，北京最近的天气不错，去了就多待一阵子，不要着急回来。每逢此刻，她倒是镇定的，像一把剑，定定地站住，再告诉对方：她马上就要走，最迟下个月她一定会走。

最终小周还是去了一回北京，在她结婚之前。

据说，她本来是不用结婚的，照她自己的意思，是想把剩下的一半房子也卖掉，好给母亲凑够剩下的医药费，母亲怎么也不肯，好几回寻死，说是宁愿早死几天，也不愿她将来连个住的地方都没有，如此反复了好几回，不知道因了什么样的机缘，她结婚了，对方答应，帮她出母亲的医疗费，还答应她，带她去一回北京。

她在北京待了三天，每天都去一趟北影厂，一句话也不说，就在大门口坐着。关于北影厂的大门，在许多娱乐报道里都是一个神奇的所在，似乎有不少想当演员的人都在这里等来了机会，有的报道甚至说周迅当年也曾出现在这里，所以，小周去这里倒是也不奇怪，只是她没想到的是，离开的前一天，她竟然真的等来了拍戏的机会——她被人叫进北影厂，在一部清宫戏里扮演了浣衣局的宫女，洗了整整半天衣服。

回来后她就结了婚，没过多久，母亲还是去世了，又过了一段时间，她剩下的那一半房子也卖掉了——却原来，她嫁的这个人，是个身染毒瘾多年的人，之所以娶小周，是因为他父母隐瞒了真相，想找一个女人管着他，来收他的心，至于他自己，早就已经债台高筑了，结婚没多久，他和小周的家就被债主们砸了，不得已搬回小周开美发店的房子，没过几天又被砸了，为了帮他还债，小周心一狠，卖掉了房子，这一回，对于这条街，她才算是真正离开了。

就算要搬走，她也没忘记墙壁上的那些画像和海报，一张张都被小心地取下带走了，还有她的狗和鸽子，也伴随着她消失无踪，我在经过那间房子的时候，总要驻足一会，似乎稍等片刻，那个蹦蹦跳跳的小周便会出现在楼梯上。

终究没有，自打她搬走，这么多年过去了，我只见过她三回。

第一回，是在协和医院，我从拥挤的门诊大厅里出来，突然就看见了小周，她一个人，在停车场边上，摆起小摊，正在专心地给一个老人剪头发。都说岁月催人老，她却一点都没有变老，仅只头发长了些，她一边剪，还一边笑着和旁边围观的人说话，站着不动的时候，她的右脚会轻轻踮起来，一如从前的样子。我正看着，城管却来了，摆小摊的人们纷纷奔逃，她也不例外，可是她给人家的头发才剪了一半，只好扶着那老人往前跑，没跑两步，剪发的工具散了一地，她只好回来一样样地捡起来，脸上还挂着笑，并没有多么慌张。

第二回是在武昌的长江大桥下面，这一回，她没有给人剪头发，却是在卖鸽子。鸽子们飞得到处都是，江水边，石阶上，还有一株桂花树的树梢上，都站满了她的鸽子。每一回，当树梢上的鸽子朝她俯冲过来，她便噘着嘴，张开双臂，像是抱住了自己的孩子，待到抱住了，她就一只只地亲，一只只地跟它们说话，而她的丈夫就躺在不远处的石阶上，可能是毒瘾没能戒除的原因，眼见得的虚弱，也不说话，只有当鸽子们飞向他的时候，他才会暴怒着喊叫起小周的名字。

我最后一回见到的小周，其实并不是她本人，而是她的遗像——为了讨得一点毒资，她的丈夫手举着她的遗像，回到了她从前住的房子，终日对现在的房主取闹，非要说当年卖房子的价钱太低了，现在必须给他找补，否则，他就不走，我恰好遇见了，这才知道：小周已经死了，她穿得干干净净的，跳了长江。

世界上竟然再也没有小周这个人了。一个人的消失，竟然如此轻易和彻底，偌大的尘世丝毫也没有被惊动，就像她活着的时候，她的笑，她的奔跑，她想当演员的执念，其实从未获得无论多么微薄的见证。

小周并不知道，许多年以后，我在影院里看了一部名叫《孔雀》的电影，电影里的女主人公，虽说比她当初的年纪要大，却也和她一样，不断地对人宣布着她的即将离开，看着女主人公在一座尘沙之城里独行与四顾，一时之间，我竟难掩悲伤，头脑里满是小周当年斩钉截铁说出的话：我要走，我马上就要走，最迟下个月我一定会走。

小周也不知道，又过了一些年，在厦门，我见到了周迅，这才知晓，原来周迅的朋友们也叫她小周。那天晚上，在鼓浪屿对岸的一家酒店里，我和周迅一起，去佟大为的房间里喝酒，喝得高兴了，周迅放了音乐，也不管我们，一个人，自顾自地，躲在角落里舞蹈了起来，霎时间，我便想起了你，汉阳小周——你给人剪头发，你喂鸽子，你蹦跳着奔下楼梯，你对着墙上的画报看了又看，既认真，又心不在焉。

穷亲戚

油菜花的表姐不是牡丹，公鸡的表妹也不是天鹅，就像世上的穷人，他们的亲戚多半都是穷人，甚至是比穷人更穷的人。我也不例外：在这城市里，一年到头，总归会有来自家乡的近亲远亲找到我，但是，于我有求的，也都不是什么大事：一周的饭钱；找个过夜的地方；被打了，又或被欠了工资，给我打个电话，问问该怎么办。如此而已。

这一回遇见的事情，却是要棘手得多：我最小的表妹，她原本是在郊区的工厂里打工，有一天早晨从宿舍里醒来，突然就厌恶了人生，想一死了之，去工厂外的小诊所买了安眠药，吞下了，但是没死成，被救活之后，不用说，被工厂开除了。她暂时不再寻死，但也不想回家，这城市里有她众多打工的姐妹，她就在这些姐妹的宿舍之间辗转流连，与此同时，又将另外一件事情当作了救命的指望。

我岂能不管她？接到来自家乡的电话，我足足找了一个星期，最终在一家干洗店的阁楼上找到了她，几乎是强迫着将她带走，住进了我的工作间，那也无非就是一间三十平方米的房子，但住下她已经足够了。

现在，我终于可以了解清楚，那件被她当成救命指望的事情，到底是什么，说来再简单不过：她有一个姐妹，在鄂尔多斯打工，这个姐妹说，鄂尔多斯不但挣钱容易，生活也全然不乏味，完全不同于终日站在机床前的一潭死水；好消息是，这个姐妹马上就会回来探家，到时候，她可以带上自己一起前去鄂尔多斯。所以，她一直在等待，这等待甚至让她产生了幻觉：她一遍遍地跟我描述着鄂尔多斯，酒店，霓虹灯，风，地下赌场，但是我知道，这一切都是她想象出来的。

我还知道，在阳台上，在她的房间里，她一直都在哭，但也一直没哭出来，有时候，她会偷偷地站在镜子前，长时间打量着镜子里的自己，等待着自己哭出来，“人生如梦——”这是她刚刚学会的话，我听见她在电话里对姐妹说，“我连哭都不会哭了！”但是，她不知道的是，她其实是会哭的，有时候，我在客厅里写作，可以隐约听见房间里的她在睡梦中发出的呓语和叫喊，它们是惊恐的，在梦里，它们是她的敌人，她怒斥着它们，最后，终于放声大哭。

就像等待戈多一样，她在等待着那个女孩子从鄂尔多斯回来，在等待中，她日渐焦虑，几乎坐立难安，渐渐从一个她变成了两个她。一个她是：从不看电视，觉得电视剧都是骗人的，倒是抱着一堆杂志彻夜翻看，乃至读出声来，对于杂志上的某些文章和段落，她大为叹服，想办法将它们都挂在嘴边上，跟我聊天的时候，她有意无意都要将话题引向她感兴趣的地方，最终，她会顺利地背诵出杂志上的那些话，用它们作为谈话的结论，“太阳每天都是新的”，“因为懂得，所以慈悲”，“岂能尽如人意，但求无愧我心”，等等等等，无非这些。

另一个她却正在变得前所未有的尖刻与乖戾：没来由的暴怒，一刻也离不开零食，手持电话本到处打电话，但是，每打一通电话都是以争吵和哭泣而告终，如果我去提醒她，她不该任由自己无度地怨天尤人，她便会正告我，她是在等待，她马上就要去鄂尔多斯了，等待于她，已经变作了一个巨大的容器——一切悲上心头和百无聊赖都是因为它，而它又让她动辄陷入剧烈的担心，担心身体，担心鄂尔多斯的女孩子已经忘记了承诺，担心几乎全部未曾发生的事情，最后，又将这些担心带入了崭新的暴怒与无精打采之中。

然而，鄂尔多斯的女孩子始终没有回来，她的等待也来到了极限，她决心不再等下去了，她要自己去找她，所以，她想要我给她一点钱，以作上路的盘缠。但我告诉她，我不会给她，除非她要跟我解释清楚：为什么每一天她都会在睡梦里发出惊叫，她之前的打工生涯里到底发生了什么，还有，她为什么要寻死。

这些疑问，其实已经被我反复提起，但是，每说一次，话头刚起，就迅速被她掐灭了，这一回却是躲不过去了，她必须要说出来，才能换来前去鄂尔多斯的盘缠，她想了又想，这才开口说话。

事情起源于一种红色的药丸——在她打工的工厂，拥有着众多骇人听闻的森严规定，譬如迟到一次要加班五个小时，譬如午饭只能站在机床背后吃，在这些规定面前，人人都被折磨得五内俱焚，吃也吃不下，睡也睡不着，这时候，主管就发给她们一种红色的药丸，说是吃下了就会精神抖擞，几乎人人都吃了，她也吃了，吃下去之后，果然精神好了许多，相当长一段时间里，这红色的药丸就是她的救命稻草，也是更多人的救命稻草。然而，后来他们慢慢才知道，那其实就是普通的口服避孕药，也就是说，在吃下药之前，他们的身体并没有什么问题，之所以觉得精神抖擞，完全是因为心理暗示的缘故。

当别人都在庆幸自己的身体没事的时候，我的小表妹，她却受不了了，因为她突然认识到，自己可能是愚蠢的。自小她就活得认真而极端，认真的人都有强烈的自尊心，尽管没有念过什么书，但她也大致可以猜测得出来：既然一颗红色的药丸都可以骗过自己，那么，在许多时候，她肯定被更多的东西骗了，如果她一直生活在被欺骗之中，那么，还有必要活下去吗？

“我也没办法，别人看起来都是小事，可我就是过不去，所以我非要去鄂尔多斯不可——”她说，“以前我觉得是我在操作机床，后来就不了，我盯着机床看，发现我根本就不存在，我就是铆钉，是冲头，是冷却管，总之，是没有脑子的，那我到底是谁呢？”

我不再作声，只在心底里叹息着，给了她盘缠，再给她两个月的生活费：世间众生，谁能逃得了对“远方”的渴慕和追逐？更何况，在受侮辱受损害之时，如果没有一个“远方”作为念想，作为安慰，我们又如何能欺骗自己度过诸多难挨的此刻？这个“远方”，于昆德拉是巴黎，于南唐李煜是沦落的故都，于千里送京娘途中的赵匡胤是开封，于我是写作，于我的表妹来说，就是鄂尔多斯。她既然想去，迟早就一定会去，尽管到最后她会知道，所谓鄂尔多斯，不过是另外一粒红色的药丸，但是现在，且让她先走进“远方”里去，再让“远方”来检验她想象中的“清醒”，为了获得这些“清醒”，只有天知道，她到底背会了多少杂志上的文章和段落。

第二天一早，她就坐上了去鄂尔多斯的火车。而我的生活还将继续，继续写作，继续发呆，继续迎来散落在这城市各处的穷亲戚。

接下来找我的穷亲戚，实际上只是我的远亲，虽说我应该叫他表舅，但他的年纪其实比我大不了几岁，十年里我并没有见过他几回，但是作为一个老好人，作为被交口称赞的孝子贤孙，他的好名声却一直被我熟知，所以，当他给我打来电话，尽管我对他说起的遭遇觉得匪夷所思，但还是赶紧去接了他，让他住进了我的工作间。

大概在半年以前，他在工厂里做工的时候，和另外一个工友一起，被工厂里的铲车撞了，当即，两个人的腰都被撞断，迅速住进了医院。他受的伤要轻些，住了两个月的院以后，算是重新站了起来，他的工友则没有这么好的命，时至今日，还瘫痪在病床上接受治疗。这只是悲剧的开头，紧接着，工厂只肯赔他们一点点钱，作为一个怯懦的好人，他接受了，但工友的兄弟妻女却不肯罢休，开始了漫长的逐级上访。

为了突出上访的效果，他们做了一块木板，然后，又强迫我的表舅继续扮作瘫痪的样子，躺在木板上，被他们从一个大院的门前再抬到另外一个大院门前，理由是，真正的瘫痪者必须继续接受治疗，而他作为共同的受害者，理当跟他们一起上访，还不能私自接受工厂赔偿的那一点点钱，否则就是对他们的背叛。老天作证：他简直害怕死了。他一边怕工友的兄弟妻女对他不依不饶，另外一边，他又怕有一天他会被人抓起来，到了那时候，一家老小的吃喝可如何是好？

在假扮了两个月的瘫痪之后，恐惧大过了一切，他实在承受不了了，终于和工友的兄弟妻女不告而别，住进了我的工作间。自此之后，他便闭门不出，并且不断地对我强调，他必须闭门不出。终日里，他只做一件事情，那就是跪在地上，对着虚空里的十方菩萨死命磕头，再眼巴巴地等着风平浪静，到了那时，他好出去找一个新的工作。

除了恐惧，慌张也如影随形：磕头的时候，嘴巴里念念有词；不磕头的时候，嘴巴里还在念念有词；一天到晚，窗帘紧闭，他就躲在窗帘背后往外眺望，看看那些逼迫他躺上木板的人找来了没有，他深信，即使今天没有找到他，明天他也一定会被他们找到。“这可怎么办？”他的满眼里都是火烧一般的焦虑，“这可怎么办？”我安慰他，让他些微放心，听我这么说，他也似乎好过了些，也在认真地听，等我说完了，他却又惊慌失措地笑了起来：“我知道，你这是在宽慰我。”

而事实上，这个胆小到怯懦的人，几乎无一日不在违背自己定下的禁戒：他每天都在出门，且不是去往他处，而是去医院，去看那个至今还瘫痪在床的工友。“毕竟，”他对我说，“我们是好兄弟。”每次前去，他都像打了一场仗，因为怕被兄弟的妻女发现，从来都不进病房，远远地扫一眼，掉头就狂奔而去。回来之后，他再一遍遍对我说起他和这个兄弟的情义，在自己最穷困的时候，这个兄弟借过钱给他，如果不是因为怕被抓起来，他确实应该配合他们，将那一出戏演下去，可他就是怕。

可是，在我看来，他其实是过分强调了他眼下的生活，惭愧，怕，幽闭，磕头，反复说起自己和兄弟的情义，这一切都被他过分强调了，他其实是对它们上了瘾，不如此，他便不知道怎么度过失魂落魄的现在，他非要这样，才能说服自己。在如此紧张的情势里，他只能什么也不做，就像他一遍遍地用言语和狂想给自己制造出风声鹤唳，然后，再用去医院探病来冒犯这些风声鹤唳，这样，他既能仍然对自己放心，反复确认自己还是从前的老好人，又可以告诉自己，你甚至在做一件了不得的事，以此再来躲避他不肯继续躺在木板上的万般焦虑和自谴。

他为什么每天晚上都要像个地下工作者般，火急火燎地去医院走上一遭呢？按照他的说法，危险其实是在一步步升级：他开始给他的兄弟买水果和营养品；他甚至进了病房去跟对方说话；最危险的一次，果真就被对方的妻女发现了，她们一直追着他跑出了医院，好在他还是顺利脱了身。在我看，骨子里，他其实是希望他们找到他，他甚至故意升级危险，希望他们早一点找到他。

——所谓勇气，不光是武松打虎，也不光是倒拔垂杨柳，有时候，它需要的，恐怕仅仅是一顿酒，一个犯了糊涂的念头，乃至一个仪式，这既是勇气的激发，也是勇气的磨损，但就是在对勇气持续展开的磨损中，勇气又渐渐被抹消了突出、严重乃至神圣，最后，它终于被视作了常物，懦弱的老好人才算有了跟它平起平坐的可能。

他的努力没有白费，这一天早晨，我打开工作间的门，看见了让人震惊的一幕：男男女女，七八个人，竟然全都跪倒在我的门口。我与他们素昧平生，但实际上我早就已经认得了他们，他们正是将我的表舅放置在一块木板上再抬着他四处奔走的人，只不过，这一回，强迫换作了哀求。我听见我的表舅在屋子里叹息了一声，终究还是走了出来，看看我，再看看他们，搓着手，一遍遍地问："这可怎么办？这可怎么办？"问了足有十几遍，他才差不多是带着哭音对跪倒的众人说："是祸躲不过，我跟你们走。"

我还是说实话吧。他言语里夹杂的哭音，首先自然是因为无辜，此去之后，恐惧，怕被抓起来的忧虑，再不能被他关在窗帘之外了，它们都将重新真真切切地进入他的生活，但是，这哭音里也隐藏着微妙的激动，那种姑且不论结果好坏、先硬着头皮迎来一个结果的激动："我一直都在等，你们怎么现在才找过来呢？”

我并没有送他离开，不是因为门外北风呼号，天上降下了鹅毛大雪，而是因为表妹打来了电话，没有错，就是我远在鄂尔多斯的小表妹。再说，我几乎可以确定，当我的表舅跟着众人离去，在他们之间，其实已经滋生出了某种怪异的亲密。雪下得太大了，他们暂时还没有走远，还在一楼的楼道里躲雪，如此，我一边接着小表妹的电话，一边还可以听见楼道里的讨论：我的表舅正在责怪对方，木板太硬，太冷，他躺上去受不了。

先说表妹。我早就知道，鄂尔多斯并不能将我的小表妹从枯燥与琐屑造就的水火中拉扯出来，但是，我还是没想到，她的梦竟然破灭得如此之快。长话短说：那个被她当作救命指望的女孩子，根本就没有从事什么流光溢彩的工作，事实上，她是一个暗娼，小表妹赶到鄂尔多斯的时候，她刚刚被警察抓起来。随后，她一个人在鄂尔多斯奔走到今天，终究还是没有找到什么像样子的工作，就在刚才，她身上仅剩的钱却被人偷了，就算她已经决定离开鄂尔多斯，回来，可是，如果我不寄钱给她，她便连一张回来的车票也买不起了。

电话里，我的小表妹言语急促，甚至错乱，说到最后，终于放声大哭，但我没有阻拦她，任由她哭，世间之事，无非如此：千里万里地赶去鄂尔多斯，不过是重新学会了哭，但这也未尝不是好事一桩，当此之时，“太阳每天都是新的”有何意义？“因为懂得，所以慈悲”有何意义？它们都不能赶走她幻想过的酒店和霓虹灯，还有风和地下赌场，当她在会背诵的那些文章和段落当中一一自取其辱时，她唯有哭泣，才有可能带来些微但却是真正的“清醒”，哪怕“清醒”之后，她又要再去寻找一个未曾踏足过的鄂尔多斯。

好在是，哭泣之后，放下电话之后，我的小表妹给我发来了短信，短信里有我给她寄钱的地址，那是一家她刚刚找到的做洗碗工的餐馆，在地址的后面，她还写了一段话，这段话不是来自于哪本杂志，而是她自己写的，要我说，它们其实比她从杂志上背下来的那些话要好得多：“我所经历的是不幸吗？如果它是，我自己都不想安慰自己了，我总算明白，不管去这里还是去那里，最终不过是成了一个证据，证明被骗、流浪、走投无路都是真实存在的，根本不存在什么过得很好的人，也根本不存在什么过得很好的生活。”

而在我楼下的楼道里，热烈的讨论还在继续：我的表舅终于使身边的人相信，重新换一块木板是有必要的。看着窗外的弥天大雪，我突然想：此时此刻，就在这司空见惯的满目风物里，造物之主其实安排和呈现出了三种人人概莫能外的命运——一种是我，躲在窗帘背后，既没有安静下来，也没有走出屋子；一种是我的小表妹，先是呼号着奔向了“远方”，再被“远方”不由分说地驱赶回来；还有一种，就是我的表舅，是不是身在一座囚笼里已经不重要，如何使自己的囚笼更舒适，更精致，才是迫在眉睫的事。

就在我胡思乱想的时候，雪渐渐下得小了，我的表舅也慢慢跟随他的同伴走远了，过了一条小河，再绕过一条荒废的铁路，他们停下脚步，依照安排，阔别多日之后，我的表舅重新躺在了那块木板之上。天气还是太冷了，他其实躺也不是，坐也不是，看上去，既像一个落魄的匪首，又像一具可怜的活祭；他们也只能继续往前走，一行人，在雪地里缓慢地行进，越往前走，就越像一支凄凉的送葬队伍。

鬼故事

进入丰都境内，高速公路上，同行的人纷纷说起鬼故事，一个说起荒村野店，另一个便要说危楼孤坟，端的是：千秋万代，鬼影幢幢。入夜之后，我们在城里住下，我想要寻一家小酒馆喝酒，说鬼故事的人却都纷纷不去，说是怕真的遇见鬼，找来找去，我只找到一个同行者，跟我一样，在此前的高速公路上，他也没有鬼故事可讲。

深夜街头，三两杯下肚，话也多了起来，我问他为何不说鬼故事，踟蹰再三，他说起了缘由——他自小与母亲相依为命，离开母亲之后，多半时间又生计艰难，迟迟没能将母亲接来同住，最不堪的，是自己迟迟没能结婚，让母亲操碎了心，突然有一天，母亲去世了，他正好在广西的一个音讯断绝之地出差，等他赶回来，母亲早已经下葬了。

自此之后，在他的故乡，在左右四邻的众说纷纭中，他的母亲变成了鬼：每逢闪电之夜，街坊乡亲们就会遇见他的母亲，她逢人就打听，她的儿子到底结婚了没有。这些传言几近荒唐，他当然不肯相信，但是，说的人实在太多了，几次酒后，他悲从中来，买了机票飞回老家，桑树林，汽车站，榨油坊，已经破败的家中——这些传说母亲会出现的地方，他都找过，也都等过，但是，他再也不曾见过她。

我大致明白了他为什么不肯讲鬼故事，和他一样，我也几乎不讲鬼故事，其中缘由，与我的一位远房亲戚有关，说起来，我该叫她姑姑，她的死，算得上是一场横祸：夫妻二人渡汉江的时候，她竟落水而死，我的姑父呼天抢地，也只能眼睁睁看着她被湍流席卷而去，遗体都没找到。但是，出乎所有人的意料，死亡并未将他们分开，在姑父的视界里，乃至是在他的余生中，她并未走远，只是化作鬼魂，重新又回到了自己身边。

谷禾苗韭，春种秋收，我的姑姑和姑父一直在一起。在姑父的叙述中，他的妻子几乎无处不在：田埂上，集市里，喝醉后，生病中，她都能被他轻易看见，有的时候他们互相说话，有时候又相顾无言，如此一来，我的姑姑便成了方圆几十里最著名的鬼魂。关于她的种种传说越来越耸动，但最耸动的仍然出自于姑父之口——有一天，他湿漉漉地回家，痛哭着告诉儿女，刚才，他也在汉江里失足落水了，生死交限之时，已有厉鬼缠身，拖着他前往地府，幽冥之中，他们的母亲突然出现，声嘶力竭，喝退了那些厉鬼，他才得以返回阳间，只是，他们的母亲跟他说，自己投生的时刻就要到了，此后再也不会与他相见了。

说来也怪，自此之后，尽管关于姑姑的传说从未止息，但我的姑父却闭口再也不提了，就如同他相信妻子在死后仍然和他共度了十年一样，一直到他自己死去之前，他都相信妻子已经重新投生了，全然如同相信一个菩萨指示的真理。

有了姑姑打底，我的确就像一条漏网之鱼，逃过了几乎所有鬼故事的骇怖，反倒时常觉得那些鬼魂可亲。花鸟江湖，亭台莽棘，鬼故事里一点都没少，幽魂弄清影，何似在人间，更何况，因为这是故事，我甚至觉得，那个静止和断绝的阳间尘世，在鬼故事里一点点得到了伸展，阴阳混淆之后，沉重肉身，虚空情欲，都结出了秘密和不可言传之花。

为此故，大多的幽冥志怪文字都不合我的心意，《玉历宝钞》里，所有鬼魂的居所都形同炼狱；《夷坚丁志》里，鬼魂返回阳间行骗，为的只是吃一顿饱饭；《搜神记》里更说，如果有人饮酒时杯中之酒无故减少，那多半就是有鬼在偷喝。幸亏还有《聊斋志异》，还有《搜神后记》——为了报恩，《聊斋志异》里的叶生漂泊半生，却浑不知自己早已死去多年；《搜神后记》里，死于激流的乐妓在无数朝代更替之后仍然苦守江底，为的是提醒过往船只不要在此罹难。我得说，这才是合我心意的幽冥地界，兄友弟恭，父慈子孝，一样都不曾少，彼处浑如此间，劫波渡尽始成人，因缘具足便相逢。

说起来，类似《聊斋志异》里叶生式的故事，我也听闻过一回。那是在云南的一个小村庄，阴差阳错，我前来此地寓居写作，投宿在一间废弃的旧屋里，没过几天，便发起了高烧，又全身战栗，几近于伤寒，辗转去几十里外的小诊所看了好几次，却总也不好。正当不知如何是好的时候，有乡亲前来，指点我去山脚下的一座坟墓前烧香，说是只要如此我就能痊愈，我当然迷惑不解，来人也是好心，便对我说起了民国年间眼前这间旧屋里发生过的鬼故事。

却原来，这间旧屋的主人，曾是一个戏班的乐师，跟随班主拉了二十年琴，虽说一直独身一人，但幸蒙班主照顾，二十年走街串巷，至少没有饿死；有一回，戏班过境去缅甸演出，因为琴拉得好，被当地军阀看中，意欲强留下他，为了能够将他带回云南，演出结束之后，班主没有走，反倒也留下来，就在军阀家中做苦工，为的是等着他释放的那一天，过了两年，缅甸起了内乱，这个军阀被流弹打死，他们二人才算回到了云南各自的家。

云南也是乱世，班主久未归家，家中已近断炊，为了讨一口饭吃，班主只好重新组班，于是前来找乐师再度入班，不料，乐师自缅甸回来即身染沉疴，躺在床上无法起身已经有一段时日了，但是尽管如此，乐师还是慨然允诺，挣扎着起身，自此追随班主又十年，步履所及，远至南洋，直到班主故去，他才又回到了这个天远地偏的小村庄。

当乐师回到村庄，迎接他的，竟然是所有人的惊恐，只要有人看见他，立即便吓得落荒而逃，他惘然四顾，不知所以，终是非要找人询问缘由不可，这一问，巨大的惊恐却留给了他自己——早在十年之前，他就已经亡故了，十年间追随班主在外游荡的，不是他的肉身，却仅仅是他的魂魄。乐师当然不信，三天三夜，想尽办法问遍了所有人，直到当年帮他下葬的人将他带到自己的坟前，他才哀号着遁入山林，自此消失了踪影。

可是，从民国至现在，乐师的魂魄却时常作祟，经常在半路上拦住人，要人答他是人是鬼，如果答作是人，他才欣喜离去，如有不知情者答得不对，多半都会被他施以病灾，这一回，我虽然没有被他拦路截住，但毕竟是投宿在他的旧居，这无故的病灾只怕与他少不了干系。

听完旧居往事，我当然买了纸钱香烛，在乐师的坟头焚烧一尽，说来也是奇怪，没过两天，发烧与战栗全都不治而愈，于是，我便再携纸钱香烛前去，在那坟前小坐的时候，我心里竟全无嗔怨，倒满是恻隐：作魔作障，终是离乡之愁；缱绻不去，也无非是惊诧于人之不能为人，而做人尚且还未做够。要我说，这一点贪恋在人间也是正道，唯愿他在现在的居处告别流落，娶妻生子，错过所有的乱世。

人鬼殊途，但都怕流离失所，如果阳间是故乡，奈何桥上，剥衣亭中，孟婆店外，簇拥再多魂魄也是不触犯律条的吧？唐人所著之《会昌解颐录》里记载：有一荒山野湖，湖中有鬼终日啼哭，有胆大者偷偷聆听，这才得知，因为湖中已经数百年无人沉溺，按照律条，既然无人替代，他便不能投生，然而时间太久了，录鬼簿上已经找不到他的名字，阳间又无人为他祭祀，他真正成了孤魂野鬼，念及阳间，念及命运，他又如何能不号啕？

志怪文字读多了，我便偶尔堕入空想：在那伸手不见五指之处，鬼魂们如何想象自己的阳间故乡？是荆州之于刘备，还是雷音寺之于唐三藏？如此之念并非是我的空穴来风，而是稍加留心，便能从如麻轶事里读到太多鬼魂们的尘世贪恋：欧阳修过沔城，四野里空寂无人，却凭空传来歌哭，打听之下，才发现他路过的正好是一片旧战场；嘉庆年间的秦淮河，每到夜半三更，灯火灭尽，声色止息，便有凄凉的越调从石桥底下传出，据说，清军入关时曾在此地将诸多歌妓沉杀于秦淮河中，清朝已是中叶，她们还在唱明朝的歌。

如此，便需要祭奠，唐朝开元年间，有人在河边遇见一具骸骨，心生悲悯，投之以食，刚要离开，有声音破空而来，说的竟是惭愧与感谢。千百年来，如此悲悯从未停止风沙星辰里的运转，终成两个节日，清明与七月半，虽没有除夕盛大，人们过起来却也动情和专心，要我说，这两个日子就像是两封信：我这边尚且安好，你那里又当如何？又像是几杯薄酒，我已一饮而尽，你也大可不醉不归，做人做鬼，终归需要一点生趣，若不如此，做人的如何做人，做鬼的如何做鬼？若不如此，如何能够说明，尽管阴阳相隔，但我们全都端坐一道名叫死亡的筵席上？

在湘西，一个巫风甚盛的小镇子上，七月十六这天，我赶上过一回祭鬼仪式。

小镇子上的鬼故事是这样的——此地因为处于苗疆与汉地之间，历代都多生刀兵之祸，冤魂多了，难免扰人，所以，每年七月十六，便要在镇上的城隍庙祭鬼，为何是七月十六呢？因为前一天是七月半，鬼门大开，魂魄们探亲的探亲，访友的访友，这是不能破坏的规矩，但是，却有一些魂魄，或蜷缩或游荡，就此流连不去，这便坏了规矩，就要驱除，就要在七月十六这天，送他们去往他们该去的地方，所以，这里的祭鬼，其实是驱鬼。

不知是否因为巫风过盛，我刚来小镇没几天，便听说了好几桩鬼魂扰人之事。有一桩是说，镇上医院门口的大钟，早已朽坏多年，这几天却无故响了起来，每当响起来，就算没有风，大钟下边的树叶和别的碎屑也会莫名飘动起来，必定是鬼魂们正聚集于此；另一桩，发生在一间酒铺前，每每夜半时分，就有人在虚空里大喊着要买酒，店主和周围的邻居循声出来，却从未看见一丝半点的人影，这便是鬼了，乡亲们个个说起来都言之凿凿，有的甚至径直问我看见了鬼没有，我当然摇头。他们便一再对我说起真相：镇子上不仅有鬼，而且还不少，入夜之前贴着墙脚往城隍庙里走的都是，不过不要紧，新魂与旧魄，每一个都能在七月十六这天被主事的道士辨认出来。

果然，七月十六的晚上，新魂旧魄们的名字都被写在了黄纸上，每一张黄纸前，都点着一盏油灯，灯盏们在祭案上一字排开，明明灭灭，如果哪盏灯灭得早，便说明这盏灯的主人已经清醒了，认命了：人间虽好，终非久留之地，今日离开，为的是明年再来；更多的灯却还没有灭，一盏盏的，有的像是在赖床，有的像是坐在车站的长椅上迟迟不愿意上车，如此，道士们便开始了作法——爆竹轰鸣，钟馗像高悬半空，祭案边散落着锦鸡剪纸，道士们的口中念念有词，无一样不是传说中让厉鬼遁逃的物事。

于是，更多的魂魄们认命了，灯盏渐次熄灭，只剩下寥寥几盏还亮着，其中一盏燃烧得最为明亮，据说，它背后的亡灵在生前也最是不堪：一个七岁的小女孩，母亲在她一岁时亡故，而父亲为了一点生计也只好常年在外打工，突有一天，她给自己生火做饭的时候，被烈火烧死在了厨房里。

到了最后，除了这最明亮的一盏，别的灯火全都熄灭了，道士们便请来了桃木剑，和所有人想的一样，这最后的利器一旦亮出，火苗忽闪了两回，顿时变得黯淡，须臾之间便要灭尽，可是，就在最后的要害之时，突然，一声痛哭传来，桃木剑被凭空里伸出的一只手抢夺过去，扔进了夜空，在场的人定睛看去，却原来，扔走桃木剑的是一个满身泥泞的年轻人，胡子拉碴，肩上还扛着行李，全然是出了远门归来的样子，他痛哭着，穿过道士们，紧紧地、不要命地护住了那盏将要熄灭的灯盏。

不用说，他便是那死去女孩的父亲。

接下来，不断有人上前去劝说年轻的父亲，告诉他，人间也有枉死城，人间也有鬼门关，他应当放下灯盏，让亡灵一路好走。可是，年轻的父亲却不发一语，自顾自地抱住灯盏，自顾自地痛哭，几个远亲也走上前，像是要把灯盏抢过来，不料，年轻的父亲竟突然推开了众人，护住火苗，发足狂奔起来。其实，并没有什么人在他身后追赶，但他却陷入了巨大的癫狂之中，一边呼喊，一边惊慌失措，没过多久，他便跌入了城隍庙门前的河流，幸亏这条河并不深，他踉跄着从河水中站起身，一步步往前走，灯盏被他高高举在头顶上，虽说河面上有风，但灯火却一直都没有灭。

必须承认，站在围观者的队伍里，我几欲泪下：这世界上哪有什么空穴来风的鬼故事？哪一桩鬼故事里没有站满尘世中的伤心之人？那些月夜迷途和旷野奇遇，那些荒村作魔与孤城作障，说到底，他们都是未及流出的泪水，只不过更换了凛冽的面目，像银针扎身，像烈焰入口，为的是让活着的人相信，人鬼同途，地府与阳间本是一场生涯的两般面目，我们仍然活在对方的咫尺之内，仍然可以继续亲爱、争吵和比翼双飞——你看那河水中的父亲，就算已经从癫狂里苏醒过来，依然还是将灯盏高高举过了头顶，一步步，小心翼翼往前走，就像是，天地之间再无旁人，唯有他和他的女儿行走在无人之境。

旷野上的祭文

这一日，恰恰是春分，我回了故乡，去给死去的亲人们迁坟。时间刚过正午，天光却是晦暗扩散开去后的死寂，我出了村子，朝着埋葬亲人们的山冈上走过去，时令虽是春分，真正的春天却远远没有到来：漫天的西风呼啸着刮过旷野，几丛枯草被卷上了半空，眼前的作物们都被蒙上了一层薄薄的白霜，矮小，不蒙垂怜，看上去，就像一个个垂死的少年。

穿过一片收割后的稻田，远远地，我便看见了一条狗，我以为那是条野狗，哪知不是，看见我走近了，它先是跑远，又再跑回来，却只围绕着它身边的一堆坟土打转，与我偶尔地对望，竟然以它小心翼翼地避开而告终，当我确切地走到它的身边，它只是低低地哀鸣了一声，仿佛它正深陷于不幸之中，而我，也许是可以懂得它之不幸的人。

事实也是如此：当我看清楚墓碑上的名字，转瞬间，我便懂得了它。埋在坟土中的那个人，这条狗的主人，竟然已经死了。从来没有人告诉我他的死讯，一如我相信，从来不会有任何一个别人向他人转述他的死讯。他的坟地上好歹也栽着一块墓碑，但碑角却没有一个落款，看起来，就像崩裂四散的坟丘一样潦草；显然，他的死就如同他的生——每个人都看见他了，但没有人去听他的动静；他一直都在我们中间，他又一直都不在我们中间。如果非要在他的墓碑上刻下一个亲人的落款，那恐怕只能刻上眼前这条狗的名字。倒是不奇怪，所谓尘世凶险，所谓生死森严，人人都活在自己的光景里，更何况，人人的光景里都埋伏着七重九重的刀兵，总在对付，总在对付不完。

也是凑巧，帮我迁坟的人迟迟不来，茫茫旷野上，徒剩一人一狗，然而，那条狗要陪伴的，却是已经死去的人；仿佛墓中的躯体有了知觉，哀求地底的根枝钻出了地面，如果定睛看，坟丘上遍布的蒺藜中间，竟然长出了一小截柳树，更小的树枝上，几枝嫩芽正在蠢蠢欲动，那条狗便不时凑过去，想要伸出舌头去舔，可是，每到舌头凑近之时，又怯怯地收了回来，它就像是生怕惊扰了它们。

这眼前景象竟然在刹那之间让我激动难言：虽说多年来我出门在外，可是在我和墓中人的各自生涯里，终究有过不少相逢交集之处，也许，我该掏出随身的纸笔，寻一处稍微避风的地方，为他写下只言片语，烧在他的墓前，就当作是一篇不为人知的祭文？是啊，这祭文当然是无用的，就像坟墓前的狗一般无用，就像蒺藜丛中的柳树芽一般无用，可是，在这满目世界，有用的东西太多了，无用便理当存在，应该让那些微小的无用，像刀刃和火焰一样生出幽光，仅存一息，也要在绵延不绝的有用里说上一句：我们一直都在。

多少有几分荒唐，但事情就这么发生了：西风呼啸的下午，我背靠着坟头，掏出纸笔，躲在一块残损的墓碑之后展开了追忆，苦思冥想，一字一句，当然，得再说一次：这一字一句，就算写得再多，放在这广大尘世里，终究都是无用的东西——

先说他的腿。他有一条跛腿，然而，在他二十岁出头的某一年里，他却抢到了绣球。此地的婚礼，每回临近结束之际，新郎都要向光棍们扔出一只绣球，就像西式婚礼上新娘砸出的花环，捡到绣球的人便就此沾吉，被视作讨到了彩头，弄不好，他便成了此地的下一个新郎。这一回，不偏不巧地，绣球砸在了他身上，他简直不敢相信自己的眼睛，但也知道立即起身，怀抱绣球狂奔，以此逃避众多光棍们的追赶，可是，谁叫他是个跛子呢？没跑开两步，他便被光棍们赶上，齐齐将他压在了身下，待光棍们起身继续往前，他已几乎衣不遮体，纽扣上却卡着一朵绣球上掉下来的假花。他下意识地追上去，却又讪讪地退了回来，仿佛突然想起来：他从来就未获得过和那些人一起追逐的机会。在这短暂的瞬间里，他的脸上一直在笑着，终究还是不舍，不管不顾地追了上去，因为这突然的欢乐过于巨大，他一边奔跑，一边也像他人般发出了激动，甚至是张狂的呼喊。

那时的我年岁尚幼，尽管如此我也可以看出，他从来没奢望过那只绣球被自己占为己有，他只是迷恋上了追逐的欢乐，而欢乐总是像他的那条跛腿一样短暂：没过多久，他便从人群里被扔了出来，他再钻进去，又被扔出来，如此反复多次之后，他终于重归了属于自己的命运之中——在离光棍们稍远的地方，他拖着跛腿来回奔走，身体一高一低，光棍们往东，他便也往东，光棍们往西，他便也往西，一边打着手势为光棍们叫喊，一边又没忘记羞惭，回头对着看见他的人讪笑，手势终于变得勉强，却始终没有就此放弃，这样也好，这样好歹可以证明，面对这巨大的欢乐，他并没有置身事外。

这提心吊胆的欢乐，竟然毁于一匹疯马：光棍们的追逐击打，惊扰了马厩中的一匹枣红马，这匹马突然变得疯狂，朝人群冲撞过去，人群四散，他却不好闪躲，也只有拖着一条跛腿，生硬地躲避着马匹，人群在哄笑，他也只好笑，这笑又有几分发自肺腑——所有人都在盯着他看，这大概是他从来想都不敢想的事。他可能都快忘了自己是个跛子的时候，马匹终于对准了他，硬生生地撞了过来，在众人的惊呼声中，他仰面倒在了地上，一转眼的时间，疯马咆哮着远去了，他随即坐起身来，愣怔地看着眼前众人，似乎是恍若隔世，脸上却流了一脸的血，他照旧还在笑，笑着笑着，却又哭了起来。

人世消磨，他的哭泣当然不止仅此一回。时隔多年之后，他已经变作了头发花白的中年人，我又目睹过一回他的哭。

那是在一场葬礼上。死者是他的远房姑妈，偶尔会给他送来点吃的，无非是几个鸡蛋、几个西红柿和南瓜之类，在他父母死后的几十年里，这位远房姑妈，大概是唯一会想起他的人，但是，却没有人通知他远房姑妈的死讯，这也不奇怪，说不定，就算远房姑妈的儿女，也并不知道他们的母亲曾经去偷偷地看望过他，是啊，偷偷地，在这穷乡僻壤，贫困一点点挤干了人们身体里勉强动情的部分，那些火苗一样稍纵即逝的好，只能偷偷地。

终究他还是知道了远房姑妈死去的消息，于是做贼似的前来，蹑手蹑脚地置身在了吊丧的人群中间，他显然知道自己今时今日姓甚名谁：伴随光阴的流转和他年岁的加深，无可挽回地，他越来越被视作一个不祥之兆，没有妻子，没有孩子，没有牛马，没有不打补丁的衣裳，他当然被人群和田野所不齿——别人种地，他也种地，可就是这么怪，他每一年的收成都远远不如别人。从前，当他打人前经过，还有人对他指指点点，到了后来，指指点点也没有了，他就像是一棵树，又或沟渠边的一蓬乱草，长在那里，站在那里，但是没有人会去专门看他一眼，唯有幼童或牲畜撞上了他，幼童的父母和牲畜的主人才会呵斥着走上前来，就好像，他的身体里埋藏着理所当然的不洁和污秽。

所以，在远房姑妈的葬礼上，他一时躲在厢房的拐角，一时藏在院子里那棵梧桐树的后面，苦挨着时间，指望着葬礼赶紧开始，他好夹杂在人流中靠近灵柩，去哭，去三拜九叩，可是，这一回，他还是没有如愿：被姑妈的儿女看见之后，他们不由分说地赶走了他，在离开之前，他跛着腿，围着梧桐树打转，不断告诉他们，其实，他和他们是亲戚，但是没有用，他们的怒吼还没持续多久，他就落荒而逃了。

然而他没有走，我看见，他就站在屋后的田埂上，稍后，可能是怕被人发现，又卧倒在了田埂边的沟渠里，这样，当屋内的哀乐响起，他便隐约也可以听见，便能和吊丧的人们一起三拜九叩，唯一的不同，是他们跪在灵柩前，而他跪在沟渠里。屋子里的人哭，他也哭，一开始，他哭得并不剧烈，没过多久，天知道他想起了什么，竟然不再跪了，而是就此翻倒在沟渠里，蜷缩着身体，咬紧了牙关去哭，我能看得见他的身体战栗不止，右手还死命攥着一把土，就像是攥着几个过去年月里的鸡蛋、西红柿和南瓜。殊不料，他哭得忘记了周边的时候，出殡的队伍走出了院门，向着他所在的方向过来了，我也在出殡的队伍里，一心以为他会被人看见，哪知道，就算哭得多么剧烈，他也蜷缩得好好的，始终不露半点痕迹；队伍走远之后，我转身回望过去，他仍然没有现身，在他的藏身之处，只有几片刚刚撒出去的纸钱在上下翻飞。

也许，我该为他作证：他不光没有不洁和污秽，相反，他甚至是个洁净的人。有一年，村子里请了戏班来唱戏，我恰好回乡，也去看了，正好坐在他的身边，他似乎想跟我说几句话，末了也没有说出来，我反倒闻见了他身上好闻的洗发精味道，再看他全身上下破烂却整齐的衣衫，心里一动，当即便想告诉坐在身边的其他旁人：他不光没有不洁和污秽，相反，你们认识那种砸锅卖铁也要把自己收拾得干干净净的人吗？他就是啊！可是，我终究没有去告诉旁人——“生活”一词，多半是“惯性”二字作祟，现在，在“惯性”作祟的时刻，我却并没有抽身而起，说到底，如果戏台下的众人是他的迷障，而我，也是迷障中的一分子。

我和他认真地攀谈过，不知何故，无论我说了多少，他却总是不接话，那是在我返乡的长途客车上，出乎意料地，他竟然也出了趟远门，此刻正要回家，我和人换了座位，坐到他旁边，再找他问东问西，他却兀自一个劲地点头，再不说多余的话。还要过几年，我才偶然从他自己的嘴巴里得知，这回出远门，他是去看望一个女人，结果却阴差阳错地被关进了派出所。

我还记得那天我是和他一起走回了村子，春天，满目的油菜花都开了，蜜蜂们一直在身前缭绕不去，他突然停下步子，对我说："……还是你们好。"

"还是你们好"——是啊，我们一直都比他好，我们有妻子，有孩子，有牛马，有不打补丁的衣裳，他则不是，哪怕有过一个女人来到他的身边，到头来，那女人终究还是别人的妻子。

那个女人来自邻县，是个疯子，有一回疯病发作，扒上过路的货车，竟然流落到了此地，和他一样，寄居在油菜地边上的一口废窑里，没人知道他们是否有过肌肤之亲，反正他们两个人都很少进村，如果不是那女人经常在光天化日之下狂奔呼号，逼迫得他只好吃力地跟在后面追来追去，只怕没人知道村子里多出来了一个女人。所以，当那女人的丈夫辛苦找来此地，看见的却是她只认跛腿的他做丈夫时，难免怒火中烧，立即施予了暴打，虽说旁边也零散聚了几个村子里的人，但是，没人知道事情的原委，也就没人阻止这场暴打，只是听着他一遍一遍地诉说，他说：自始至终，他都只是送给了她一点衣被和吃喝，他和她，是干净的。

事情到此并未结束。第二年，农历新年刚过，他卖了收成，买了几件女人的衣服，坐车去了邻县，他想去看看那个疯女人。结果，等他辛苦地打听到她，找上门去，迎接他的，却是一场崭新的暴打，鬼使神差地，他还被送进了当地的一家派出所。不巧的是，当地正在发大水，一条大河正在临近破堤，他被关进派出所里的一间屋子之后，警察们锁了门，全都上了河堤去抗洪，整整四天半，他们忘记了他，等到洪水止住，警察们回到派出所，他早已经饿得奄奄一息了。

“这是命！”——好几年过去了，那难以言传的四天半，一直安静地待在他的体内，从来无人知晓，突然有一天，一场雪后，他变作了另外一个人，脸上挂着红晕，双目炯炯，散发出异常的热情，他再也不羞怯了，见人就说话，不管是谁，他都要拉扯住，再说起他那被人遗忘的四天半，他说自己的事，就像是在说别人的事，语气中，多少夹带着挖苦。尽管如此，也没人愿意听他说，一个个的，全都逃脱了他的拉扯，他也不恼怒，走了一个，他就再换一个，说到最后，他总归都会叹息一声：“这是命！”

我也被他拉扯过，甚至足足听他讲了好几遍，我大致明白他：那四天半，是他迄今为止遭遇过最大的惊骇，这惊骇于他而言，远远大过他对这眼前世界的全部想象，他害怕它们，就将它们藏起来了，可是，只要有藏不住的时候，它们就会摄他的魂，乃至要他的命，所以，他唯有大着胆子，打碎从前的心肺和肝胆，再说出它们，才有可能将那河水般的惊骇赶出自己的体内。只是他不知道：就算有人停下步子，听他说了几十遍，终究还是无济于事，他脸上的红晕和眼睛里散出的光都在说明，他离疯掉已经只剩下一步之遥了。

如果就此彻底疯掉，他应当会成为此地最广为人知的存在，一个疯子，无论如何都会比一个跛子更加著名，可事实上，他并没有，在其后多年里，他时而发疯，时而不疯，但有一桩事情，不管疯与不疯，他都保持着惊人的一致，那就是：呵斥与驱赶，他始终都听得进去，它们一直都是它的亲人。

即使是被人赶出寄身之地的时候，他也丝毫未作抗辩。这年冬天，先是下了很大的雪，之后，收购了窑厂的人就来了。如无意外，这一场雪后，停产多年的窑厂就要重新复工，于他而言，却是不能再在这里住下去了。在此之前，窑厂的买家已经来了好几次，警告他，赶紧搬走，否则，他们便要亲自动手了。每一回，他似乎都听进去了，又像是没听进去，别人一旦说话，他就只管笑着点头，到了买家前来准备复工的时候，他还没有搬走，不用说，最后的结果，是他的全部家当都被扔出了窑外。

据说，在那艰险要命的关口上，他没有呼喊，也没有推搡，竟然还是一直在笑，家当们散落在雪地里，他看上去也全然没有舍不得，可能是双脚受了冻，他就站在人群里，小心翼翼地原地踏着步，只要有人看他一眼，他便又赶紧将步子停了下来，实在是：疯和不疯，他都是清醒的，如果他的一生也有功业，那便是用满脸的笑和全身的无用持续证明着自己的清醒。到了最后，家当们都扔在雪地里了，窑厂买家带领的人群也离开了，他却没有弯下腰去拾捡家当，而是跟着他们信步往前走，等到他们走远了，旷野上便只剩下了他一个人。

那个冬天，我在村子里写作，听说他被赶出窑厂的消息，便动了念头，想要去寻他，待我走上一座山冈，却只看见他化作了漫漫旷野上的一个黑点：他已经走得太远了，但他似乎还要一直走下去。世间万物，迟早都逃不脱一个定数：离开了窑厂，他总归会找到一个新的住处，再过些时间，他甚至会收养一条狗，这条狗会见证他所剩无几的时间，也将见证一小截柳树是如何长在了他的坟头。然而此刻的雪幕里，他还在继续朝前走，唯有天知道他打算走到哪里，渐渐地，雪幕只差一步便要将他彻底笼罩，他马上就将迎来消失，这明明白白的消失，酷似一个正在发生的寓言：

那白茫茫里的一个黑点，不仅仅是一个人，他其实是所有人，一边往前走，一边走投无路，忽然情欲悲怨，忽然稼穑劳苦，路过了三千里五千里，终究是人人都站在了死亡的门口。

——终于，我说到了死。至此，我墓中的弟兄，我已经写下了对你的全部追忆。你看，远远的，帮我迁坟的人总算出现在了半里开外的地方，这篇潦草的祭文便也来到了它的结束之处，如前所说，这旷野上的祭文不为人知，但它为你的狗知，为满天西风与你坟头的一小截柳树所知，我便不至当它百无一用。所谓生死有命，接下来，我要去迁坟，你且去投生，只是你的狗还要独自苦挨这大风四起的黄昏光阴；说起来，这祭文里还有一句要紧的话来不及写下，不过没关系，我一边去迁坟，一边再慢慢地说给你听。

那要紧的一句，我还非得要说给你听不可，那就是：如果再世为人，就算又拖着一条残腿，你其实也可以这样活——与闪躲为敌，与奔逃为敌，把一切欲言又止之时拽到你的身前，再将它们碎尸万段，当然要像树木和草丛一样安静，但也不要忘了，在一切你打算踏足的地方，你都要先闯进去再说，管它山海关还是娘子关，这都是非过不可的五关，过了五关，再斩六将，斩杀奔马前的讪笑，斩杀幽闭中的惊恐，你管它们是银枪将还是白袍将，哪怕心如死灰，你也要斗胆上前，与它们大战三百回合，不是你死，便是他亡，如此一来，纵然落不得一个全尸，你也算是在你踏足之地打下了木桩，像拴住牛马一样，先拴住了你的人，又拴住了你说过的那些话，如此走一遭人世，众生抑或众神，你的歌声与哀声，他们才算作是彼此遭逢，又彼此验证；最后，切切不要忘了那条狗，它可能是你在上一世里唯一得到的爱，愿你再世为人之时，更早一点找到它，收养它，不，不仅仅是它，你要更早一点找到更多，一个人，一盏灯火，一间不被驱逐出去的房子，因为它们不是别的，它们正是人之为人的路线图和纪念碑，它们正是你的双手和跛足，乃至全身上下从未触碰过的爱。

我墓中的弟兄，记住我说的话：那些你要找的东西，一旦找到，你就要赶紧吃下去。

我墓中的弟兄，言尽于此，后会有期。白纸黑字，伏惟尚飨；前生后世，伏惟尚飨。

临终记

抵达之时，天色已近黄昏，我在昏暝中上山，满山都是飘飞的纸钱，在纷散的纸钱之间，夹杂着一簇一簇的小小火焰，此行我是来上坟，此行却是两个人的尘世终点。当我在祖父的坟前站定，往山下看：磷肥厂的滚滚浓烟掠过青葱田野奔入天际，大小矿洞里的挖掘机轰鸣作响，近在眼前的地方，每一座坟墓上都在响着欢快的儿歌——满山的往生者都需要原谅：这些年，做纸活的艺人已不多见，亲人们再也送不来纸糊的灯笼，只好用玩具店里的塑料灯笼代替。实在是：人生如寄，山东山西。

亲爱的祖父，去年此时，你我二人，推杯换盏，把酒言欢；今年再来，山顶徒增青坟一座，坟前已有野花几朵，此中情境，恰似我过去听过的边地山曲："山在水在石头在，人家都在你不在。"

此次前来，我有两事向你禀告，一件是：大河改道，涌入我们镇子的小河中，这条早已干涸的河流，竟死灰复燃，日夜咆哮，远远看去，像是一头暴怒的狮子。这第二件，说来也简单：我还是老样子，原地踏步，且越来越不以为耻，哪里像你，在临终之前的半个月里，不分昼夜地给自己备下好菜好酒，端的是大快朵颐，我问你是为何，你告诉我，从来只欠一吃，从来不欠一死。

只是看起来，指日之间，我仍然无法成为你希望的那个人，若是你来问我所为何故，我也恐怕只好用来时车上听到的歌回答："天才不够天才，坏又不够坏，天天都想离开，却不知道到哪里才能换骨脱胎。"

只说当初，紧赶慢赶，我还是未能赶上你的临终时刻，但是，既然在场的人已经再三描述，我也自当烂熟于心。是夜三更时分，你从一场昏迷中苏醒过来，知道大限已近，既没有眼泪，也没有叫喊，只是平静地告诉大家："我看到了好多鬼。"

天知道你是不是真的看见了好多鬼，真实也好，幻觉也罢，总之在场的人爱莫能助，只能眼睁睁地看着你自己承担自己的最后命运，"好多鬼啊，有的在拎我的包，有的在拽我的衣服，"你继续说着，突然，你对床前众人吼叫起来，微弱，却是一如既往的说一不二："都走，你们都走！我来对付它们！"

仅仅只为不违拂你的旨意而非其他，床前众人诺诺而退，退出房间，只在门口站了两三分钟，立即推门而入，而你已驾鹤西去，那句突然喊出的命令，成了你在人间说过所有话中的最后一句。

如果在天有灵，你大概已经知道，你临终前的棒喝，一直在亲朋故交中间流传，几乎成为一个小传奇，却在莫名其妙地压迫着我。如你所知，活着并不比死去容易，这些年，我读了那么多的书，写了那么多的字，眼见得的形迹可疑，日复一日顾左右而言他，并且笃信那些想象中的“真理”：“在他们中间，即使有一位把我拥到他胸前，我也将在他那更强大的存在的力量中消失。”

这是里尔克的诗歌，还有更多人的更多诗，对于他们，我心服口服，可是，我为什么会心服口服？为什么在他们开口之前我便闭上了嘴巴？在许多时刻，它们其实是魔障，鳞次栉比，横亘于前，阻断了我用遭遇通往它们的道路，而《碧岩录》上却记载着这么一段——释迦老子，初生下来，一手指天，一手指地，目顾四方云：“天上天下，唯我独尊。”云门道：“我当时若见，一棒打杀与狗子吃却，贵图天下太平。”

亲爱的祖父，话说到此，你该大致明白我的意思，我其实是想说：幻觉里的鬼，还有现实中的死，当他们前后到来，你不是别人，先是远在天边近在眼前的里尔克，将消失视为前提，而后变作手执打狗棒的云门和尚，发了金刚之怒，生出来的，却是伸手可及的慈悲，我妄自揣测：定有一种物事，它在指引你，抬头见喜，出门遇佛，即使只剩下垂危的肉身，也照样不被魔障笼罩，我在找它，你能否告诉我，它在哪里，又到底是谁？

天色已然黑定，你我二人，别不多叙，你自然知道，我还要继续往前，下了这座山，步行数里，上得另一座山去，不到山顶，就在山脚底下绵延开去的灌木丛边，那里便有姑妈的坟。在姑妈的坟前念诗是多么矫情啊，可我还是想起了伊丽莎白·毕肖普的句子："秋分时节的眼泪，还有打在屋顶上的雨珠，两样东西都被历书所预言，但只有做祖母的才明白。"

不为别的，因为父亲跟她长大，她是他的姐姐和母亲，我也跟她长大，她是我的姑妈和祖母。父亲和我，一生中，我们要爱上许多人，譬如我们对方，譬如他的孙女，我的女儿。可是有一件事情，早已命中注定：我们最初的爱，都源自于埋葬在眼前这座坟墓里的女人。

坟墓里的这个女人，五岁丧父，九岁丧母，东家做牛，西家做马，在被祖父收养之前，她已经赤着双脚度过了好几个冬天。年岁稍长，早早婚配，生下大堆儿女，各自苦度艰难，如此岁岁年年。

四十多岁，她便有了自己的长孙，几年之后，这个长孙触上高压线，总算挽回一条命，但也被迫截了肢，一夜之间，她的头发，全都白了，也就是在那天，我自从懂事以来，看到了她的第一次哭泣。

说起她的一生，无非是几件对襟蓝褂、一身做菜的好手艺和周边村镇人尽皆知的菩萨心肠：那些修伞的补锅的外乡人，凡是遇见她，有谁没吃过她烧的饭菜？然而，与这菩萨心肠匹配的，并不是十里八乡的熟络，却是巨大的、终其一生的沉默。

不管是我，还是众多乡邻，只要想起她，扑面的印象，便是她的几乎从不说话。几十年中，她的脸上总是有笑意，除了这笑意，就连哭泣，她也全都放在身体里，从不拿出来。所以，在她弥留之际，我冒着弥天大雪回乡，走到她床边，当她开口，仅仅一句，我便如遭电击。

当她看清眼前站着的人是我，竟然放声大哭，她哭着说："我的儿啊，你回来看我了！"

她这一生，从未用过这样的口气说话，原来，她也能够这么说话！当她说完，闭上眼睛喘气，不光只有我，屋子里的所有人，全都惊呆了，一阵短暂的慌乱与沉默之后，所有的人都哭了。

在过去的光阴里，人人都知道她心里藏着苦，不止一点一点，而是一片一片乃至一座一座的苦，为了她好，我们都忘了，只道是，此恨人人有，贫贱百事哀；全然不曾料想，那一片一片，一座一座，全都还在，她只是为了我们好，便当作自己忘了，唯有到了与人世告别的此刻，她才不小心露出了破绽。

在破绽的背后，是她赤脚的少年和寡居的中年，是再三的难产和多少言语的无用，是笃信各路菩萨，却没有菩萨能回报她一朵莲花；这些，这一切，有一个共同的名字，他们的名字叫姑妈。

那天下午，我的姑妈，接连哭泣，到了晚上，她突然说想吃葡萄——为什么，这个世界上的姑妈，都是行将离开人世才说自己想吃葡萄？

我和堂兄，骑着摩托车，马不停蹄，连夜赶往县城买葡萄，我知道，她若是能见到外面的弥天大雪，定然又会缄口不言。谢天谢地，我们在县城里买到了葡萄，回来的路上，雪越来越大，山路泥泞，几乎中断，我们只好推着摩托车，一步步朝前行。

雪花扑面的夜里，我怀揣葡萄，跌跌撞撞，却也只好如此安慰自己：如果我不是走在此刻，而是走在姑妈的生涯中，你看这满目大雪，还有陷塌的山路，最后，它们都要归于沉默，非得要撕开它们，度过去，才能从心肺里掏出忍耐与美德。要等到后半夜，等我回到她的床前，才会知道：就在我们出门不久，姑妈就连带她的沉默一起作别了人世。而在山路上的我还浑然不知，只是埋着头作如此想：定有一种物事，它在指引着我们，让我们止于伤心，免于崩溃，即使只剩下垂危的肉身，尚能哭出声来，我一直在找它，姑妈，你能否告诉我，它在哪里，又到底是谁？

紫灯记

离开东京的前一天，连日的重感冒和花粉过敏终于止住了，虽说凉风一吹，我仍然头疼欲裂，但是，为了一桩说不清楚要紧还是不要紧的事，我还是坐上了去府中的电车，电车里人迹稀少，沿途所见也和十五年前并无什么分别：高楼，小店铺，广告牌，奔涌的人流，选举车的噪声，一张一张漠然的脸，满世界的樱花都开得像心如死灰的人正在自杀。

唯有到了府中车站，往外走时，站台上突然想起了《秋樱》的调子，我的心里还是震颤了片刻。

十五年前，我曾经每日里在这车站进出，一草一木无不烂熟于心，所以，一旦在站前的小广场上站定，那些埋伏在身体里的记忆，霎时之间便就全都复活了：往东是绿町，往西是晴见町，更远的地方，还有天神町和分梅町。

我要去的地方，正是分梅町，也不知道算不算矫情：我去那里，是要找一盏灯。

那盏灯，有半人高，悬挂在一座狭小神社的门口，因为是用紫色的油纸包裹，到了晚上，它便通宵散发着紫色的光芒，每逢下雨的晚上，光影在雨雾里散开，弥散了半条街，看上去，就像一场召唤，如此，哪怕隔得远远的，我也总想快跑两步，好去靠近它。

在神社的门口，紫灯照耀之处，有一间电话亭，几乎每隔两三天，我都要去那里给国内打电话，如果下雨或者落雪的夜晚，神社的屋檐下总会三三两两聚着些躲雨躲雪的过路人，过路人里自然也有中国人，这样，我一边打着电话，一边就能听见屋檐下有人说中文，当然也有心上去攀谈几句，但终于还是没有。

——那应该是在圣诞节前后吧？其时，东京虽然没有像往年那样陷入大雪，雨水却是终日不休，下了整整半个月，那天晚上，我从打工的地方回到府中时，已经都快要到了凌晨时分了，终于没能忍住去神社前的电话亭里打个电话，电话却坏了，拨了半天都没拨通，我只好推门而出，颓然离开，却被一个人扑面拦住了。

对方说的是中文，径直告诉我，天气实在太冷了，如果我有钱的话，他想找我讨一点，好去买酒喝。见我不知所以，他又接着告诉我，他知道我是中国人，因为他听见我一直在电话里愤怒地呼喊着“喂喂喂”。

当时，我在东京已近穷途末路，终于下定了回国的决心，只是一直没有凑齐回国的路费，我早在心里对自己说了好多遍：一旦路费凑齐，一分钟也不要停，立即打道回府。

可是，这一晚也不知道怎么了，可能是因为某种莫名的怨怼，可能仅仅只因为同是天涯沦落人，我竟然毫不心疼自己口袋里一点所剩无几的钱，痛快地答应了找我讨钱买酒的人，而且还提议，先去把酒买来，而后，就在此处，两个人一起喝。

他显然没有想到，笑着连声答应，这时候，透过那盏紫灯散出的光晕，我这才看见，他的双眼其实是坏掉的，什么也看不见。我倒是没有多想，只想着赶紧来一场放纵，既然他的眼睛看不见，我就狂奔到了街角还没关门的最后一家小店，掏出所有的钱，全部买了酒。

说起来，还是青春好，手起刀落，不管不顾。

酒买回来，雨也下大了，我们端坐在紫灯之下，一人一瓶，身上也就热烘烘地暖和了起来，有时候，当我抬头望见头顶上的紫灯，竟然生出了今夕何夕之感，甚至怀疑自己不是在异国，而是在故乡的家门口，母亲和方言，都近在咫尺。

多少有些伤感的时候，我便问他所为何来，又何以至此，他其实知道，我是在问他的眼睛，也就如实告诉了我。

原来，他是云南人，早我八年就到了东京，一直没能混好，只好四处给人打工，服务员，看门人，在马路上刷油漆，在车站和学校卖电话卡，这些生计，他全都干过。两年前，他在一家垃圾处理公司打工的时候，从吊车上坠进了一处山丘般的玻璃堆，当即，两只眼睛都被玻璃碴刺瞎了，近几年，他一直在忙着和那家垃圾处理公司打官司，但时至今日，他还没有收到一分钱的赔偿款。

听完了他的出处和来历，除了默不作声，我也不知道说些什么好，终了，还是只能跟他继续干杯。

又迟疑了一会，我问他，还想不想回国，他却让我去看头顶上的灯，然后告诉我，从前，他眼睛还看得见的时候，这里一共有三盏灯，一大两小，看上去，就像一家人，这么多年下来，两盏小的早就不知所终了，只剩下了最大的一盏还在这里。他的情形跟这盏灯差不了多少：国内的妻子带着孩子早就消失了，不管写了多少信也不回，所以，他也就不回去了。

好吧，往事不要再提，且让你我再干一杯。

突然间，他似乎想起了一件什么事情，将酒瓶放到一边，如梦初醒般，热切地告诉我，他其实还有几瓶从云南带来的酒，地底下埋过十年以上，是他这辈子喝过最好的酒，堪比琼浆玉液，他一直舍不得喝，这两年，因为打官司，居无定所，所以，他把这几瓶酒存在一个朋友处，莫不如，就在最近，找个时间，他和我二人将那两瓶好酒喝掉，也算了却了一桩念想。

我当然说好，他便愈加兴奋，不断搓着手，一半是因为穿得少，一半是因为即将到来的一醉方休。

有酒不觉夜长，但酒总有喝光的时候，虽说雨水更加猛烈，可是为了第二天的生计，我终须和陌路上相识的朋友说再见了，临走前，我留了电话给他，又问他是不是住在附近，我可以送他回去，他却笑着并未回应，说来惭愧，哪怕他没地方住，我也没办法帮上他，因为我自己也寄居在别人的方寸之内。

我还记得，当我走到巷子口，回头去看他，在紫灯的照耀下，他静止端坐，就像一个入定的僧人。

而今十五年过去，我又来了，却总是止不住地迷路，越往前走，越发现自己的记忆并不可靠，原来，往西走才是绿町，往东走才是晴见町。每户人家门口的樱花都开得好，所以，每户人家看起来都是一样的，好不容易，越过了几条沟渠与铁路，都已经快要入夜了，我总算到了分梅町的地界，分梅町却也是樱花遍街遍地，那家神社，那盏紫灯，我始终都没找到。

类似的情形，十五年前我曾遇见过一次——那是在我回国的前几天，终日里东奔西走之后，我离凑齐路费已经越来越近了，恰好这时，那个曾经和我一起痛饮的朋友打来了电话，约我再去那盏紫灯之下，将他的琼浆玉液喝完，说来也是怪，那一天，我恰好发了高烧，下了电车就开始跌跌撞撞，站在街上茫然四顾，竟然觉得自己身在九霄云外，怎么也找不到那盏灯，到了后来，实在支撑不住，也就回了自己的寄身之地。

事实上，自从那晚相逢之后，我的朋友，每隔两三天就要约我一回，说是那两瓶酒早就被他从朋友处取回了，现在，只等着我去跟他一饮而尽，可是，我却没有心思，回国的路费已经使我几近癫狂，四处找零工，又在每一个零工里恶狠狠地计算着归期，下了零工，就守在旅行社的外面，盯着电子显示屏上的便宜机票信息，再恶狠狠地渴望着一张可以买得起的便宜机票从天而降。

哪里知道，好运气真的来了，忽有一天，我刚走到旅行社门前，只一眼，便看见一张便宜机票的信息出现在了电子显示屏上，有那么短暂的一刹那，我心脏狂跳，镇定了再三，才确认自己真的没有看错，随后，几乎是手脚颤抖着走上前去，订下了机票。

也是凑巧，正在买机票的时候，那个紫灯下的朋友又打来了电话，只是这一回，他的邀约都还未再次说出口，我便径直告诉了他，我要走了，归期就在两天之后，其时情境，说是欣喜若狂也毫不过分，这样，我的朋友便不再邀约，转而还劝我少喝些酒，多省点钱，以备回国路上的不时之需。

而我已经根本无心在东京多停留一天，以至于，在归期的前一天晚上，我就向着成田机场出发了，我打算去机场里过夜，一来是可以少一天再在府中寄居，二来是早一点到机场也更令我不再陷入莫名的恐惧与焦虑。

不过，我未曾想到的是，电车已经快要进入东京市区的时候，我朋友的电话又来了，他告诉我，为了不麻烦我，原本他是想带上酒直接去机场找我喝掉的，可是，他的眼睛实在不好，转了一下午也没有转出府中地区，所以，如果时间来得及，他想还是请我去到那盏紫灯之下，再将那两瓶好酒喝完，就当给我送了行。

真的是好酒。他在电话里接连说了好几遍：真的是好酒。

一时之间，某种悲痛竟然在瞬时之间将我席卷了，这悲痛，首先是我对自己的厌倦：我和朋友的相逢，以及其后的邀约，看似只是一桩不足道的小小机缘，但实际上，他们就是从天而降的情义，好像被雨水或河水冲洗过的石头一样清清白白，却被我置若罔闻，全然忘在了脑后；而后，这悲痛也和我的朋友有关：一桩小小机缘，被他看得如此认真和重大，而我却要走了，明朝巴陵道，秋山又几重，接下来，他一个人的异国生涯又当如何度日呢？

所以，电车到了下一站之后，我下了车，再重新上了回府中的JR山手线，是啊，无论如何，也要陪他把酒喝完。

实际上，也不知道为什么，那天晚上，我的醉意都来得特别快，大概是因为临别，也可能是因为地里埋过的酒格外的烈，半瓶还未喝完，我的身体里便生出了酩酊之感，再看头顶那盏紫灯，只见它随风飘摇，忽近忽远，然而，天上却并没有起风。

既然醉了，我便说起了醉话，告诉他，如果我再有来东京的一天，一定带上正在喝的这种酒，到时候，可别忘了不醉不归，他听了只是笑，笑着笑着，又剧烈地咳嗽起来，这才跟我说，上一回时间太短，他没来得及告诉我，他的肺上长了东西，只怕等不到我再来找他喝酒的那一天了。

好像一盆冷水浇淋，我的醉意醒了一半，迟疑了半天，终于还是问他，何不就此回国，哪怕死在家乡，也总比死在这里好，他却还是一笑，像上回一样，他让我去看头顶上的灯，再对我说，从前这里一共有三盏灯，一大两小，看上去，就像一家人，这么多年下来，两盏小的早就不知所终了，只剩下了最大的一盏还在这里。他的情形跟这盏灯差不了多少：国内的妻子带着孩子早就消失了，不管写了多少信也不回，所以，他也就不回去了。

直到这个时候，我才发现，他也醉了。他一边说着话，一边仰起头去，就像是在认真地凝视着头顶上的那盏灯，当然，一如既往，他什么也看不见。

“走了！”突然间，他站起身来，径直朝前走，又对我说：“好好活！”

——十五年了，我当然没有忘记我朋友的叮嘱，他要我好好活。可是，世事就是如此吊诡，在绝大部分时间里，他的叮嘱又每每被我忘在了脑后，就像当初忘记了他的邀约。我得向他承认：十五年里，我未能脱胎换骨，相反，每到一地，我都把它过成了当初的东京，迷路，莫名焦虑，又心猿意马，渐渐地，甚至对这心猿意马的生涯不以为耻，反以为荣。

好在是，今天，此刻，在被樱花们篡改的街巷里兜兜转转了小半个夜晚之后，偶然的一瞥，我竟然如遭电击——是啊，我终于看见了那盏紫灯，它就在离我不到五百米的地方，越往前走，紫色的光芒便离我越近，终于，手脚颤抖着，我来到了光芒的中间，盯着它，看了又看，看了又看，好久不见，它还是原来的样子，只是街对面的樱花被风吹拂过来，落了满身的花瓣。

亲爱的朋友，我来了，你在哪里呢？紫灯作证，我没有食言，不仅带来了你我曾经喝过的酒，而且，这酒也在地底下深埋过十年以上，不多不少，一共两瓶，一瓶给你，一瓶给我，我也不管你是死是活。

义结金兰记

夜深之后，东南风吹满了整座山谷，田野上，月光下，簇拥的桑叶碰撞在一起，发出扑簌的声响，渐渐地，小雨落了下来，但若有似无，月光也未消退，使得大地上的一切看上去都显得更加简单，也更加清白。

我刚打算关窗入睡，没料到，一支十数人的队伍，却经过我窗前的道路，正要走出村子，人群里，有人打着手电筒，有人用手机将眼前照亮，几乎没有人说话，但是，几声似乎一直在压抑的低泣还是被我听见了。

随后，我就看见了它：那只方圆百里以内闻名遐迩的猴子。一见之下，我的心里便有了不祥之感，未曾有半点犹豫，我也赶紧跑出门，走进了沉默的队伍，一边走，一边去盯着它看：因为连日的疾病，它早已不复当年之勇，只是安静地坐在一张椅子上，再被前后几人抬起来，慢慢往前走，而它，要费尽力气，才能调转头去，看看这个，再看看那个。借着一点微光，我看见它的手被它女儿紧紧攥在了手里，那忍不住发出低泣之声的，正是它的女儿。

是啊，这只病入膏肓的猴子，却有一个身为人类的女儿。

如果要将这神赐般的机缘道尽，还得从十多年前说起——说起这片黄河岸边的县域，真正是荒瘠贫寒，绝大部分土地都可谓十种九不收，好在是，老祖宗留下了一门绝技，是为耍猴。所以，男子们成年之后，每遇农闲时节，多半都要带着自己的猴子，离家万里去讨一条活路，到了年关将近时，才从各地奔赴回来。因此，每一年，在春节前的几天里，火车站，泥泞的小路，拖拉机上，渡船上，到处都是顶着一身风雪的人和猴子。

不知从哪一天开始，一群无主的猴子，竟然啸聚到了一起，将此地的山河当成了昔日的水泊梁山，打家劫舍虽然还说不上，但是，围攻家禽，一夜之间掰尽田地里的玉米，甚至拦住独行的人索要食物，这些都是常有的事情。这群猴子的首领，因为胆大包天，几乎无人不识，渐渐地，人们不再称它猴子，而是叫它宋江宋公明，在逃过了几次捕杀之后，宋公明的队伍越来越庞大：那些死了主人又或不堪繁重训练的猴子们，全都逃出来，聚到了它的麾下。

就算半世英雄，也终有马失前蹄之时，忽有一夜，宋公明带领手下众兄弟去榨房里偷油，不料中了埋伏，被一支火铳打伤，只好捂住伤口奔逃，没逃多远，它就和众兄弟失散了，独自沿着黄河岸边寻找躲避之地，哪里知道，前几日刚好下过雨，堤岸崩塌，它竟失足掉进了黄河，只好怀抱着一棵和它同时掉入黄河的树，随波逐流，等待着命运向它显露真身。

花开两朵，各表一枝：话说黄河边的村子里，住着一个傻子，说是傻子，却也算不上太傻，娶过亲，还有一个女儿，妻子虽说已经跑了好几年，但他一个人带着女儿长大，却也没有少过女儿一口吃喝。和别的成年男子每年都要出去耍猴不同，大概是因为傻，也是因为太穷了，他既没有钱买一只猴子，也没有驯猴的本事，只好靠四处做苦力过活，对此他倒是并无不满意之处，稍有空闲，他便让女儿坐在自己的脖子上四处巡游，见人就骄傲地迎过去，就像顶着一面旗帜。

这一日黎明时分，天刚蒙蒙亮，傻子坐渡船过黄河，他要到黄河对岸的一家采石场里去做工，船行到一半，他便看见了那只被人唤作宋江的猴子。其时，它正在水中奄奄一息，一见之下，傻子便要跳入河水去救它，身边人赶紧阻拦，纷纷说那猴子已经死了，可是没有用，傻子非说那猴子的手还在动，说话间，傻子已经跳入了水中。傻子虽说傻，水性却是极好，没花多大工夫，他便一把抓住了正好被波浪翻卷过来的猴子。

接下来的事，更是让船上的人觉得匪夷所思——事实上，当傻子拽着猴子刚一上船，同行的人便认出了这猴子姓甚名谁，纷纷劝说傻子，赶紧就此罢手，以免养匪为患，哪里料到，傻子全然不管不顾，脱下自己的衣服，绑住了猴子的伤口。渡船到岸，他竟然没有下船，反而掉头回返，将那猴子扛回了家。

不做傻事怎么能叫傻子呢？但是，尽管如此，十里八乡的乡亲们也不会想到，傻子竟然傻到了这个地步：他将那猴子收留在家里，给它治了整整两个月的伤。

一开始，隔三岔五地，还会经常有人去傻子家里看看热闹，当他们看见傻子家里只剩下两碗稀饭，傻子却一碗给了女儿一碗给了猴子之时，终不免摇头叹息，渐渐地，因为首领受伤，此前聚众作恶的猴子们全都风流云散，人们也就忘了傻子的家里还住着猴子世界的宋公明这件事了。随后，秋风渐起，青壮男子们早就带着自己的猴子出门挣钱去了，唯有傻子，脖子上坐着女儿，手里牵着猴子，终日顶着大风在黄河岸边来回奔走——他是在教那右腿差点被火铳击断的猴子重新学会走路。

分别的那一天，是个大雪天，因为生计日益艰难，家里已经揭不开锅，傻子便带着女儿和猴子一起去了采石场：采石场烧的是大锅饭，所以，女儿和猴子总归都能吃上一口两口。没料到，那猴子还是给傻子惹了不少麻烦：到了吃饭的时候，人们看见当年的贼寇如今温驯地被傻子的女儿牵着手排队，就忍不住上前来嬉笑挑逗，哪里知道，霎时之间，那猴子勃然变色，故态复萌，恶狠狠地追逐着挑逗它的人一路狂奔，满采石场里都是他们的惊叫声。

好不容易，那些奔逃的人们才小心翼翼地返回来，一回来，就纷纷围住傻子，指责他，说他分明已经养匪为患，傻子也不说话，只是呵呵笑；吵闹了一会，人们突然发现，那猴子没有再回来，傻子的女儿四处寻找，却遍寻不见，直到她急得哭了起来，远处才传来了猴子的叫声。众人举目去看，只见那猴子端坐在远处的山崖上，全身上下都已经被白雪覆盖，傻子的女儿连声呼喊，要它回来，它却没有回来，仍旧沉默端坐。到了这时，又有人开始对着傻子说笑，说他算是白养了猴子一场，所谓江山易改本性难移，它该走就走，绝不会念你半点好，怪只怪你对一只畜生讲了两个月的情义，傻子还是不说话，一边听，一边呵呵笑。

说话间，那猴子突然从山崖上站起来，再转过身，转瞬之间，便消失在了茫茫雪幕里。傻子的女儿哭得更厉害了，傻子慌忙抱起了女儿，一边去给女儿擦掉眼泪，一边张望着那猴子消失的山崖，却还是呵呵笑。

——我猜想，彼时彼地，如果傻子不傻，能够自如说话，大概会告诉说长道短的人们：他笑，是因为就算有救命之恩，他也从未将那猴子视作一己之物。

许多年后，我被一个纪录片导演所蛊惑，打算为他写一部关于耍猴人的纪录片脚本。如此，两个人便结伴前来，在这黄河边的村庄里住下了，住下没多久，我就听说了那位猴子世界的宋江宋公明，于是，马不停蹄地，我和导演便找到了傻子的家。然而那时候，傻子已经去世了，世上只留下了他的女儿一个人过活，好在是，已经长成少女的女儿从上到下都不曾有丝毫寒酸：她不仅活了下来，且并不比别人活得差多少。

这一切，都是因为她有一个义父，她的义父，就是当初被她父亲从黄河里搭救了性命的猴子。

话说从头，说回当年的采石场：那年冬天，越是临近春节，雪就下得越大，因为大雪封山，采石场的石头运不出去，傻子的生计变得比每一年都要更加艰难，但是，除了将女儿顶在脖子上，继续坐船去采石场做工，他也没有第二条路可走。

突有一天，大概就是在那只猴子从山崖上消失了两个月之后，漫天大雪中，它竟然回来找傻子了。那一天，天色临近黄昏，傻子结束了冗长的苦力，正要牵着女儿去黄河岸边坐渡船回家，此时，女儿叫喊了起来，傻子顺着女儿指点的方向远远看去，终于看见，就在当初的山崖上，好几只猴子簇拥在一起，全都安安静静，而居中端坐的，正是宋江宋公明。多时不见，它就像一个出去捞世界的人心愿达成后刚刚返回了故乡，抽着烟，不发一语，却又不怒自威，如果戴上一副墨镜，就几乎可以和众多著名的黑社会大哥媲美了。

一见之下，小女儿就挣脱了傻子的手，朝着山崖的方向奔去，地上的雪太深了，没跑几步，小女儿就趔趄着倒了下去，这可吓得傻子不轻，赶紧朝女儿狂奔过来，和傻子同时一起狂奔的，还有猴子，只见那宋公明，扔掉手里的烟头，左手抄起一个编织袋，右手稍一使力，身体就腾空翻越了下来，端的是，风驰电掣，又丰神俊逸，就在十数个腾跃之间，它便跃下山崖，站上了雪地，再一步不停地朝小女儿跑了过来，在它身后，众兄弟一路跟随，个个都像是走江湖的练家子，此时情境，说它们像是林海雪原里正在出征的队伍，倒也并不过分。

一个傻子，一只猴子，几乎同时将小女儿从雪地里搀了起来。

傻子有点难以置信，但也不知道说什么好，一如既往，他就自顾自盯着猴子呵呵笑，倒是猴子，二话不说，径直打开了手中的编织袋，天可怜见，平常人家的吃穿用戴竟然装了满满一袋子，然后，猴子示意傻子将这一袋子宝贝接过去，没想到，傻子却摇着头，呵呵笑着，步步往后退。

这时候，早先已经上了渡船的人纷纷下船围观了过来，稍一打量，也就大致明白了：为了报答傻子的救命之恩，猴子送来了足以让傻子和他的女儿暂时吃饱喝足的东西。因为此等机缘实在前所未见，人们不禁纷纷叹息起来，直说这世上的多少人还不如一只猴子，又转而劝说傻子，赶紧收下猴子的东西，以免辜负了它的心意。

实际上，面对傻子的步步后退，猴子多少有点不明所以，只是碍于自己在众兄弟面前的脸面，它可能才忍着没有发作，突然之间，它似乎想明白了一件事情，霎时就变得怒不可遏，冲着傻子，连声嘶吼起来，但这嘶吼对傻子全然没有用，除了把女儿抱得更紧一点，他仍然还是呵呵笑着。

谁也没有想到，在无计可施之后，宋江宋公明竟然发出一声长啸，这长啸响彻在弥天大雪里，却令手下的众兄弟个个都平息静声，齐刷刷站成了一排，紧接着，宋公明亮出一个手势，众兄弟二话不说，竟然面向围观的人群整齐划一地敬了一个军礼，众人还没明白过来，宋公明又亮出一个手势，众兄弟中的头两个迅即狂奔出去，在雪地里接连三个空翻，站立住，再跑回到队伍里，这时候，宋公明才缓缓回过头去，一言不发地看着傻子，如果它能开口说话，那么，它大概会说：送给你的东西，绝非打家劫舍所得，身为一群能够卖艺的猴子，这编织袋里装的每一样东西，全都清清白白。

多多少少，围观的人们都受到了震骇——没有耍猴人的训练和指引，这群猴子却自行学会了卖艺，而且，还将卖艺所得送到了恩人的面前。当然，也有人说，这群猴子当初本就是跟随各自的主人卖艺的，会上三招两式也并没有什么稀罕，只是话未落音就被打断了，更多的人赶紧去劝说傻子：傻子，傻子，再不要犯糊涂，再不要伤了宋江宋公明的心，赶紧把它送来的东西接在手里吧。

如梦初醒一般，傻子愣怔着被人们推搡着朝猴子走过来，未料到，那猴子却像是被他伤了心，再不看他一眼，手拎着编织袋，跑到黄河岸边，将那编织袋扔在了渡船里，掉头就走，走出去一段路，终于还是折返回来，走到小女儿跟前，对她比比画画，似乎是在叮嘱她：不要忘了将那渡船上的编织袋带回家。

一切交代完毕，那猴子才带领着众兄弟再次消失在了雪幕里，直到它们走远了，人群里的傻子这才似乎明白过来，此前发生的，到底是怎样一桩机缘，但是，猴子已经走远了，他也只好喃喃地说着谁也听不懂的话，然而，眼睛里却涌出了泪水。

——十几年后的今天，此刻的深夜里，当我站在十数人的队伍里走出辽阔的桑田，终于站在了黄河岸边，必须承认，哪怕河滩里深一脚浅一脚，但是，除了紧跟着已然病入膏肓的宋江宋公明步步前行，我也借着月光在不断眺望着黄河的对岸：当初的采石场早已夷为平地了，交错的山崖却仍然依稀可见，值此穷途末路，不知道它是否还想得起来，当初的自己曾在那里上下翻越，如入无人之境？

一念及此，我就赶紧再盯着它去看，它却毫无顾盼当年之念，仍然闭目端坐，呼吸声尽管微弱，堪称均匀，看上去，就像一个正在禅定的老僧。

现在，我已经知道了此行的目的地，我们是要护送它，去到离此地最近的一个小火车站，然后，乘坐短途火车去往县城，将它送到一处要害的所在，让它在那里走上几步，又或端坐一阵子即可——好多年了，每隔几天，不管是赤日炎炎，还是风狂雨骤，它都要如此走上一遭，关于它的这条固定线路，整整一座县，几乎算得上是无人不晓：为了顺利乘车又不花钱，它甚至学会了逃票，学会了给列车员递上一根烟。

话说从头，还是说回当初的采石场：作为一个带头大哥，那只越来越著名的猴子，并未和傻子一般见识，每过一段时日，它就会给傻子送来吃穿用戴，一开始，不管傻子跟它凑得多近，它都横眉冷对，但是，终归是一家人，慢慢地，傻子的女儿将父亲的手递给猴子，再将猴子的手递给父亲，如此反复了几次，两只手也就握到一起去了。

说那猴子越来越著名，绝非是空穴来风，几年下来，不知多少人都看见过它背着一只编织袋赶往采石场或傻子的家里，啧啧称奇之余，遇见的人难免要说给旁人听，旁人再说给旁人，到了后来，只要它出行，就会有人丢下手中的活计前来一睹它的真身，时间长了，就有人对傻子说：傻子啊傻子，它哪里是只猴子，它分明是你的兄弟，如若有心，你就该与它歃血结义。

旁人的话，傻子全都听进去了。一个大雨天，那猴子给傻子的女儿送来了几斤樱桃，还没来得及进家门，眼前景象就吓了它一跳：傻子的房子竟然被大风给吹垮了。但是，尽管如此，垮塌的房子前却站了不少人，人群围绕着一只小方桌，小方桌上还摆着两碗酒水，酒水边上，两支红烛正在燃烧，却原来，择日不如撞日，傻子今日里便要和猴子结为异姓兄弟。

笑呵呵地，傻子告诉猴子，喝了这碗酒，我们就是兄弟了——也是奇怪，平素里，傻子着实是笨嘴拙舌，今日里说话，却被旁边的人教上两遍就学会了。那猴子还在不明所以中，傻子却一把抓住了它的手，劈头跪下，先对天地磕了三个头，再转过身，面对猴子，又磕了三个头，接着端起一碗酒水，仰起头，一饮而尽，这才兴奋地对猴子说：该你了！也不知道那猴子是否知道了此刻的酒水与红烛究竟所为何故，它似乎明白了，又似乎没明白，反正傻子为了给它作个样子，又对它磕了三个头，它便也照着样子给傻子磕了三个头，再端起另一碗酒水，仰起头，分了好几次才喝完。

如此，这一双兄弟，这一桩义结金兰，就在倒塌的房屋前完成了。

改日再来的时候，猴子不仅带了几张零碎钱给傻子，还带了几个兄弟，放下零碎钱，它便径直掏出一张过期火车票，冲傻子比画了半天，傻子却愣怔着全然不知它在比画什么。猴子似乎早有准备，敲响了随身带的锣，几个兄弟立刻做鬼脸的做鬼脸，前空翻的前空翻，可是，傻子还是不知道眼前发生的究竟有何深意，如此一来，猴子就急了，冲傻子嘶吼起来，好在是，小女儿长大了，见得此景，赶紧找来了邻居。

邻居只扫了一眼，就大致明白了猴子的来意：它是在说服傻子，要他像别的男子们一样，离家耍猴，唯有如此，他才能重新盖起一座房子。哪里知道，傻子再傻，也知道他和猴子是结义的弟兄，竟然连连摇头，死活不肯，这样，猴子便又气又急，却也没有走，带领着兄弟们就在门口的树梢上坐着，一直坐到了天黑，双眼恶狠狠地看着傻子哄女儿睡觉，再看他裹着一卷破被子睡在屋檐下，却怎么也睡不着；半夜里，虽说没有下雨，闪电却是一击接连一击落在树前，而猴子却纹丝未动，终于，傻子起身跑到树下，对着树上的猴子喊：你下来，我跟你走！你下来，我跟你走！

如此这般，傻子也终于像别的男子一样走上了耍猴之路，但是，整整一座县的人都可以作证：傻子与猴子，与其说是人在耍猴，不如说是猴在耍人——事实上，因为一路上都带着女儿，傻子并没有走太远，多半时间就在县城里盘桓，最远也无非就是走到了省城。绝大多数时候，猴子们听从的是宋江宋公明的安排，傻子只需要抱着女儿坐在一边呵呵笑即可，看上去，他和围观的看客们并无什么分别，所以，经常是猴子们演到一半，就忍不住去捉弄傻子，要么抢了他的帽子戴在自己头上，要么突然跳到他的身上让他给自己点烟，更有甚者，竟然站在傻子身前，指令他也和自己一样去给看客们敬礼。

日子就这么一天天地过下去了，因为这支队伍不仅能表演人耍猴，还能表演猴耍人，零碎钱也就日益多了起来，在省城，傻子甚至还带着女儿去坐了一回旋转木马。

这一年春节将近的时候，傻子带着猴子们回到了自己的县城，出了火车站，他们就在站前的小广场上拉开了架势，打算最后演上几场再回村庄里过年。一如既往，宋江宋公明在场上当大哥，傻子坐在场下当观众，时近正午，傻子起了身，去给大家买几只锅盔回来当午饭，但是，就在他穿过马路的时候，迎面驶来一辆卡车，眨眼的工夫，他被卡车卷上了半空，再重重落下来，就这么死了，再也醒不过来了。

幸亏了十里八乡的乡亲，傻子再傻，乡亲们还是给他办了一个像模像样的葬礼。只不过，自始至终，宋江宋公明都没去葬礼上磕头，而是远远地端坐在门口的树梢上，既未动弹，也未嘶吼，只顾盯着傻子的遗像发呆。

到了第二天早晨，人们纷纷说，那猴子等到守灵的人散去之后，哭了整整一夜，但是，也有人说他们听到的哭声只不过是风声，毕竟之前从未有人听过猴子的哭声，说它哭了的人也就不再辩驳，于是相约在一起，再去傻子的家一探究竟，远远地，他们就看见猴子还没走，仍然端坐在树梢上，盯着傻子的遗像发呆。

事实上，这么多年，连同傻子的女儿，其实并不知道到了夜晚宋江宋公明到底栖身在哪里。按理说，傻子的家也是猴子的家，但是，可能是碍于男女有别，也可能是猴子自有猴子的规矩，自打傻子死后，猴子再未进过傻子的家门，哪怕是不放心那小女儿一个人过活，给她送吃送喝越来越频繁，也绝不进家门一步，从来都是放下东西就走，如果想多待一阵子，那也要么是坐在树梢上，要么坐在屋顶上。

有一回，那小女儿实在忍耐不住，想要知道它住在何地，趁着天黑偷偷跟上了它，没走几步就被它发现了。一反常态，它竟然对着她愤怒地嘶吼起来，她也只好乖乖在原地站住，看着她的义父消失在了一片莽丛之中。

它果真就是她的义父——虽说亲生父亲已经作别人世，但是，无论是她长成了一个少女，还是她结了婚，生了孩子，以至于今日，日子越过越好，一幢三层小楼刚刚被她建起，她的义父也从未消失，婚礼的时候，生孩子的时候，它就坐在树梢上抑或屋顶上，纹丝不动，但却双目炯炯，十几年下来，尽管它越来越苍老，手下的兄弟也日渐凋零，但是所谓每临大事有静气，这个带头大哥，依然时刻准备着痛歼来犯之敌。

一如当初，傻子死了以后，他的妻子回来了，乡亲们连声说这下好了，小女儿也算有人管了，哪里知道，傻子的妻子拿到傻子的赔偿款之后，没过两天就扔下女儿又要跑，乡亲们在黄河渡口上截住了她，替那小女儿抢回了一些钱，再拿这些钱给小女儿盖了两间房子。盖房子的时候，活似一个个的监工，宋江宋公明带领着众兄弟前来，全都端坐在树梢上，要是有人胆敢截留下几块砖头几根木头，它便从斜刺里杀出，凶神恶煞般挡住了对方的去路。

又如几年前，村庄里的一匹马突然发了疯，横冲直撞，一路踩踏，正巧遇见那小女儿从做工的工厂里走出来，躲闪不及，被疯马迎头撞倒，再踩踏上去，左边的胳膊险些就被踩断了。哪里知道，当天晚上，这匹刚刚恢复平静的马就迎来了灭顶之灾：宋江宋公明和它的兄弟们星夜杀到，根本没给它任何反抗的机会，全都扑上去咬它的脖子，一句话，就是要它死，幸亏这马匹的主人赶来，好说歹说，那吓傻了的马匹才终于留下了一条性命。

再如十几天之前，已然长大的小女儿怀抱着自己的女儿，坐绿皮火车从县城里回村子，在距自己的村子十里开外的小站台上，她的女儿调皮，将牛奶洒在了一个喝醉了酒的外地人身上，如此小的一桩事，竟然引得外地人大发雷霆，举手就要去打这母女，可是且慢，就在他举手的一刹那，宋公明从天而降，尖利，乃至是凄厉地嘶喊着冲上前来，瞬时之间，外地人的脸上、身上全都留下了一道道的血印子，可是，除了惊恐，除了难以置信，他也没有别的办法。

是啊，而今，宋江宋公明已经成了从这小站台到县城火车站之间的常客，因为当年的小女儿已经不再需要它去挣来口粮，垂垂老矣的自己也对吃喝一无所求，所以，现在，它日常里最重要的事，就是去往一处要害的所在，去那里也没有什么紧要的事，无非就是走上几步，抑或发一阵子呆。

在漫长的从前，于它而言，能挣到钱的地方就是要害之地，时至今日，它的要害之地就只有这一处了——这一处不是他处，其实就是当初傻子为了买锅盔而送命的地方。

这一天，因为在站台上遇见了，它便陪着小女儿和她的女儿回村子，一路上，小女儿的女儿不断去揪它的尾巴，也是奇怪，从前在它看来大逆不道的事，今日里也并没有令它多么恼怒；快要走出辽阔的桑田之时，在一条小路上，它和她们分别了。这一回，在时隔许多年以后，小女儿终究忍耐不住，偷偷跟上了它，可它毕竟是天纵英才，仅仅走了几步便发现了端倪，就此原地站住，缓缓回过身，正要怒斥之际，头却往前一栽，软绵绵地倒在了地上。

说起来，直到这一天，陷入了昏迷的它才算是第一回被小女儿请人抬回了自己的家门，只是这样的机缘已经注定不会太多了：油尽灯枯之后，一世英雄已经到了和这个世界说再见的时候了。

在时隔几年之后，我又来到了这个村子，个中缘由，说起来也不值一提：当年的纪录片导演，在消失了好几年之后，不知道从哪里又找了一笔钱，再来说服我，重新将废弃已久的脚本写完，因为百无聊赖，我竟言听计从，收拾好行李就来了。但是必须承认，这一回的仓促动身，却是注定了不虚此行，只因为，我终于见到了声名响彻了黄河两岸的宋江宋公明。

我见到它的时候，它刚刚从一场昏迷中醒过来，却吵闹着非要出门，所有人都知道，它是要像往日里一样，再去到距村子十里开外的小站台，坐火车，抵达县城里的要害之地，小女儿当然不许，拦在门口，它竟没有力气拿开小女儿的手臂，愣怔了一会，大概是太阳光太晃眼，它的眼睛里流出了眼泪，也只好颓然坐下，大口大口喘着长气。

稍后，它为它的泪水而羞涩，连忙伸手擦拭，反复举起了好几次手，竟然伸不到自己的双眼之前。

就像此刻，在满天的东南风里，在小女儿的低泣声里，我们的队伍，终于来到了宋江宋公明费尽气力想要踏足的小站台，然而，凭它一己之力，再往前走却已寸步难行，也是凑巧，前往县城的绿皮火车刚刚到站，可能是因为火车上通明的灯火看上去就像一场召唤，它终于深吸了几口气，从人群里颤巍巍地走出来，搭着扶手，踏上了车厢的台阶，列车员与它早已算作熟识，赶紧伸出手来搀它一把。

等它在车厢里站定，小女儿冲在最前面，整个队伍正要上去和它靠拢，谁也没有想到的事情发生了：它竟然拦在车厢门口，直朝小女儿摇手，顿时，小女儿就放声痛哭了起来，说什么也要上去，可是，它却心如磐石，将小女儿攥在手里的车票钱活生生塞回了她的口袋，小女儿继续哭喊，叫它不要心疼钱，她现在也不缺这几张车票钱，终究没有用，它仍然挡住车门，径自闭上了眼睛，就在这推让之间，车厢的门快关上了，火车就要开了，整个队伍站在车边，没有一个人知道如何是好，这时候，反倒是它，探出手去，从小女儿的手中拿过了一截桃树枝，意思是让小女儿放心——这是此地独有的风俗：桃木在手，鬼神勿近。

就在小女儿只顾痛哭的时候，车门关上了，火车缓缓地朝着更加广阔的原野和夜晚开去，这时候，小女儿才如梦初醒，一边哭，一边追着火车往前跑，整个队伍都伴随着她往前跑。每个人的眼睛，都紧盯着车厢里那个正在寻找座位的一世英雄，寸步也没有离开。好在是，没走两步，就有人将座位让给了它，它重重地坐下，大口喘息，暂时闭上了眼睛，一似老僧禅定，一似山河入梦，一似世间所有的美德上都栽满了桃花。